WIE MAN EINE FEE BEANSPRUCHT

WINTERDORNEN

MILA YOUNG

CONTENTS

WINTERDORNEN BÜCHER

Wie man eine Fee Fängt
Wie man eine Fee Verführt
Wie man eine Fee Zähmt
Wie man eine Fee Beansprucht

WIE MAN EINE FEE BEANSPRUCHT

Der König ist tot...

... und jetzt hängt meine Zukunft, sowie auch mein Herz, in der Schwebe.

Nun, da das Königreich im Chaos versinkt und meine Kräfte noch immer dagegen ankämpfen, sich meiner Kontrolle zu beugen, stelle ich mir die Frage, ob es überhaupt einen Platz für mich unter den Feen gibt. Oder unter den drei Männern, die mich seit dem Beginn dieser Reise begleiten. Denn sogar bei ihnen habe ich das Gefühl, dass sie mir langsam entgleiten...

Insbesondere da der Hofmagier mich hasst und er bei jeder Gelegenheit, die sich ihm bietet, gegen mich intrigiert. Aber dies sind nicht meine einzigen Probleme.

Die Wahrheit darüber herauszufinden, wer ich bin und was mein Schicksal sein wird, beschäfigt mich und droht alles, was ich habe und alle, die ich liebe, zu zerstören.

Wenn ich keinen Weg finde, meine Feinde aufzuhalten, sind wir alle dem Untergang geweiht und das Feenkönigreich ist verloren. Das kann ich nicht zulassen. Das werde ich nicht zulassen. Selbst wenn das bedeutet, dass ich bis zum Tod kämpfen muss...

FEENLEGENDEN

Das Mädchen aus Asche und Schatten.

PROLOG

Vor 19 Jahren

Die Welt riecht seltsam. Rauch. Verdorbene Nahrungs-
mittel. Und Kummer. Das alles hängt in der Luft wie
Smog. Wie können all diese Menschen in solch einem
Verfall und Dreck leben? Ich rümpfe die Nase.

Dies sind meine ersten Schritte auf der Erde und ich
bete, dass sie meine letzten sein werden. Die Bäume
hinter mir rauschen dort, wo ich erschienen bin, und vor
mir erstreckt sich ein ebener Weg mit Laternen, die das
stille Gebiet beleuchten.

Sanft gurgelnde Geräusche lenken meine Aufmerksamkeit auf das Baby in meinen Armen, das ich zärtlich
an meine Brust gekuschelt drücke. Ihre Augen sind
geschlossen, sie nuckelt an ihrem Daumen und ihr fast
weißes Haar fällt ihr in die Stirn. So friedlich und perfekt.
Meine Augen brennen, aber ich blinzele die Tränen weg.
Die Zeit, um schwach zu werden, ist schon lange
verstrichen. Das hier ist für sie. Alles ist für sie.

Eilig überquere ich die Straße. Heute Nacht heult der

Wild bösartig, zerrt an meinem Mantel und zieht an meinen Haaren. Ich werfe einen Blick in den friedlichen Wald zurück und auf den schweren Mond, der wie ein schwangerer Bauch tief am Firmament hängt.

„Bitte, Göttin, beschütze uns", flüstere ich leise und laufe weiter. Alte, verwitterte Gebäude, die wie Bauklötze aussehen, stehen am Gehsteig und vor mir liegt genau das, wonach ich suche.

Ein grellgelbes Schild mit dem Wort *Frauenhaus.* Der erste Buchstabe ‚*F*' flackert, als würde er gleich erlöschen.

Mein Herz schlägt schnell und meine Schritte treffen auf den Boden.

Relle, meine Dienstmagd, hat diesen Ort gefunden. Sie ist zur Erde gekommen und gesagt, dass ihn niemand finden wird. Als ich mich zu der leergefegten Straße und den heruntergekommenen Häusern umdrehe, muss ich ihr beipflichten. Auf gar keinen Fall werden sie sie hier finden. Niemand wird es erfahren.

Sie windet sich in meinen Armen und mir bricht das Herz, als sie zu mir hinaufblickt. Kristallblaue Augen, genau wie meine. Sie lächelt mich an und eine Träne zwängt sich aus meinem Augenwinkel.

„Ach, Kleines." Ich ersticke an meinen Worten und drücke sie an meine Brust, während ich in Richtung der Erlösung fliehe. Drinnen brennen die Lichter und ich stehe nun vor dem weißen Gebäude. Drei Stufen führen hinauf zur Tür, aber ich kann meine Beine nicht dazu bringen, sich zu bewegen.

Ich blicke auf mein Baby hinunter und die Tränen purzeln immer weiter. Sie gibt gurgelnde und gurrende Laute von sich, die mein Herz zerspringen lassen. Wenn sie doch nur die Wahrheit wüsste, warum ich sie nicht behalten kann. Sie darf es aber nie erfahren, denn es würde sie umbringen. Hier in dieser verkehrten Welt hat sie eine wirkliche Chance. Im Königreich der Irrfahrten wurde ihr Schicksal bereits besiegelt.

„Das ist alles, was ich dir geben kann." Ich setze mich auf die Stufen und lege sie mir auf den Schoß. Dann ziehe ich eine kleine Schleife aus der Tasche meines Umhangs und wickele sie um ihren klitzekleinen Knöchel. Ihre Haut ist weich und fühlt sich warm an meinen Fingern an. Ich ziehe den Knoten nur leicht zu und schenke ihr das mit ihren Namen bestickte Stück Stoff. Das Mindeste, was ich tun kann, ist, sie mit einem Spitznamen zurückzulassen, der es ihr etwas schwerer machen wird, jemals ihren Weg zurück nach Hause zu finden.

Guen.

Ich nehme sie in den Arm, küsse ihre Stirn und atme den wundervollen pudrigen Babyduft ein, um mir jedes kleine Detail einzuprägen. Wie sie sich anfühlt, welch sanfte Geräusche sie macht; alles, was ich mir merken kann, sauge ich wie ein Schwamm auf. Denn das ist alles, was mir von ihr bleiben wird.

Rasch wische ich mir die Tränen weg, wohlwissend, dass ich aufbrechen muss. Je länger ich fort bin, desto mehr Verdacht werde ich erwecken.

Wieder auf den Beinen wende ich mich der Tür zu, gerade in dem Moment, als sie sich öffnet. Helles Licht strahlt aus dem Flur heraus und eine Frau mittleren Alters mit den gütigsten Augen, die ich je gesehen habe, grüßt mich.

„Hallo, möchten Sie hereinkommen?"

Ich lecke mir über meine trockenen Lippen und bin kaum in der Lage, etwas zu sagen. Mein Herz bricht entzwei und es bedarf meiner ganzen Stärke nicht in

Stücke zu zerfallen. Ich kann nicht zusammenbrechen, jedenfalls noch nicht jetzt.

Die Frau deutet mit ihrer Hand an, dass ich ins Haus kommen soll, und macht im Eingang einen Schritt zur Seite. Ihre Aura strahlt voller Herzlichkeit. Sie hat nicht einen einzigen bösen Knochen im Leib und ich weiß, warum Relle dieses Haus für mein Baby ausgesucht hat.

Bis jetzt habe ich nicht geweint, da ich zu beschäftigt war, nicht erwischt zu werden, jetzt aber scheint es, als könne ich nicht mehr aufhören. Meine Arme umklammern Guendolyn, als ob ich sie irgendwie behalten könnte. Ich spiele mit dem Gedanken, hier zu bleiben, aber es ist zwecklos. Meine Familie wird mich finden—sie kennen meine Aura und diese wird sie auf direktem Weg zu mir führen. Nicht aber die meines Mädchens. Ich habe dafür gesorgt, dass sie nie jemand finden wird. Solange sie hier bleibt, wird der Fluch, mit dem sie belegt wurde, nie ausbrechen. Der Funken meiner Magie, der sie versteckt halten wird, glüht noch immer in ihr. Auf der Erde kann sie ein ganz normaler Mensch sein und ein einfaches Leben, ohne gejagt zu werden, führen.

„Ist alles in Ordnung, meine Gute?"

Aufgeschreckt von den Worten der Dame hebe ich meinen Kopf und blinzele. Ich denke nicht nach, als ich ihr mein Kind übergebe. „Bitte, würden Sie sie einen Augenblick halten, während ich mich sammele?"

„Aber natürlich." Sie ist eine wundervolle Seele und hebt Guendolyn hoch, beruhigt sie bereits mit einem Schlaflied und wiegt sie in ihren Armen.

Mein Kinn bebt und mein Blick wird von zu vielen verdammten Tränen getrübt. Leer und taub, so fühle ich mich. Meine Arme werden schwer von dem Verlust.

Als sie damit beschäftigt ist, sich um das Kind zu

kümmern, fliehe ich in Windeseile und bete, dass ich das Richtige getan habe, um Guendolyn in Sicherheit zu wahren.

Ich werfe einen Blick zurück, als ich wieder in den Schatten der Bäume auf der anderen Straßenseite bin. Ich schaffe das. Die Frau, die sie hält, steht in der Tür, ruft nach mir und sucht mich. Dann drehe ich mich um und renne fort.

Ich liebe dich, meine winzige Fee.

1

GUENDOLYN

„Der König des Schattenhofs ist tot!", erklärt Mael, Ahrens Ratgeber, vom Türdurchgang aus, und sein Ge-sicht ist blass und voller Trauer.

Stille legt sich über das Schlafzimmer. Das muss ein Irrtum sein. Also das... Gott nein, bitte nicht, das muss ein Fehler sein.

„Was redest du da?", fragt Deimos und seine Stimme ist noch immer kratzig, da er sich gerade erst vom Biss eines Blutverfluchten erholt hat.

Ahren stürmt plötzlich aus dem Raum, direkt gefolgt von Luther, und ihre donnernden Schritte werden irgendwo entlang der Flure leiser.

Einfach so, binnen Sekunden, zerbricht unsere Welt und mein Magen sackt mir direkt in die Kniekehlen.

Der König des Schattenhofs ist tot.

Mein leiblicher Vater.

Endlich habe ich ihn gefunden und dann wird er mir entrissen. Ich kann dem ganzen kaum einen Sinn verleihen.

Deimos stolpert aus dem Bett und die Realität dessen,

was ich von Mael gehört habe, knallt mir entgegen. Es bricht über mich hinein wie mächtige Wellen.

Mein ganzes Leben habe ich mich danach gesehnt zu erfahren, wer meine leiblichen Eltern sind, und als ich einen Elternteil gefunden habe, wird er ermordet.

Was zur Hölle, Universum? Hasst du mich wirklich so sehr?

Ich habe Deimos vom Biss des Blutverfluchten geheilt. Gemeinsam mit den Erinnerungen an meine Vergangenheit, die zu mir zurückgekommen sind, sollte dies eine Zeit des Feierns sein.

Stattdessen werden meine Knie weich, geben unter mir nach und ich knalle auf den Boden, während sich mein Magen dreht und ich das Gefühl habe, mich übergeben zu müssen. Ich kann nicht mal weinen, denn das, was sich in mir zusammenbraut, ist keine tiefe Trauer, sondern Schock, Sorgen und Herzschmerz wegen dem, was mir entrissen worden ist. Es ist, als hätte ich ein paar Sekunden weggesehen und jemand wäre in mein Zimmer gegangen und hätte alles, was ich besitze, gestohlen.

Es zerbricht mich, dass er mir gestohlen wurde. Ich habe nur eine Nacht mit ihm gehabt. Wir haben getrunken und ich habe seinen Märchen über kleine Feen und die Feenrassen gelauscht, aber das reicht nicht.

Wusste er, wer ich bin, oder war er so ahnungslos wie ich selbst?

Deimos sinkt neben mir auf die Knie, legt seinen Arm um meinen Rücken und zieht mich näher an sich. Ich sollte diejenige sein, die ihm beisteht, wenn man bedenkt, dass er vor wenigen Minuten dem Tod von der Schippe gesprungen ist. Stattdessen lasse ich mich gegen ihn sinken und vergrabe mein Kinn in seiner Brust. In dem

Moment, als er mich in die Arme nimmt, beginnen meine Tränen zu fließen. Er nimmt meine Hand und drückt sie. Seine Berührung ist überwältigend warm, da er so lange im Bett gelegen hat, und er riecht nach Schweiß, doch das ist mir gleichgültig.

Jeder Atemzug fällt mir schwer. Ich habe nie darum gebeten, verstoßen zu werden. Auch habe ich nie darum gebeten, geboren zu werden. Und ich hasse diese alten Gefühle, die wieder in mir aufsteigen. Ich habe solange mit Psychologen zusammengearbeitet, um zu lernen, mich selbst zu lieben und so zu akzeptieren, wie ich bin, mich selbst davon zu überzeugen, dass ich nicht ‚*weniger*‘ bin, nur weil meine Eltern mich in der Welt alleine gelassen haben. Jetzt krallt sich das altbekannte Gefühl, für immer zurückgelassen worden zu sein, in mir fest und lässt alles wieder hochkommen.

„Alles wird gut werden“, flüstert Deimos.

Ich blicke zu ihm hoch, zu diesem perfekten Mann, der mir auf der Erde über meinen Weg voll seliger Unwissenheit gelaufen ist und mich zurück hierhergebracht hat, damit ich mich erinnere, wie verdammt verkorkst mein Leben ist. Aber als ich ihm in die Augen sehe, schmilzt mein Herz dahin wie Eis in der Sommersonne.

„Was ist los? Mir war nicht bewusst, dass dir der König so viel bedeutet?“, fragt er mit sanfter Stimme.

„Ich weiß nicht, was ich machen soll. Sag mir, was ich tun soll, Deimos.“ Verwirrung und Schmerz durchströmen mich immer und immer wieder, bis ich nicht mehr atmen kann.

Er legt seine Hände um mein Gesicht und wischt mit den Daumen meine Tränen weg. „Ich verstehe nicht, Guendolyn. Was meinst du?“

Ich kann den in meiner Brust wachsenden Schmerz

nicht unterdrücken. Jenen Schmerz, den ich verspüre, wenn ich diesen Mann vermisse, den ich kaum kenne und nach dem ich mein ganzes Leben gesucht habe. Aber ich schüttele mit dem Kopf. „Geh nach deinem Vater sehen." Ich entziehe mich ihm, möchte verzweifelt in meiner Einsamkeit ertrinken, mir selbst erlauben, zu trauern und dem Schmerz, der sich in mir ausbreitet, nachgeben. Möchte alleingelassen werden, während ich mit so vielen Dingen, die mir nicht bekannt sind, versuche zurechtzukommen und nicht weiß, wo ich anfangen oder aufhören soll.

Deimos weiß nicht, dass der König mein leiblicher Vater war. Und jetzt ist auch nicht der richtige Zeitpunkt, um dies zur Sprache zu bringen.

Er richtet sich auf und ergreift zärtlich meine Hand. „Komm mit mir, um herauszufinden, was passiert ist."

Ich senke den Blick auf meine Hände, die ich in den Schoß gelegt habe. „Geh du."

Stille.

Ich erwarte, dass er mich auf die Füße zieht und mich zwingt, mit ihm zu gehen. Stattdessen wird das dumpfe Auftreffen seiner Absätze auf den Bodendielen leiser, während er das Zimmer durchquert. Sekunden später ist er verschwunden und die Tür hinter ihm geschlossen.

Alles ist viel zu schnell passiert. Ich schleppe mich aufs Sofa, rolle mich zusammen und presse mir ein Kissen an die Brust.

Draußen vorm Fenster fällt der Schnee in Zeitlupe aus tiefhängenden, dunklen Wolken. Jahrelang habe ich angenommen, dass ich Frieden finden würde, wenn ich dahinterkäme, wer meine Eltern sind. Ich habe mir eingeredet, dass die Wahrscheinlichkeit herauszufinden, dass sie tot sind, hoch ist. Unterm Strich aber ist und bleibt ein Verlust ein Verlust, nicht wahr? Und trotzdem schmerzt es.

Ich erinnere mich nicht, wie lange ich auf dem Sofa gelegen habe und in Selbstmitleid versunken bin, als aber niemand zurückkommt, entscheide ich, dass ich hinausgehen und mich den Prinzen anschließen werde.

Es geht schließlich nicht um mich, oder? Es geht darum, dass jemand den König ermordet hat. Also öffne ich die Tür und finde zwei Wachmänner vor, die mir ihr Gesicht zuwenden. Große Feen in dunklen Uniformen, die über ihre Schultern blicken. Sie sehen wegen dem Tod des Königs genauso besorgt aus wie der Rest und ich kann es ihnen nicht verübeln. Ich weiß nicht genug über die königlichen Feenregeln, aber wenn ein König umkommt, macht es das Königreich dann nicht angreifbar? Ich hätte direkt mit Deimos mitgehen sollen.

„Könnt ihr mich bitte zu den Prinzen bringen?", frage ich.

Sie nicken und wir fangen an, schnellen Schrittes durch die dunklen Flure zu laufen. Es ist, als hätten sie darauf gewartet, dass ich mich endlich zusammenreiße.

Wir überqueren die Brücke zwischen dem Herrenhaus der Prinzen und dem königlichen Schloss. Der Wind fühlt sich eiskalt auf meiner Haut an. Ich lege die Arme um mich und hastige Schritte tragen mich in die Wärme dort drinnen. Die Stimmung im Schloss ist betrübt und Wachleute rennen panisch an uns vorbei. Andere Feen in Seide und bestickten Kleidern und Anzügen stürmen mit kreidebleichen Gesichtern in die Zimmer. Die Furcht ist förmlich greifbar.

Einen Augenblick später finde ich mich im Flur vor dem Thronsaal wieder. Ich hasse diesen Raum, da er Erinnerungen in mir weckt, wie ich aus Versehen das

Portal für die Blutverfluchten, die Deimos verletzt haben,
geöffnet habe und im Anschluss noch einen weiteren
Durchgang für die kleinen Feen. Und jetzt wurde der
König dort drin ermordet.

Ich bewege mich nicht hinein, da mir ein seltsames
Gefühl, als ob ich nicht hierhergehöre, den Rücken
hinaufkriecht.

Luther tröstet seine weinende Mutter, die ihr Gesicht
an seine Brust presst. Ahren kniet neben dem Leichnam
des Königs, der mit einem weißen Bettlaken bedeckt ist.
Blut tränkt das Material mit großen Flecken. Das Rot im
Kontrast zum Weiß ist eine krasse Erinnerung an den
Verlust. Deimos, der noch immer seinen blauen
Schlafanzug trägt, steht über dem toten König und lässt
die Arme an seinen Seiten herabhängen.

Auch die Magier sind hier, Jasion inbegriffen,
zusammen mit einer Gruppe anderer Männer, die ich
nicht wiedererkenne. Es sind nahezu dreißig Leute in
dem Raum und keiner von ihnen schenkt mir Beachtung.
Alles, was ich tun kann, ist, den leblosen Körper
anzustarren.

Er ist der König.

Mein Vater.

Ich rede mir ein, dass ich jedes Recht habe, hier zu
sein und Lebewohl zu sagen, aber ich kann meine Beine
nicht dazu bringen, sich zu bewegen.

So viel Blut.

Möchte ich wirklich so sein Andenken bewahren? Ich
habe so wenige Erinnerungen an ihn und ich klammere
mich an diese eine Nacht, die wir quatschend
miteinander verbracht haben. Das ist der Vater, den ich
im Gedächtnis behalten möchte.

Ich mache einen Schritt rückwärts und stoße gegen

einen der Wachmänner, die mich hierhergebracht haben. „Bringt mich bitte zurück." Meine Stimme zittert, aber das ist mir egal. Mir ist das zu viel hier.

„Folgen Sie mir."

Und genau das tue ich. Eilige Schritte tragen mich fort. Ich werfe einen letzten Blick zurück in den Raum und sehe Jasion in die Augen, der im Eingang zum Thronsaal steht.

Hat er etwas mit dem Ableben des Königs zu tun? Die Mutter des Königs vom Aschehof hat mich gezielt auf ihn angesprochen. Es gibt Verräter in diesem Schloss, und soweit ich weiß, könnte ich das nächste Ziel des Mörders sein.

Sein Blick verdunkelt sich und es läuft mir kalt den Rücken hinunter.

Jasion muss etwas damit zu tun haben... Ich kann es in meinen Knochen spüren und ich werde einen Weg finden, seine Schuld zu beweisen.

Deimos

„So wird man gerne geweckt." Mein Versuch, die Laune in Ahrens Arbeitszimmer aufzuhellen, scheitert kläglich. Weder er noch Luther antworten. Ahren starrt mit mir zugewandtem Rücken aus dem Fenster, während Luther in der Mitte des Zimmers sitzt, seine Füße verschränkt auf dem Tisch abgelegt und sich auf seinem Stuhl zurückgelehnt hat. Er ist ganz weit weg und blickt ins Leere.

Ich befinde mich in dem seltsamen Gefühlschaos, einerseits zu jubeln, dass ich den Biss eines Blutverfluchten überlebt habe, und anderseits zerreißt es mir bei dem Gedanken daran, was wir verloren haben, das Herz. Der König war fast wie ein richtiger Vater für uns. Sicher, er hat uns oft auf Abstand gehalten, aber er hat sich bemüht und das war mehr, als wir je verlangen konnten. Jetzt rauscht die Trauer durch mich hindurch, da das Leben einer Fee zu früh genommen wurde und wegen dem Schmerz, der meiner Mutter durch den Verlust ihres Ehemanns bereitet wird.

Es klopft an der Tür und ich wirbele herum. Meine Brüder bewegen sich nicht, deshalb spaziere ich hinüber und finde eine Magd vor, die ein Silbertablett mit einem Krug und Bechern haltend in der Tür steht. Die süßen Trauben- und Zimtaromen steigen mir direkt in die Nase. Gewürzter Met, der nur gereicht wird, wenn jemand stirbt. Mein Magen knurrt von dem Duft. Es ist Tage her, seit ich zum letzten Mal etwas gegessen habe.

„Tritt ein", weise ich sie an.

Ohne einen Moment zu zögern eilt sie herein, stellt die Gaben auf dem Tisch ab und zieht sich dann zurück.

Sobald sie fort ist schenke ich mir ein und nehme einen Schluck. Wärme legt sich um mein Innerstes, als das Honiggetränk meinen Rachen hinabläuft. Noch immer im Schlafanzug und dringend ein Bad benötigend, lasse ich mich auf einen Stuhl am Kopf des Tisches fallen und genieße meine Portion vom Honigwein. Ich erinnere mich kaum an die Zeit, als ich auf der Schwelle zum Tod gestanden habe, aber ich bin dankbar, dass die Antriebslosigkeit vergangen ist. Ich befürchte, dass ich eine Woche nicht schlafen werde, wegen der ganzen Energie, die in meinen Adern pocht.

„Hat jemand Vorschläge, wer ihn getötet haben könnte?" Meine Stimme durchbricht die Stille.

„Viele haben ihn gehasst", sinniert Luther. „Sowohl am Hof als auch draußen."

„Der Mörder war schamlos. Er hat ihm die Klinge bis zum Griff ins Herz gerammt. Wer auch immer das getan hat, stand vor ihm, als er den Mord begangen hat", füge ich hinzu.

„Es gab keine Anzeichen eines Kampfs", ergänzt Luther. „Das bedeutet, es war jemand, den er gut kannte und bei dem die Wachmänner keinen Verdacht geschöpft haben."

„Es sei denn, sie waren an dem Übergriff beteiligt?", schlage ich vor und sehe zu Ahren hinüber. „Was denkst du?"

Er schaut nicht in unsere Richtung und blickt einfach weiter stur zum Fenster hinaus.

Luther hebt eine Augenbraue. „Was ist also jetzt unser Plan?", fragt er. „Wir alle wissen, was nun kommt, nicht wahr?"

Ahren kehrt den schneebedeckten Scheiben den Rücken und lehnt sich mit vor der Brust verschränkten Armen gegen den Fensterrahmen. Er sieht mich voller Verachtung an, jedoch ist diese nicht gegen mich gerichtet. Er ist derjenige, der die Lage retten werden muss, und das bedeutet es ein gewaltiges Opfer zu bringen, ob es ihm gefällt oder nicht.

„Wir zögern die Zeremonie so lange wie möglich heraus", schlägt Luther vor.

Ahren brummt vor sich hin. „Wie lange? Höchstens eine Woche, dann stürzen sich die Aasgeier auf uns. Die Schwester des Königs wird in dem Moment, in dem sie erfährt, dass ihr Bruder gestorben ist, herbeieilen, um den Thron an sich zu reißen."

Ich rutsche auf meinem Stuhl herum und trinke noch

etwas von dem warmen Wein um meinen leeren Magen zu besänftigen.

Luther lässt seine Füße vom Tisch gleiten und stellt die Frage, die sich uns allen aufdrängt. „Du bist der Thronerbe, Ahren, und um ihn zu beanspruchen, musst du verheiratet sein. Wen wirst du zur Frau nehmen?"

Guendolyn kommt mir in den Sinn. Mutter wird eine Million Fragen stellen, wenn wir sie vorschlagen, genau wie der königliche Rat auch. Sie wird von Guendolyns Familienstammbaum wissen wollen und Ahren wird keine Bürgerliche heiraten können. Ein weiteres großes Problem wird sein, dass es Seelie und Unseelie verboten ist, zu heiraten, also wird das nicht funktionieren.

Ahren weiß das. Die Verbitterung steht ihm in sein angespanntes Gesicht geschrieben. Jeder von uns ist Guendolyn verfallen. Wie wird sie wohl darauf reagieren, dass Ahren jemand anderes heiratet?

„Ich kenne die Antwort nicht", gibt Ahren ehrlich zurück. Zur Abwechslung ist er mal nicht der ältere Bruder, der in jeder Situation alles im Griff hat, sondern jemand, der in das uns umgebende Chaos abgleitet. Jemanden zu verlieren und dazu gezwungen zu sein, solch plötzliche Entscheidungen zu treffen, ist furchtbar. Andere Familienmitglieder Ahren den Thron wegnehmen zu lassen bedeutet, dass wir unser Zuhause verlieren und höchstwahrscheinlich vom Schattenhof verstoßen werden. Es gibt daher wirklich keine andere Lösung.

Ahren muss eine Königliche heiraten.

Schritte ertönen draußen vor dem Zimmer und plötzlich wird die Tür aufgestoßen.

Wir alle blicken unsere Mutter an, während sie eintritt. Sie zieht den schwarzen Umhang enger um ihren

Hals und die auf das Revers aufgestickten, goldenen Strudel schimmern im Kaminschein. Er reicht ihr bis zu den Knien und ihr blaues Kleid schwingt bei jedem Schritt um ihre Knöchel. Ihre kristallgrünen Augen sind gerötet und vom Weinen aufgedunsen, während strahlend weißes Haar in Locken auf ihren Schulten liegt. Sie hält sich aufrecht und gibt sich majestätisch, auch wenn ihr Herz gebrochen ist. Die Falten um ihren Mund und ihre Augen sind tiefer geworden, die Zeichen ihres Alterungsprozesses sind heute deutlicher als zuvor.

Ich stehe auf und eile an ihre Seite, um sie in die Arme zu schließen. Sie lehnt sich gegen mich und weint leise. Während wir aufwuchsen, war sie immer eine starke Persönlichkeit. Jemand, der unsere Probleme aus der Welt geschafft und uns drei niemals aufgegeben hat. Jetzt fühlt sie sich in meinen Armen so klein und schwach an. Ich halte sie fester und muss jetzt für sie da sein. Wir alle müssen das, genau wie sie es war, als unser Vater uns wie Scheiße behandelt hat.

Sie löst sich von mir und wischt sich ihre Augen trocken. „Diese lächerlichen Tränen hören einfach nicht auf zu rollen. Seit ich von den Magiern fortgegangen bin, kann ich nicht mehr aufhören zu weinen."

Ihr schiefes Lächeln zerstört mich am Boden. Sie hat König Tibout von Herzen geliebt und diese Art des Verlusts ist grauenhaft.

„Komm, setz dich", biete ich ihr an. Nachdem sie es sich bequem gemacht hat, schenke ich ihr einen Becher des warmen Weins ein. „Du wirst immer uns haben."

Sie klammert sich am Kelch fest und fährt mit ihrer Fingerspitze den Rand nach, um dann ihren Kopf in Ahrens Richtung zu heben. Er kommt zu uns an den Tisch. Wir vier sitzen alle in Stille um ihn herum. Das letzte Mal, als wir uns in diesem Zustand befunden haben, war, als unsere Mutter uns eröffnet hat, dass sie unseren leiblichen Vater verlassen wird und wir in derselben Nacht noch unser Zuhause zurücklassen werden. Das ist lange her und doch fühlt es sich an, als wäre es gestern gewesen, als wir im Inbegriff waren, obdachlos zu werden.

Ahren greift über den Tisch und legt eine Hand auf ihre. „Alles wird gut werden. Dafür werde ich sorgen."

Sie nickt, aber neue Tränen bahnen sich ihren Weg an Mutters Wangen herab. Luther steht auf, holt eine Serviette aus dem Schrank hinter sich und reicht sie ihr. Sie trocknet ihre Augen, während er hinter ihr niederkniet, sie umarmt und sein Kinn auf ihrer Schulter ablegt.

„Ich habe mittels einer Krähe eine Nachricht geschickt", teilt sie uns schließlich mit. „Wir dürfen keine Zeit verlieren." Sie nippt an dem Honigwein ohne ihren Blick von Ahren abzuwenden. Ihre Hände zittern.

Ahren weiß genau wie wir, dass wenn er nicht heiratet, er den Anspruch auf den Thron verliert und wir mit unseren Hintern auf der Straße sitzen. Mutter hat in diese Familie eingeheiratet, daher ist es ihr nicht gestattet, den Thron zu beanspruchen.

„Wem hast du sie geschickt?", fragt er, während er steif auf seinem Stuhl sitzt.

„Unseren engsten Verbündeten. Königin Titania."

Ich brumme, wie auch Ahren und Luther, als hätten wir uns abgesprochen. Sie regiert mit ihrem König eins der beiden Königreiche im Osten.

„Sie hat schon ihren vierten Ehemann", spotte ich.

„Und die vorherigen drei sind alle auf mysteriöse Art und Weise verschwunden", murmelt Luther, während er unsere Mutter mit gehobenen Augenbrauen anblickt.

„Du glaubst diese Gerüchte?" Sie schüttelt mit dem Kopf. „Ich verheirate meinen Sohn nicht mit der Königin, sondern mit ihrer Tochter. Man sagt ihr nach, dass niemand im gesamten Osten von vergleichbarer Schönheit sei. Sie wird die perfekte Partnerin sein und dir deinen Anspruch auf den Thron sichern." Ihre Worte richten sich an Ahren, obwohl er keinen Mucks gesagt hat. „Die Königin pocht schon seit einiger Zeit darauf, unsere Königreiche zu vereinen, was bedeutet, dass das Angebot wahrscheinlich angenommen wird, noch bevor die Schwester eures Stiefvaters hier eintrifft, um den Thron zu beanspruchen. Ich habe die Beisetzung aufgeschoben und allen für ein paar Tage verboten, die Neuigkeiten über den König zu verbreiten."

Ahren sagt nichts und entzieht stattdessen seiner Mutter die Hand, während Luther zurück zu seinem Stuhl geht. Anspannung zeichnet sich unter Ahrens Augen ab. Er lässt sich nicht aus der Fassung bringen und ich zweifele daran, dass es etwas gibt, was seine äußere Erscheinung erschüttern lässt. Innerlich ist das aber eine ganz andere Geschichte.

Dies ist keine einfache Entscheidung. Nein, es ist überhaupt keine Entscheidung, oder? Er hat keine andere Wahl und es bringt mich innerlich um, mitanzusehen, wie er ertrinkt und wir nichts dagegen tun können. Um uns alle zu retten muss er diese Bürde tragen. Und das ist der Grund dafür, warum er nichts sagt. Diskussionen werden die Situation, von der wir wussten, dass sie auf uns zukommt, nicht ändern, und ganz gleich welche Partnerschaft arrangiert wird, sie wird ihn nicht näher zu Guendolyn bringen.

Er will sie, wie auch der Rest von uns, und sein Schweigen ist sein Begreifen, dass er sie verlieren wird.

„Alles wird gut werden, Ahren, du wirst schon sehen", erklärt Mutter. „Ich kannte König Tibout kaum, bevor ich in den Schattenhof eingeheiratet habe und jetzt liebe ich ihn." Sie stellt sich hin und streicht ihren Umhang glatt. Mit geröteten Wangen und Augen, aus denen noch immer die Tränen quellen, strafft sie ihre Schultern. „Bitte behaltet das im Moment für euch. Es wissen nur eine Handvoll Leute. In der Zwischenzeit werde ich mit den Vorbereitungen für die Hochzeit beginnen." Sie senkt ihren Kopf und niemand antwortet, was den Raum in eine lähmende Stille tunkt.

Ahrens Gesicht errötet vor Zorn, aber wenn er ablehnt, dann verlieren wir unser Zuhause. Und so lange er am Leben ist kann der Zweitgeborene nicht seinen Platz einnehmen. Ich habe Mitleid mit ihm, aber das würde ich ihm nie zeigen.

„Wir haben ein paar Tage Zeit, um die Vermählung vorzubereiten", gibt Mutter mit starker Haltung an. Fort ist ihre fürsorgliche Natur, ersetzt durch eine Frau, die dazu gezwungen ist, die Führung zu übernehmen, um uns alle zu beschützen. „Wir müssen gründlich und vorsichtig sein, bis der Mörder gefunden ist, für den Fall, dass er auch dich töten will, Ahren."

Sie macht auf der Stelle kehrt und verlässt das Zimmer.

„Zur Hölle, Ahren", sprudelt es als erstes aus Luther heraus. „Was zum Geier? Bist du damit einverstanden?"

Ahrens Blick schmälert sich und er springt auf die Füße. Die Beine seines Stuhls kratzen über den Steinboden. „Was denkst du denn?", brummt er. „Ich bin höllisch angepisst und ich will Gott weiß niemand anderes heiraten." Seine Stimme versagt. „Aber ich habe keine Wahl, oder? Ich werde nicht hinnehmen, dass unsere

Mutter ihr Zuhause verliert." Seine blassgrünen Augen werden kalt und sein langes weißes Haar ist vom Wind zerzaust, was ihm ein wildes Erscheinungsbild verleiht. Ich schlucke den Kloß in meinem Hals herunter und weiß gar nicht, wo ich anfangen soll, mir vorzustellen, wie ich mich fühlen würde, wenn ich an seiner Stelle wäre.

„Wir wussten, dass dieser Fall eines Tages eintreten würde. Es ist keine Überraschung", sagt er, als würde er versuchen, sich selbst zu überzeugen. Einen Augenblick später fährt er fort: „Wir erzählen Guendolyn nichts davon, verstanden?"

„Aber—"

„Nein!", brüllt Ahren Luther an. „Noch nicht, und ich werde derjenige sein, der ihr die Neuigkeiten überbringen wird, wenn es soweit ist." Er marschiert aus dem Raum und schlägt die Tür hinter sich zu. Luther schnalzt mit der Zunge.

„Das sind fürchterliche Qualen für ihn. Du weißt, er wird die Nerven verlieren und schlussendlich in seiner Wut etwas Dummes anstellen."

„Definitiv." Ich mache mich auf den Weg zur Tür. „Ich gehe jagen, oder so. Ich muss weg von dem Mist hier."

Ich kann nicht stillstehen und versinke in meinen Gedanken. Ahren ist am Arsch und ich weiß nicht genau, wie stark seine Bindung zu Guendolyn ist, aber von dem, was ich gesehen habe, werden die Neuigkeiten sie am Boden zerstören.

2

GUENDOLYN

Ich lasse den roten Rubin über meine Fingerknöchel rollen, kugele ihn dann mit meinem Daumen in meine Handfläche und wiederhole diese Bewegung. Immer und immer wieder. Es ist auf seltsame Weise beruhigend. Der Edelstein fühlt sich kalt an, ganz gleich, wie lange ich ihn in der Hand halte. Aber schließlich ist es auch kein herkömmlicher Stein, nicht wahr?

Es ist der letzte Kristall der Krone der Königin der kleinen Feen und dort gehört er hin, auch wenn Fauchi drauf bestanden hat, dass er bei mir bleiben soll. Ganz zu schweigen davon, dass er mir hilft, mit Leichtigkeit Portale zu öffnen. Luther hat erzählt, dass der König alle Juwelen seiner Mutter verkauft hat, um diesen Stein von einer Fee, die auf ihrer Durchreise am Schattenhof Halt gemacht hat, zu erwerben. Dem König wurde versprochen, dass ihm der Rubin das Wohlwollen der kleinen Feen bescheren würde, was für mich aber die Frage aufwirft, warum er ihn unbedingt haben musste. Pure Besessenheit oder etwas anderes?

Mit überschlagenen Beinen sitze ich auf dem Sofa in Deimos Zimmer und schaue immer wieder nach draußen, wo der Wind gegen das Fenster prescht und der Schnee schnell und schwer fällt. Das Wetter heult und alles, was ich mir vorstellen kann, sind die winzigen Bienenstockartigen Unterkünfte, die im Dorf der kleinen Feen von den Bäumen hängen und wild im Sturm umherschwingen.

Wenn es eine Sache gibt, die ich gelernt habe, seit ich im Königreich der Irrfahrten eingetroffen bin, dann, dass nichts lange ruhig bleibt. Und dann ist da noch die Sache mit den kleinen Feen, die mir geholfen und mich *Eirian*, ein Ausdruck für Feenkönigin, genannt haben, was mich noch mehr verwirrt.

Ich lasse den Rubin ein weiteres Mal über meine Fingerknöchel rollen und meine Gedanken drehen sich um den Aschehof.

Dies ist der Grund, warum Seelie und Unseelie nie zusammen sein dürfen. Die Mutter des Unseelie Königs hat diese Worte zu mir gesagt. Sie fügte auch hinzu, dass die Blutlinie der Unseelie direkt von der Königin der kleinen Feen abstammt, was meine Verbindung zu ihnen erklären könnte. Und alles andere, was sie mir erzählt hat, bestätigt ebenfalls, dass der verstorbene König des Schattenhofs eine Affäre mit jemandem aus dem verfeindeten Königreich gehabt hat. Und doch hat der König nie erfahren, dass er ein Kind hat. Warum hat meine Mutter ihm nichts gesagt?

Die Unseelie Königsmutter hat dies in ihrer Ansprache kundgetan. Dafür hasse ich sie... und natürlich für die Tatsache, dass sie versucht hat, mich zu töten.

Aber ich bin kein Narr. Wer auch immer meine Mutter ist, sie muss jemand wichtiges sein. Warum gäbe es sonst einen Krieg zwischen den beiden Höfen mit mir mittendrin? Ich hoffe nur, dass sie noch am Leben ist.

Für so lange Zeit war ich nur eine Schachfigur in ihren Spielchen.

Die Mutter des Unseelie Königs hat mich als Baby mit einem Fluch belegt und sie hat damit geprahlt. Ich knirsche mit den Zähnen, da ich geradeso mit dem Leben davongekommen bin... mit den Leben der Prinzen. Etwas in mir muss fürchterlich kaputt sein, wenn die Königsmutter mich eine Ausgeburt nennt. Oder ist das ihre verdrehte Meinung über jemanden, der einer Verbindung zwischen Seelie und Unseelie Eltern entstammt? Dieser Gedanke bringt eine Erinnerung an die verrückte Königsmutter vom Aschehof mit sich. Wird sie wieder Jagd auf mich machen?

Das Ächzen der Tür ertönt.

Rasch lasse ich den Edelstein in meiner Hosentasche verschwinden und blicke über meine Schulter, als Luther den Raum betritt.

Mein Herz klopft, während in meinem Bauch die Schmetterlinge flattern. Ich sollte nicht so aufgeregt sein einen Mann zu sehen, mit dem ich nur Wochen verbracht habe. Aber die Dinge haben sich geändert, seit ich Deimos geheilt habe und Luther mich berührt hat, als die Magie noch in mir loderte. Diese Berührung hat den Fluch gebrochen, der mir meine Erinnerungen geraubt hat. Jetzt ist meine Vergangenheit mit Luther kristallklar vor meinen Augen, von seiner Stimme in meinen Gedanken auf der Erde hinzu den schmutzigen Dingen, die er gesagt hat. Es gab endlose Nächte, in denen wir über dummes Zeug gequatscht haben, und doch hat er mich dann genauso verzaubert.

Ich kenne diese Fee in- und auswendig und das Verlangen nach ihm, das in meiner Brust wächst, hat mit alledem zu tun, was wir zusammen durchgemacht haben. Auch er hat wegen unserer Erinnerungen gelitten und ich konnte nichts tun, um ihm dabei zu helfen.

Sein eifriger Blick schweift durchs Zimmer und verweilt auf mir. Wir sind alleine und er tritt die Tür hinter sich zu. Das Funkeln in seinen Augen ruft nach mir. Er sieht mich nun anders an, als wären wir ein Liebespaar, das sich verloren und nun endlich wiedergefunden hat. Sein spitzbübisches Lächeln entfacht ein Feuer in mir. Es ist seltsam, wenn man bedenkt, dass ich seinem Charme zweimal zum Opfer gefallen bin. Zum ersten Mal, noch bevor ich ihn je gesehen habe. Und zum zweiten Mal, als ich mich noch nicht an viele Details unserer Vergangenheit erinnern konnte.

Wir sind füreinander bestimmt.

„Ich habe eine Überraschung für dich." Sein tiefer Bariton wärmt und tröstet mich.

Ich stehe schon, noch bevor mir klar wird, was für einen starken Einfluss er auf mich hat.

„Luther." Eilig laufe ich auf ihn zu. Er schließt mich in seine Arme und hebt mich hoch.

Unsere Münder treffen in einem Mix aus Emotionen aufeinander.

Erregung.

Verzweiflung.

Unerträgliches Verlangen, die verlorene Zeit wiedergutzumachen.

Seine Hände umschließen meinen Hintern, während seine Zunge in meinen Mund gleitet und mit meiner tanzt. Ich verschränke meine Hände in seinem Nacken, halte mich an ihm fest und schlinge meine Beine um seine Hüften. Unser Kuss ist innig und leidenschaftlich, die Art Kuss, die dir den Atem verschlägt und dich tropfend feucht werden lässt.

„Was wolltest du sagen?" Ich atme ihm die Worte in seinen Mund.

Einer seiner Mundwinkel zieht sich mit einem spitzbübischen Ausdruck in seinem Blick nach oben. Statt zu antworten küsst er mich und drängt mich gegen die Wand, wo er mich festhält. Um mich herum verblasst die Welt; in diesem Moment gibt es nur uns beide.

Keinen Tod.

Keine Verwirrung.

Keine Sorgen.

Nur Luther und mich.

Unfähig zu widerstehen oder mich auf irgendetwas zu konzentrieren, fahre ich mit meinen Händen durch sein langes, dunkles Haar und ziehe ihn näher an mich heran. Er ist wie der Wind, der durch meine Gedanken weht, und unsere Vergangenheit von dem Moment an, als ich ihm das erste Mal begegnet bin, zum Leben erweckt. Er ist dunkel und bedrohlich, und sogar meine Knie werden in seiner Gegenwart mit einer Verzweiflung, sich zu verbinden, weich. So lange haben wir uns in meinen Gedanken unterhalten und ich hätte wissen müssen, dass er immer Teil meines Lebens sein wird.

Ich klammere mich an ihm fest, lasse meine Zunge in seinen Mund gleiten und presse meine Hüften seiner wachsenden Erektion entgegen. Wenn es trotz allem eine gute Sache daran gibt, dass ich herausfinde, wo ich herkomme, dann ist es, drei Feenmänner, die ich vergöttere und die mich genauso wollen wie ich sie, gefunden zu haben. Ich denke nicht, dass ich es ertragen könnte, einen von ihnen zu verlieren.

Sie sind meine Rettungsleine in diesem verrückten Königreich. Und ich brauche mehr... so viel mehr von jedem Einzelnen von ihnen.

Seine Lippen fahren sanft über meine Wange hinunter zu meinen Hals, wo er an meiner Haut knabbert bevor mein Ohrläppchen in seinem Mund saugt. Finger gleiten unter den Stoff meines Oberteils und treffen auf nackte Haut.

Ich drücke meinen Rücken durch und stöhne auf, als seine Hand höher wandert und sich um meine Brust legt. Meine Augen schließend lege ich meinen Kopf zurück gegen die Wand, während er sich mit seinem Schwanz gegen meine Hitze drängt.

Hier möchte ich jeden Tag sein. Ich sauge abgehackte Atemzüge ein, während er mich verschlingt und meine steifen Brustwarzen zwickt.

Mir entweicht ein Aufschrei, als er daran zieht, und meine Beherrschung wird von seiner Leidenschaft zerstört. Erneut vereinen sich unsere Lippen. Ich küsse ihn voller Innigkeit und Leidenschaft, unsere Zungen führen einen Krieg und seine Zähne zupfen an meiner Unterlippe. Der Schmerz und das Vergnügen sind ein Cocktail, der mich auslaufen lässt.

Er zieht sich zurück, unsere Atemzüge rasen und dann lässt er mich sanft zurück auf meine Füße hinunter, als wäre dieser Moment des Feuers nicht mehr als ein Willkommenskuss gewesen.

„Was in aller Welt war das?", ächze ich und ziehe mein Hemd runter, um meinen Bauch zu bedecken.

„Wenn du zu mir gerannt kommst, werde ich dich

küssen, bis du dich selbst vergisst." Er schiebt mir eine lose Haarsträhne zurück hinters Ohr.

„Das war so viel mehr als ein Kuss, das weißt du ganz genau. Du bist ein teuflischer Plagegeist."

Er lässt von meinem Haar ab und seine Fingerknöchel streifen sanft meine aufgestellten Brustwarzen. Ich schnappe mit einem wiederentfachten Auflodern des Verlangens, das tief in meinem Bauch brennt, nach Luft.

„Naja, *das* nenne ich Reizen." Er zwinkert mir sexy zu. „Was wir getan haben, war etwas Anderes. Ich habe dich vorbereitet."

Ich verkrampfe und schmälere meinen Blick auf ihn. „Für was?"

„Hab dir doch gesagt, dass ich etwas für dich habe. Und während ich vollste Absicht habe, dich zu ficken, ist dies nicht der richtige Ort... oder der richtige Zeitpunkt."

Er umschließt mein Gesicht mit seinen Händen und küsst mich zur Abwechslung mal zärtlich. Ich spiele mit dem Gedanken, zu protestieren. Stattdessen aber gebe ich mich der Ablenkung in einer Zeit, in der ich sie am meisten brauche, hin. Seine Zunge leckt über meine Lippen. Ich drücke mich gegen seine Brust und flüstere: „Wenn du mich weiterhin so küsst, bin ich nicht dafür verantwortlich, was mit deinem Schwanz passiert."

Ein glühendes Funkeln blitzt in seinen Augen auf und das Zucken seiner Erektion pulsiert an meinem Bauch.

„Und du riechst gut genug, um dich mit Haut und Haaren aufzufressen."

Ich ziehe einen zittrigen Atemzug ein und warte darauf, dass meine Libido aufhört, Wellen vorzüglicher Erregung durch mich hindurchrollen zu lassen. „Verdammt, du bist gut."

Er lacht und ich liebe einfach alles an ihm, aber dieser

Klang, den er von sich gibt, macht ihn außergewöhnlich. „Erinnere dich, mit wem du es zu tun hast, kleiner Wolf. Ich bin der Prinz der Dunkelheit, ein Lord, ein Meister." Dieses Grinsen ruft mir diese exakten Worte ins Gedächtnis, die er zu mir gesagt hat, bevor ich in dieses Königreich gekommen bin.

„Du bist genauso eingebildet wie damals, als du das zum ersten Mal gesagt hast." Ich hebe meinen Kopf und erwidere sein Lächeln.

„Es hat funktioniert, nicht wahr? Du bist dahingeschmolzen. Ich erinnere mich an den Moment, als du mich das erste Mal gesehen hast; ich konnte die sofortige, anziehende Wirkung, die ich auf dich hatte, und den Hunger in deinen Augen spüren."

Ich lache halbherzig und weigere mich vor ihm zuzugeben, dass er Recht hat. „Du verwechselst das mit purem Schock. Also weißt du, am Anfang hätte ich dich beinahe mit Dracula verwechselt." Dann strecke ich ihm die Zunge raus.

Er nimmt mich am Arm und zieht mich an sich heran. „Wer ist Dracula?"

Ich kann mir das Kichern nicht verkneifen. „Es ist eine erfundene Figur, die ganz dunkel und grüblerisch ist, wie du, aber zum Überleben das Blut der Menschen trinkt."

„Wie die Blutverfluchten?" Er zwinkert, als würde er versuchen, meinen Ausschweifungen einen Sinn zu verleihen.

„Ja und nein. Wie auch immer, ich erinnere mich daran, wie du mir einst vor langer Zeit gesagt hast, dass sich Dunkelheit und Licht trafen und eine Schönheit erschufen... eine Schönheit, die diese Welt zerstören würde. Du hast von mir gesprochen. Warum hast du mir damals nicht gesagt, dass ich eine Fee bin?"

„Hättest du mir geglaubt?"

Ich zucke mit den Schultern und möchte unbedingt Ja sagen, aber das wäre eine komplette Lüge. „Also, wo ist die Überraschung, die du mir versprochen hast?"

Seine Hand legt sich um meine und unsere Finger verschränken sich miteinander. Er führt mich zur Tür und hinaus in den Flur. „Geduld", sagt er.

„Wirst du heute bei mir bleiben?", frage ich, während wir entlang des Korridors schlendern, wo eine Magd mit gesenktem Kopf an uns vorbeihuscht.

„Ich gehe nirgendwo hin. Weder jetzt noch in Zukunft. Vergiss das nie, kleiner Wolf. Ganz gleich was passiert, du wirst mich immer an deiner Seite haben."

Mein Blick wandert zu ihm hinüber—seine Worte klingen sonderbar, aber ich denke mir nichts dabei, als wir vor einer schwarzen Flügeltür stehen bleiben.

„Hmm, sollte ich mir Sorgen machen?", frage ich.

„Sag du es mir." Er drückt gegen die Tür und sie schwingt auf.

Vor uns erstreckt sich ein runder Raum mit einem Boden und Wänden aus weißem Stein, zusammen mit langen, schmalen Fenstern, die denen in unseren Schlafzimmern gleichen. In der Mitte des Zimmers steht eine runde perlweiße Badewanne, die groß genug ist, damit fünf oder sechs Personen bequem darin Platz finden. Sie steht flach auf dem Boden, ohne Füße, und muss sicher eine Tonne wiegen. Ein kleiner Aufgang mit hölzernen Stufen befindet sich an einem Ende der Wanne und am anderen Ende gibt es einen Tisch mit einer Auswahl an Obst, Brot und Käse.

Dampfende Hitze steigt vom Wasser auf und wartet auf uns. „Das ist so perfekt. Aber ernsthaft, was habt ihr Feen mit diesem ständigen Bäder nehmen?"

„Es ist ein Luxus, den nicht viele genießen können, und für uns ist dies eine Möglichkeit zu entspannen. Also, ziehst du dich aus, oder muss ich dir dabei helfen?" Er lässt meine Hand los und greift nach meinem Oberteil.

Ich schlage seine Hand fort und stoße ihn weg. „Gesellen sich Ahren und Deimos auch zu uns?" Mit all den schlechten Nachrichten möchte ich, dass wir alle zusammen sind.

„Deimos ist auf die Jagd gegangen und Ahren braucht jetzt etwas Zeit für sich. Du musst also mit mir vorliebnehmen."

Ich denke jeder geht mit dem Tod anders um und ich freue mich über etwas Luxus, deshalb öffne ich die Knöpfe meiner Hose und ziehe meine Schuhe aus.

Als Luther sich nicht bewegt, sondern mich anstarrt, als würde er gleich anfangen zu sabbern, sage ich: „Wirst du einfach nur zusehen?"

„Ist das ein Problem?" Er spaziert auf mich zu. Ich weiche zurück und erkenne den Ausdruck in seinem Gesicht. Mein Innerstes geht wegen seines intensiven Blicks in Flammen auf.

„Ich kann mich alleine ausziehen."

„Dann beeil dich." Seine Stimme klingt tief, als wäre er dabei, die Kontrolle zu verlieren.

Ich zwinge mich dazu, mich wegzudrehen, um ihm nicht die Genugtuung zu geben, alles zu sehen. Dann sinniere ich: „Kannst du unter Umständen etwas zu trinken organisieren? Etwas Warmes?"

Über meine Schulter blickend sehe ich, dass er das Tablett, auf dem die Getränke fehlen, anschaut.

Er schmälert seinen Blick auf mich und seufzt: „Ich bin sofort zurück."

In dem Moment, als er die Tür hinter sich schließt,

renne ich auf die Badewanne zu, während ich mir in Rekordzeit die Kleidung vom Leib reiße und sie eine Spur hinter mir bilden. Auf den Stufen stehend setze ich den Fuß auf die Sitzbank, die entlang der Innenwand der Badewanne verläuft. Das Wasser ist brühend heiß, aber es fühlt sich gleichzeitig unglaublich gut an, sich von ihm einhüllen zu lassen. Es gleicht Seide, die über meinen Körper gleitet. Ich tauche meinen Kopf unter Wasser und bleibe solange ich meinen Atem anhalten kann unter seiner Oberfläche.

Es ist seltsam, sich nach so etwas wie Taubheit zu sehnen. Ich rede mir selbst ein, dass der König zwar mein Vater gewesen ist, jedoch nur des Blutes wegen. Und doch habe ich trotzdem das Gefühl, dass ich mehr trauern sollte, als ich es bereits tue.

Ich drücke meinen Kopf nach oben und aus dem Wasser heraus. Meine Augen öffnen sich und blicken direkt auf Luther, der auf mich herabschaut.

Er rollt sein Oberteil nach oben und zieht es über seinen Kopf, bevor er es hinter sich auf den Boden wirft. Dann zieht er an der Schnalle seiner Hose ohne den Blick von meinem Körper im Wasser abzuwenden. Es gibt nichts, was er nicht bereits zuvor gesehen hat, aber das lindert trotzdem nicht die Röte, die sich über meine Wangen zieht. Sekunden später ist er nackt und steigt in die Wanne. Ich versuche wegzusehen, versage aber kläglich—ich kann nicht anders, als seinen langen und leicht erigierten Schwanz zu betrachten. Ich erinnere mich daran, wie groß er wird, wenn er ganz ausgefahren ist, und wie unglaublich er sich in mir anfühlt. Allein beim Gedanken daran durchfährt meinen Kitzler ein Schaudern.

Ich spritze mit Wasser als ich versuche, so weit wie

möglich von ihm weg zu rudern, um ihm Platz zu machen. Jedoch gelingt es mir nur, auf der glatten Oberfläche der Badewanne abzurutschen und unters Wasser zu tauchen.

Beim panischen Versuch wie der tollpatschigste Fisch der Welt mein Gleichgewicht zu finden, greife ich nach dem Badewannenrand. Starke Hände greifen nach meinen Knöcheln und ziehen mich durch die Wanne, wobei ich weiter unter Wasser getunkt werde.

Meinen Atem anhaltend kämpfe ich und tauche schließlich um Luft schnappend aus dem Wasser auf.

Luther sitzt mit gespreizten Beinen auf dem Rand der Wanne, mit mir zwischen seinen Schenkeln, und lacht mich an.

Ich wische mir über die Augen und streife mein Haar zur Seite, bevor ich ihm Wasser ins Gesicht spritze. „Wenn du versuchst, mich zu ertränken, dann gelingt dir das verdammt gut.“

„Und ich dachte, du kannst schwimmen?“ Er zieht mich mit seinen Worten und seiner guten Laune auf.

Mit meinen Augen rollend wende ich mich von ihm ab. Kräftige Finger umklammern meine Hüften und ziehen mich rückwärts, bis ich direkt auf seinem Schoß sitze. Mein blanker Hintern thront auf seinem Oberschenkel und sein Schwanz drückt sich gegen mein Bein, als ich mich zur Seite drehe.

„Ich möchte dich nah bei mir.“ Ein Arm legt sich um meinen Bauch und wir sind fast genau auf Augenhöhe. „Du musst in meiner Gegenwart nicht schüchtern sein, kleiner Wolf. Ich liebe jeden Zentimeter an dir und wenn es nach mir ginge, würde ich jede Sekunde in deiner Nähe verbringen wollen. Und dabei wärst du selbstverständlich nackt.“

„Wirklich? Und du?"

„Ich wäre deiner Gnade ausgeliefert." Er wirft mir einen Luftkuss zu.

„Du bist so ein Charmeur."

Er rückt ein wenig herum, damit wir seitlich auf der Kante sitzen, und ich rutsche hinunter, um genau zwischen seinen Beinen zu sitzen. Mein Rücken wird gegen seine harte Brust gedrückt, sein Schwanz kitzelt mich am Kreuz und seine Arme hat er um mich gelegt, so als hätte er nicht die Absicht, mich gehen zu lassen. Er streicht mein Haar zu einer Seite weg und küsst dann meinen Nacken und meine Schultern. Mein Körper wird voller Aufregung, die in mir emporsteigt, von einer Gänsehaut überzogen. Aber er geht keinen Schritt weiter.

Zuerst bin ich verwirrt. Ich habe den Eindruck gehabt, dass er die volle Absicht hegte, das, was wir im Schlafzimmer begonnen haben, hier zu beenden. Jedoch hält er mich einfach nur fest, so als würde er meine Gesellschaft brauchen.

Ein Klopfen ertönt an der Tür und ich fahre zusammen. Luther zieht mich zurück, als die Tür sich öffnet. Seine Arme senken sich, um meine Brüste zu bedecken, wofür ich ihm sehr dankbar bin. Meine Knie sind vor mir angewinkelt und die Knöchel liegen auf dem Badewannenrand.

Dana, die ältere Dienstmagd, die mich noch vom letzten Mal kennt, marschiert herein. „Entschuldigen Sie, Eure Hoheit." Sie kommt mit einem weiteren Dienstmädchen herein und beide tragen Bündel mit Handtüchern, Kleidung und Schuhen. Sie legen die Sachen auf einer Seite des Zimmers auf einem Beistelltisch ab, ziehen sich zurück und schließen die Tür hinter sich.

„Danke, dass du meine Blöße bedeckt hast." Mein

Blick wandert über meine Schulter zu dieser brandheißen Fee, deren Haar nass und aus dem Gesicht gestrichen ist. Dicke, braune Augenbrauen thronen über diesen atemberaubenden, bernsteinfarbenen Augen. Ich betrachte seine vollen Lippen und bin in Versuchung, mich nach vorne zu beugen und sie nochmal zu schmecken.

„Da irrst du dich", murmelt er. „Ich habe dich nicht bedeckt, kleiner Wolf, ich habe verdeutlicht, dass ich dich als die Meine beansprucht habe, indem ich mich vor ihren Augen an deinen wunderschönen Brüsten festgehalten habe."

Mein Atem stockt als ich mich daran erinnere, dass er jetzt auch der Meine ist, und ich kann nicht anders als zu lieben, wie beschützerisch und stolz er auf mich ist. Ich habe ihn beinahe verloren, weil ich mich nicht an unsere gemeinsame Zeit erinnern konnte. Jetzt möchte ich alles an ihm wie ein Schwamm in mich aufsaugen und nicht einen einzigen, weiteren Moment verlieren.

„Je mehr ich über eure Art erfahre, desto mehr erinnert ihr mich an die Hierarchie der Wölfe." Ich lasse mich in seine Arme sinken und das heiße Wasser schmiegt sich an meine Schultern.

Er küsst meinen Kopf. „Das ist wahrscheinlich die beste Art es auszudrücken, die ich je gehört habe. Und es gibt viele Gruppen, die um die Macht wetteifern." Er streift mit seinen Fingern über meine Handflächen, was dazu führt, dass es mir kalt den Rücken hinunterläuft. „Wenn ich die Person, die für die heutige Gräueltat verantwortlich ist, finde, wird sie keinen schnellen Tod sterben."

Ich halte mich an Luthers Armen, die er um mich gelegt hat, fest und meine Gedanken rasen in ein Dutzend

Richtungen, als mir einer von ihnen über die Lippen kommt. „Warum würde jemand den König töten?"

„Für gewöhnlich Macht", antwortet her. „Oder Rache, aber ich nehme an, dass es um die Macht geht, unseren Hof weiter zu schwächen, als er bereits schon ist."

„Zwischen uns beiden", beginne ich, „also, ich frage mich, ob Jasion zu solch einer schrecklichen Tat fähig wäre." In dem Augenblick, als die Wörter meinen Mund verlassen, bereue ich sie bereits. Ich beschuldige den Magier nur aufgrund meines Instinkts und meiner Verachtung für ihn, aber macht ihn das zu einem Mörder? Vielleicht... zur Hölle, ich weiß es nicht.

„Jasion ist bereits seit jungen Jahren ein Teil unseres inneren Kreises, genau wie sein Vater und dessen Vater vor ihm." Luther runzelt die Stirn. „Aber ich vertraue ihm nicht. Seit dem ersten Tag, als wir uns vor langer Zeit getroffen haben, schon nicht. Als wir aufwuchsen machte er immer schnippische Bemerkungen gegenüber Deimos und mir, wenn Ahren nicht dabei war. Aber ich bin mir sicher, er ist nicht der Typ, der Morde begeht."

„Nein, vergiss, was ich gesagt habe." Vielleicht hat die Mutter des Unseelie Königs nur versucht, mir unter die Haut zu kriechen. Mich Schuld sehen zu lassen, wo es keine gibt, um Hohn zu säen. Und nur, weil ich den Kerl nicht mag, heißt das nicht, dass er ein Killer ist.

„Was würde ihm das bringen?", fährt Luther fort.

Ich zucke mit den Schultern, da ich die Antwort darauf nicht kenne. „Wie auch immer, lass uns nicht mehr darüber sprechen. Ich verhungere."

Er greift hinüber zum Tisch und nimmt eine Rebe schwarzer Trauben. Er pflückt eine davon und schiebt sie mir in den Mund. Die Frucht explodiert voller Süße auf meiner Zunge.

Es macht mir nichts aus, nicht im Geringsten. Wenn dieser Adonis mich füttern und wie eine Prinzessin behandeln möchte, dann sage ich *bitte mehr davon.* Zur Abwechslung könnte es wirklich sein, dass die Dinge sich beruhigen, damit ich mich damit beschäftigen kann, wo genau mein Platz in diesem Königreich der Irrfahrten ist.

3

GUENDOLYN

Kerzenlicht flackert wild über den Esstisch und die Dunkelheit verschlingt den Rest des Raums. Ich sitze neben Deimos, Luther uns direkt gegenüber und Ahren sitzt rechts von mir. Seit wir wieder am Schattenhof sind, habe ich mich danach gesehnt, dass wir alle zusammen sind, aber heute Nacht liegt ein seltsames Gefühl in der Luft. Ein Hauch der Anspannung, für die ich den beschissenen Tag verantwortlich gemacht habe. Aber trotzdem beschäftigt es mich, da ich gehofft habe, dass es uns allen helfen würde, wenn ich mit diesen drei Prinzen zusammen bin. Dem ist aber nicht so.

Ich beuge mich rüber und fülle meinen Teller mit einem Stück gegrilltem Kaninchen und Gemüse. Mir läuft das Wasser im Mund zusammen und ich stecke mir direkt einen Bissen hinein. Das Knuspern der mit Ahornsirup glasierten Kartoffeln und ihr weicher Kern bringen mich zum Aufstöhnen. Rasch nehme ich mir vier weitere mit dem Servierlöffel.

Den Prinzen scheint es nicht aufgefallen zu sein. Deimos isst direkt vom Tablett und scheint unfähig zu sein, sich genügend in den Mund zu stopfen. Er hat einen frischen Schnitt auf der Wange, der rötlich schimmert, aber ich frage ihn nicht, was passiert ist. Luther hat mir erzählt, dass er auf die Jagd gegangen ist, und wenn dies seine Ausflucht ist, dann respektiere ich seine Entscheidung.

Luther isst nur Fleisch, nichts anderes, und als ich ihm dabei zusehe, wie er Scheiben abschneidet und sie hungrig vertilgt, ist alles, woran ich mich erinnern kann, wie wir heute in der Badewanne gesessen, gequatscht, gelacht und uns im Arm gehalten haben. Er füllt seinen dunkelbraunen Mantel komplett aus und Lederschnallen spannen sich anstatt von Knöpfen straff über seine Brust. Die Anziehung, die er auf mich auswirkt, lässt sich nicht leugnen. Sein schwarzes Haar ist über seine Schultern zurückgeworfen, ein paar Bartstoppel verdunkeln seinen Kiefer und mein Körper erwacht beim Gedanken, wie er sich nackt auf meiner Haut angefühlt hat, zum Leben. Mein Magen macht Purzelbäume, weil ich ihn so sehr begehre... alle drei Prinzen begehre.

Ahren isst nicht, sondern starrt in die dunklen Ecken des Raums.

Ich senke meine Gabel. „Ahren, geht es dir gut?"

Er antwortet nicht und bleibt distanziert. Die anderen beiden blicken auf und sehen ihren Bruder an.

„Ahren, bist du bei uns?", fragt Luther mit ruhiger Stimme.

Der älteste Prinz zwinkert und widmet uns dreien seine Aufmerksamkeit. „Was habe ich verpasst?" Er nimmt sich eine Keramikschüssel mit Eintopf und beginnt zu essen, als würde ihm keiner von uns dabei zusehen.

Luther sieht in meine Richtung. Sein Mundwinkel

zuckt und entlockt mir selbst ein Lächeln. Seine Füße legen sich unter dem Tisch um meine. Jeder Zentimeter von mir reagiert auf ihn und schreit nach mehr.

Deimos neigt seinen Kopf in meine Richtung, seine Hand legt sich auf meinen Oberschenkel und seine Finger schieben den Stoff meines Rocks an meinem Bein hinauf.

Ich verkrampfe, schiebe seine Hand fort und ziehe meine Beine aus Luthers Reichweite. Ich bin nicht prüde, aber im Moment sorge ich mich mehr um Ahren und muss wissen, ob es ihm gut geht.

„Ahren, hast du schon Pläne für morgen?", frage ich in dem Moment, als sich die Tür zum großen Saal öffnet. Schritte hallen um uns herum wider, als etliche Dienstmädchen mit Tabletts voller Kuchen, Früchte und Käse hereineilen.

„Ich bin beschäftigt", antwortet Ahren, ohne mich anzusehen.

Ich muss laut schlucken und versuche nicht zu viel in seine Reaktion hineinzuinterpretieren. Alle sind so still heute Abend und es ist verständlich, deswegen reite ich nicht weiter darauf herum. Kummer ist mir ein guter Freund. Ich konzentriere mich auf meine Mahlzeit, während die Mägde die Nachspeisen auf den Tisch quetschen. Ich hatte schon immer eine Schwäche für Süßes und die dreistöckige Schokoladentorte ist wie für mich gemacht.

„Möchtest du ein Stück?", fragt Deimos, als ihm auffällt, wie mir wegen der süßen Versuchung das Wasser im Mund zusammenläuft. „Es ist der schmackhafteste Pflaumenkuchen."

„Pflaumen? Nicht Schokolade?"

Luther lehnt sich in seinem Stuhl zurück und

schmunzelt wie die Grinse-Katze aus Alice im Wunderland, was sich für das Königreich, in das ich hineingestolpert bin, passend anfühlt. „Es gibt hier keine Schokolade, kleiner Wolf."

Ich runzele die Stirn. „Der Kuchen sieht aber so aus."

Deimos platziert ein Kuchenstück auf einem sauberen Teller und ich habe meine Gabel bereits gezückt, als er ihn mir reicht. Noch bevor der Bissen meine Zunge berührt kann ich die Früchte riechen. Aber das ist mir egal und ich stopfe ihn mir in den Mund, während ich mir sehnsüchtig wünsche, dass es Schokolade wäre.

Süße verteilt sich in meinem Mund—klebrige Süße— die Glasur ist cremig und gleicht eher Blaubeermarmelade als Schokolade. Ich werde nicht lügen, mich überkommt Enttäuschung, aber in der Not frisst der Teufel Fliegen, nicht wahr? Ich esse das ganze Stück auf.

Ahren erhebt sich. „Ich gehe ins Bett." Ohne ein weiteres Wort oder gar einem Blick in meine Richtung wendet er sich ab und geht auf die Tür zu.

Nichts an seinem Verhalten fühlt sich richtig an. Ich habe Verständnis für seine Trauer, genau wie seine Brüder, aber sie können mir in die Augen sehen und sich mit mir unterhalten. Sie sind furchtbar anhänglich— sogar noch mehr, als vorher—was ist Ahren also über die Leber gelaufen?

Ich koche wegen seines Verhaltens vor Wut. Als die Tür hinter ihm ins Schloss fällt, stoße ich mich vom Tisch weg. Mein Stuhl kratzt über den Steinboden und ich springe auf meine Füße.

„Guendolyn?", fragt Deimos.

„Ich bin gleich zurück. Ich muss nur etwas erledigen. Esst nicht den ganzen Kuchen auf", necke ich Luther, als er nach einem Stück greift.

Draußen im Flur läuft Ahren rasch den Flur entlang. Seine Schultern sind nach vorne gebeugt, als würde er alle Probleme der Welt auf ihnen tragen. Wir haben zusammen so viel durchgemacht, er hat mir persönliche Dinge über sich erzählt und ich möchte für ihn da sein. Ob er es will oder nicht.

Wachen sind entlang des mit Marmor verkleideten Korridors aufgestellt und entlang jeder Abzweigung, die ich nehme. Da Ahren nun schneller läuft, muss ich mich beeilen.

Plötzlich sieht er mich über seine Schulter hinweg an und unter seinen Augen tanzen dunkle Schatten. „Du weist keine Geschicklichkeit auf, wenn du jemanden verfolgst."

„Naja, ich habe auch nicht versucht, mich an dich anzuschleichen." Ich verringere die Distanz zwischen uns, obwohl er langsam weiterläuft, aber nicht ganz stehen bleibt.

Ich blicke zu ihm auf und warte, dass er etwas sagt. Doch er schweigt. Als ich nach seiner Hand greife, finden meine Finger seine warme Haut vor. Er zuckt nicht zusammen, erwidert das Händehalten aber auch nicht. Sorge kommt tief in meiner Magengrube auf und mit ihr kommt die Angst, dass er nicht mit mir zusammen sein will. Viele Dinge jagen mir Furcht ein und die meisten von ihnen habe ich bezwungen. Wenn es aber die Prinzen betrifft löst sich mein Mut in Luft auf.

Im Moment rede ich mir ein, dass er trauert.

„Ich habe mir gedacht, wir könnten etwas Zeit miteinander verbringen, um zu reden", biete ich an.

Erst als wir die Tür, die zur Brücke zwischen dem Schloss und dem Herrenhaus führt, erreichen, hält er inne. Zwei Wachmänner flankieren die Tür und es ist mir sehr unangenehm, dass sie uns zuhören können.

„Es ist das Beste, wenn du zum Abendessen zu meinen Brüdern zurückkehrst. Aufgrund des Ablebens des Königs werde ich keine Zeit für dich haben." Seine Stimme klingt monoton und kalt. Scharfe Eissplitter durchdringen meine Brust, als er direkt durch mich hindurchblickt.

Das ist nicht Ahren. „Was ist los?" Ich hasse es, dass meine Worte wie ein Flüstern herauskommen und die Wachleute Zeugen meiner Verzweiflung werden.

Der Prinz wendet sich von mir ab und stößt die Tür auf, bevor er hinaus in die windige Nacht über die Brücke schreitet.

Die Art, wie er mich abweist, lässt mich erschaudern. Schwere Lagen des Grauens stülpen sich beim Gedanken daran über mich, dass noch etwas anderes hier nicht stimmt. Ich schaue die Wachmänner an, die ihren Blick von mir abwenden.

Ich warte nicht mal ab, bis die Tür ins Schloss fällt, bevor ich Ahren hinterhereile und die Wut in mir hochkocht, da er mich auf diese Weise behandelt.

„Hey!", rufe ich.

Er bleibt auf der Brücke stehen, den Rücken mir weiterhin zugewandt.

Die Nacht hat sich über das Königreich um uns herum gelegt und der Himmel ist von Sternen an den Stellen, an denen die Wolken sich geteilt haben, hell erleuchtet.

Mein Haar wird mir ins Gesicht geweht und ich schiebe es mir hinter meine Ohren. Vom eiskalten Wind, der mich erfasst, bekomme ich eine Gänsehaut.

„Willst du mir vielleicht sagen, was hier vor sich geht?

" Die Schritte, die ich auf ihn zugehe, fühlen sich seltsam an, während ich meine Arme um mich selbst geschlungen habe. Mein Rock schlägt mir gegen die Beine und trotz der Kälte brennt mein Innerstes voller Emotionen lichterloh.

„Es gibt nichts zu sagen, Guendolyn. Mach es nicht noch schwerer, als es bereits ist."

Die Worte schneiden wie Messerklingen ein. „Wovon sprichst du?" Ich greife nach seinem Arm aber er zieht ihn weg. Mein Kopf zerspringt und der Schmerz in meiner Brust vertieft sich. „Du musst den Verlust deines Stiefvaters nicht alleine bewältigen. Bitte Ahren, schließ mich nicht aus."

Er hält seinen Kopf weiter gesenkt und seine Atemzüge sind tief und abgehackt. Der stumpfe Schmerz, der in mir aufsteigt, vertieft sich und ich weiß in diesem Moment ohne jeglichen Zweifel, dass seine Reaktion nichts mit dem Dahinscheiden des Königs zu tun hat. Es geht um uns. Ich kann es in jeder Faser meines Körpers spüren.

„Habe ich etwas falschgemacht?", flüstere ich und verabscheue es, dass ich so hoffnungslos klinge. Jedoch ist dies kein Schmerz, sondern das Reißen der Verbindung, von der ich annahm, dass wir sie teilten. In diesem kurzen Augenblick, als er nicht antwortet, fegt ein Sturm über mich hinweg.

Sorge, dass ich ihn verlieren werde.

Selbstmitleid.

Wut auf ihn, dass er diesen Scheiß abzieht.

Und am meisten von allem, wie sehr ich ihn dazu zwingen möchte, mir in die Augen zu blicken und mir die verdammte Wahrheit darüber, was vor sich geht, zu sagen.

„In den nächsten Wochen wird es Veränderungen am

Hof geben. Ich werde den Thron beanspruchen und…"
Seine Stimme wird dünner und zu Beginn denke ich
nicht, dass er antworten wird. Dann sagt er sanft: „Ich
kann das nicht, Guendolyn."

Ich zittere und kämpfe gegen die Panik an, die sich in
meiner Brust festklammert. Ich hole aus, kralle mir seinen
Arm und zwinge ihn dazu, mich anzusehen. „Du wirst
also keine Zeit für mich haben? Ist es das, was dir Sorgen
bereitet?"

„Es ist mir lieber, du hasst mich. Damit kann ich
leben, aber deine Tränen werden mich zerstören."

Ich starre ihn befremdlich an. Ich möchte stillstehen,
alles anhalten und mir die Chance geben, alles, was
passiert, zu verarbeiten. Mein Verstand aber schmilzt
dahin und die Worte kommen mir wie unaufhaltsame
Lava eines ausbrechenden Vulkans über die Lippen.

„Machst du Schluss mit mir?"

Versteht er dieses Konzept überhaupt? Ich weiß es
nicht und es ist mir auch egal, da alles in mir beginnt in
Stücke zu zerfallen.

„Ich trage Verantwortung", sagt er, als wäre ich einer
seiner Wachmänner oder Bediensteten.

„Scheiß auf Verantwortung", entgegne ich schnippisch. „Ich dachte, wir haben…" Meine Augen stechen
wegen der Tränen, die sich darin ansammeln und mir
über die Wangen rollen. „Was passiert hier gerade,
Ahren?"

Er macht keine Anstalten mich in die Arme zu
nehmen, wie ich es von ihm erwarten würde. Es gibt nur
uns beide, das ungemütliche Wetter um uns herum und
das Zerbersten meines Herzens.

„Schau dich um, wo du bist", beginnt er mit frustri-
ertem Ton in der Stimme. „Ich werde in jedem Ratstreffen

sein, andere Höfe besuchen, es mit dem Aschehof und den Blutverfluchten aufnehmen müssen. Ich werde nie zuhause sein. Ich werde harte Entscheidungen, für die ich mich bereits jetzt hasse und für die auch du mich hassen wirst, treffen müssen. Scheiße, das ist nicht das, was ich will, und ich wünschte, ich könnte dir sagen, dass wir es schon irgendwie schaffen werden, aber ich werde dein Herz nicht brechen, in dem ich dich im Dunkeln lasse. Du verdienst so viel mehr."

Der Zorn verschwindet aus seinem Gesicht und seine Augen funkeln im Mondlicht. Diese atemberaubende Fee hat meine Aufmerksamkeit vom ersten Moment an, als wir uns trafen, geweckt. Er hat seine Probleme der Vergangenheit mit mir geteilt, seine Qualen, seine Träume, und vielleicht war ich ein Narr anzunehmen, dass zwischen uns etwas passieren könnte. Mir war klar, dass er als Thronerbe vorgesehen war, aber alles ist viel zu schnell geschehen, um mir dessen, was dies bedeutet, wirklich bewusst zu werden.

Er hat sich bereits entschieden.

Wolken schieben sich vor den Mond, stehlen das Licht und verdunkeln sein Gesicht. Er sieht nun wütender aus. Mein Magen sackt mir in die Knie, als er scharf einatmet.

„Du irrst dich", flüstere ich. „Denn du hast mir das Herz bereits gebrochen."

„Oh, Guendolyn." Seine Stimme zittert. Es dauert aber nur den Bruchteil einer Sekunde bis der stoische Prinz wieder vor mir auftaucht. Er begradigt seine Haltung und steht dem starken Wind, der an seinem Mantel und den langen weißen Haaren zupft, stark gegenüber. Sie flattern wie Fahnen im Wind. „Du wirst es schon bald verstehen. Und dann wirst du mich hassen."

Von seinen Worten gefriert mir das Blut in den Adern.

So sehr es mich auch zerstört, ich reagiere nicht, als er sich von mir abwendet und fortläuft. Die Verzweiflung blüht erneut in mir auf, stärker als zuvor. Ich balle meine Hände zu Fäusten und weigere mich, diejenige zu sein, die ihm nachrennt. Ich mag seine Gründe vielleicht nicht verstehen, aber er hat seine Entscheidung schließlich getroffen, nicht wahr?

Mein erster Gedanke ist es, dieses Königreich zu verlassen, aber ich habe mein Herz an drei Feen verloren. Und ich weigere mich, Luther und Deimos zu verlieren, nur weil Ahren ein Arsch ist. Sie sind mein Ein und Alles. Und heute... nun, heute ist mir einfach alles zu viel.

Ich habe meinen Vater und einen meiner Männer verloren.

Eilig laufe ich über die Brücke und direkt in Richtung meines Schlafzimmers, während Tränen mir die Sicht verwässern und mein Hals sich bis zu dem Punkt, an dem ich kaum noch atmen kann, zusammenschnürt.

4

AHREN

Ich lehne mich gegen die Wand vor Guendolyns Schlafzimmer. Keine Ahnung, wie weit die Zeit bereits fortgeschritten ist, aber es ist weit und breit keine Seele in Sicht. Es ist auf jeden Fall sehr spät und ich kann weder schlafen noch meine Gedanken ruhigstellen. Dazu kommt, dass sich mein Innerstes schmerzlich dreht und wendet, und ich fühle mich wie ein Haufen Scheiße. Ich war auf diese Katastrophe nicht vorbereitet und jetzt ertrinke ich förmlich.

So sollten die Dinge nicht laufen. In Wirklichkeit habe ich noch immer nicht herausgefunden, wie wir Guendolyn für eine gemeinsame Zukunft bei uns behalten können, aber sie gehen zu lassen war mir nie in den Sinn gekommen.

Jetzt kann ich ihre süße Stimme, die Tränen in ihren Augen und die Verzweiflung in ihrem Blick nicht mehr aus meinem Kopf bekommen. Es raubt mir die Luft zum Atmen und ich kam her, um zu versuchen, etwas zu tun. Um die Dinge irgendwie zu kitten.

Ein kehliges Ächzen entweicht meinem Hals und

meine Hände ballen sich zu Fäusten. Meine Emotionen sind hin- und hergerissen zwischen der Trauer sie loszulassen und dem Wahren der Erinnerungen, die ich für immer in Ehren halten werde. Diese Lippen, so süß, so weich, so berauschend, genau wie sie.

Ich sollte besser genauso viel Augenmerk auf die Entlarvung des Mörders des Königs legen und ihn leiden lassen. Ich bin so verdammt wütend, dass mir die eine Sache, die ich verzweifelt will, genommen wird. Meine Prioritäten haben sich nun auf Guendolyn verlagert.

Der Zimmertür zugewandt starre ich auf den Griff und spiele mit dem Gedanken, hineinzugehen, die Tür für einen letzten Kuss einzureißen, ein letztes Mal von allem. Wem zur Hölle mache ich etwas vor? Gibt es ‚*ein letztes Mal*‘ von allem hier? Es wäre niemals genug.

Ich donnere eine Hand gegen die Wand und kann scheinbar nicht klar durch die Wut, die in mir brennt, blicken. Rache schäumt in meiner Brust auf. Wenn ich diesen Hurensohn finde, werde ich ihn mit bloßen Händen dafür in Stücke reißen, dass er mich in diese Situation gebracht hat.

Jedoch ist es von jetzt an ganz egal, was ich möchte. Nicht, wenn ich meiner Familie ein Dach über dem Kopf bieten möchte. Es ist was Mutter möchte, worauf der König bestanden hatte. Und es ist etwas, wovon ich jeher, seit wir hergezogen sind, geträumt habe. Damals war ich jung und habe ohne Ende für diese Position trainiert, in der Hoffnung meinen Platz auf dem Thron einzunehmen. Jetzt bin ich zerrüttet.

Nie habe ich damit gerechnet, dass Guendolyn in mein Leben stolpert und mein Herz stielt.

Scheiße!

Ich sauge einen rauen Atemzug nach dem anderen ein

und meine Fingernägel bohren sich in meine Handflächen, als ich die Fäuste balle. Meinen Blick von ihrer
Tür loslösend wende ich mich ab.

Es ist das Beste so.

Verdammt, wie ich diese Worte hasse. Nichts ist besser
für mich als Guendolyn und es fällt mir schwer, diese
Entscheidung zu treffen. Wann zur Hölle ist sie überhaupt
so tief in mein Herz gekrochen?

Ich zwinkere und warte darauf, dass meine Vernunft
den Schmerz, sie zu verletzen, einholt. Ich kann mit
meinem Kummer leben, aber es ist unerträglich sie
weinen zu sehen.

Ein letzter Blick in Richtung Guendolyns Zimmer und
ich gehe fort. Meine Anwesenheit wird nicht helfen. Sie
wird es schwerer für uns beide machen und ich werde
diesem Gedanken keinen Raum geben. Ich werde
Abstand wahren, so sehr es mich auch umbringt. Ich
werde die Regeln befolgen und für alle Beteiligten das
Richtige tun.

Ich werde mein Herz opfern.

Guen

Zerrupfte Wolken ziehen durch den Himmel
und stehlen draußen die Morgensonne. Der
Anblick durch die deckenhohen Fenster im Esszimmer ist
spektakulär. Ich rühre Honig in meinen Haferbrei und
nehme einen weiteren Bissen. Das Zimmer ist leer. Kein
Lebenszeichen der Prinzen an diesem Morgen.

In meinem Kopf und in meiner Brust hat fast die
ganze Nacht die Wut auf Ahren getobt, aber als ich
schließlich eingeschlafen bin, waren meine Träume damit

gefüllt, dass ich vor der Dunkelheit weglief. Aus der Finsternis erklang eine Stimme und hat nach mir gerufen. Sie erinnert mich an die Träume und Visionen, die ich hatte, als ich aufwuchs. Die verschlungenen Wälder und die drohende Gefahr. Die Bilder, die ich von ihnen gemalt habe, ohne zu wissen, wie viel Bedeutung sie für mich hatten. Vermutlich hat die Wahrheit die ganze Zeit nur darauf gewartet, ans Licht zu kommen.

Jetzt sitze ich hier, treibe auf einer Welle aus Kummer und mein Verstand wird mit Fragen geplagt, auf die ich keine Antwort habe. Aber ich zwinge mich selbst dazu, aufzuessen und spüle alles mit Saft hinunter.

Ich weigere mich Ahrens Entscheidung, mich von sich zu stoßen, zu akzeptieren, und seine Brüder müssen doch wissen, was wirklich mit ihm los ist. Aber ich brauche eine Ablenkung, bevor ich noch vom ständigen Umherlaufen ein Loch in den Boden meines Schlafzimmers trete.

Draußen vorm Esszimmer erwartet mich mein Wachmann. „Michae, können wir bitte zum Thronsaal gehen?"

Er nickt ohne zu zögern und wir laufen den Flur entlang. Michae ist eine großgewachsene Fee mit kurzem, blondem Haar und spitzen Ohren. Wie die meisten Soldaten hat er breite Schultern und wirkt einschüchternd. Luther hat ihn als meinen persönlichen Wachhund abgestellt und falls irgendjemand infrage stellt, wer ich bin, werde ich die List, dass ich die persönliche Heilerin des Prinzen bin, weiterspinnen.

Wie am Tag zuvor huschen die Feen wie die Wahnsinnigen durch das Schloss.

Als wir näherkommen richte ich meinen Blick auf den Thronsaal. Die Tür ist geschlossen. Michae öffnet sie für mich und ich schreite in die leere, aus Marmor gefertigte

Halle. Das Zimmer ist blitzeblank geputzt, nicht eine Spur von Blut oder dem Chaos, das hier stattgefunden hat. Es ist ein prächtiger, großer Raum mit Säulen, die eine Passage entlang der Mitte zu einer breiten Treppe bilden.

„Haben sie schon etwas über den Mord herausgefunden?" Ich neige meinen Kopf zurück, um Michae anzublicken.

Seine Aufmerksamkeit konzentriert sich auf die Spitze der Marmortreppe, auf einen leeren, schwarzen Thron. „Ich kann noch immer nicht glauben, dass der König tot ist."

Dort wird Ahren sitzen, wenn er über den Schattenhof herrscht und damit kommt auch der Schmerz in meiner Brust zurück. Er hat mich weggestoßen. Er bestand darauf, dass es wegen der Verantwortung ist, aber ich habe dem Zittern in seiner Stimme gelauscht. Das ist nicht was er möchte, deswegen muss ich weiterbohren und die Wahrheit herausfinden, um ihm begreiflich zu machen, dass es immer einen Weg gibt, damit wir eine Zukunft haben.

Ich weigere mich kampflos aufzugeben. Wir haben gerade angefangen, eine Bindung aufzubauen, uns näherzukommen, und ich werde eigenhändig die Tore der Hölle niederreißen, wenn das bedeutet, dass ich ihn zurückgewinnen kann.

„Nicht viel", sagt Michae und reißt mich damit aus meinen Gedanken. Es dauert einen Augenblick mich daran zu erinnern, was ich ihn gefragt habe. „Aber wissen Sie, was seltsam ist?" Er beugt sich zu mir herüber. „Scheinbar gab es Spuren von Nelkenpulver in der Nähe seiner Leiche. Entweder war die Fee, die das getan hat, ungeschickt oder es war ein Ablenkungsmanöver."

„Nelken, das Gewürz? Das ist ungewöhnlich."

„Die Köche und die Bediensteten, die dort arbeiten, werden von den Magiern verhört."

Dieser Anhaltspunkt bringt mich durcheinander, aber ein Hinweis bleibt ein Hinweis. Vielleicht werden sie also schon bald die Person, die dafür verantwortlich ist, finden. Der Gedanke, dass sich ein Mörder, der vielleicht auch Ahren im Visier hat, im Schloss herumtreibt, lässt mir den Magen umdrehen.

Michae läuft weiter in den Thronsaal hinein und hält gedankenversuchen am Fuße der Stufen inne.

Meine Hände habe ich in den Taschen meiner Reithose vergraben, da sie das Einzige war, was die Dienstmädchen für mich auftreiben konnten und ich es satt habe, wie unpraktisch Kleider sind. Den kalten Rubin fest zu umklammern beruhigt mich. Er hat diese Eigenschaft, all meine Konzentration in meinem Kern zu bündeln, anstatt sie sich Hunderten anderer Ablenkungen hingeben zu lassen.

Ein Schluchzen erklingt und ich drehe meinen Kopf zur Seite, um einen besseren Blick auf Michae zu bekommen. Ich bin überzeugt davon, dass er wegen des Verlusts seines Königs weint.

Ich mache einen Schritt auf den Punkt zu, an dem ich mich zu erinnern glaube, den toten Körper des Königs liegen gesehen zu haben, und lasse dabei den Rubin über meine Fingerknöchel rollen. Es liegt mir schwer auf der Brust meinen Vater verloren zu haben. Ich trauere dem Gedanken an seinen Verlust nach und nicht dem Mann selbst, den ich kaum kannte. Mehr denn je möchte ich meine Mutter finden und herausfinden, was zwischen ihr und meinem Vater vorgefallen ist, warum sie mich weggegeben haben, und Antworten auf so viele weitere

Warums bekommen. Die Muskeln in meinen Schultern verkrampfen.

Mach dir keine Hoffnungen, halte ich mir selbst immer wieder vor Augen.

„Ist es dir erlaubt hier zu sein?", kläfft eine männliche Stimme.

Ich zucke wegen seiner Schroffheit zusammen. Der Rubin fällt mir fast aus der Hand aber ich fange ihn in der Luft auf und stopfe ihn in meine Hosentasche.

Hinter mir steht Jasion und es läuft mir kalt den Rücken hinunter. Er trägt seine Magierkluft—einen schwarzen Hosenrock, der ihm bis zu den Knöcheln reicht, Metallketten um seine Taille und den faustgroßen Schädel einer kleinen Fee, der an seinem nacktem Hals hängt. Nachdem ich auf Fauchi gestoßen bin und die kleinen Feen mir schon einige Mal den Kopf aus der Schlinge gezogen haben, verspotte ich seine Art, diesen Schädel wie eine Trophäe herumzutragen. Ich möchte ihn ihm vom Hals reißen. Vom ersten Augenblick an, als ich diesen Magier getroffen habe, hasse ich ihn und meine Abneigung ihm gegenüber hat sich nicht geändert.

Michae tritt neben mich. „Wir wollten gerade gehen", kündigt er an und nimmt mich am Ellbogen, um den Raum eilig mit mir zu verlassen.

Ich blicke Jasion in die Augen, während wir an ihm vorbeigehen. Wenn jemand alleine mit seinem Blick Hass ausspeien könnte, dann würde mich dieser Magier offensichtlich wie die Pest hassen. Es hat mit Ahren zu tun, das weiß ich. Luther hat in der Kutsche auf unserem Weg zum Aschehof erwähnt, dass Jasion in Ahren verliebt sein könnte, was seinen bösen Blick mir gegenüber erklären würde.

Eiligen Schrittes verschwinden wir rasch in einem Korridor, der uns direkt zur Brücke im Freien leitet.

Ich werfe einen Blick zurück über meine Schulter und es fühlt sich fast so an, als ruhten Jasions Augen noch immer auf mir.

Michae murmelt: „Er schleicht durchs Schloss, aber niemand weiß so wirklich, was er tut." Endlich lässt der Wachmann meinen Ellbogen los und wir gehen mit normaler Geschwindigkeit durch den Flur.

„Arbeitet er nicht schon den Großteil seines Lebens im Schloss?", frage ich und erinnere mich an die wenigen Informationen, die ich von den Prinzen bekommen habe.

Michae wirft mir einen sarkastischen Blick zu. Ich beginne diesen Kerl wirklich zu mögen. Er beugt sich herüber und flüstert: „Die Dienstmägde haben mir erzählt, dass sie alle möglichen toten Tiere und Vögel in seinem Zimmer gefunden haben, dass er sie quält."

Ich ringe um Luft. „Haben sie es Ahren gesagt?"

Michae starrt mich an, als wären mir Hörner gewachsen. „Wenn die Dienstmädchen nicht plötzlich verschwinden wollen, sind sie lieber still. Jasion ist ein sehr rachsüchtiger Magier."

Die Wahrheit in seinen Worten überrascht mich nicht, aber sie macht mir Sorgen. „Haben sich Jasion und der König gut verstanden?"

Michae hebt eine Augenbraue. „Der König mochte seine Wildheit und seinen Ungehorsam nicht, aber er schätzte es, dass Jasion starke Mächte innewohnen, mehr noch als den anderen Magiern. Es ist wie in dem alten Sprichwort, *sich mit dem Teufel zu verbrüdern*."

Ich nicke, während der kalte Schauer wieder über meine Haut kriecht und mich daran erinnert, noch mehr Abstand von dem Magier zu halten.

Als ich an meinem Zimmer ankomme, gehe ich hinein und ziehe meine Schuhe aus, während Michae draußen wachesteht.

Ein festes Klopfen erschüttert die Tür und ich wirbele in der Erwartung, dass mein Wachmann mir sagt, dass ich etwas vergessen habe, herum.

Stattdessen steht Jasion in meinem Türdurchgang und blickt finster drein.

Oh, zur Hölle. Was will er?

5

GUENDOLYN

„Ich entschuldige mich, dass ich nicht eher zu dir gekommen bin", sagt Jasion. „Darf ich eintreten?"

Michae steht hinter ihm im Flur zu meinem Zimmer und wartet auf meine Antwort, damit er einen Vorwand hat, Jasion loszuwerden. Ist es jedoch eine gute Idee, einen Magier zu verärgern, der in seiner Kammer Tiere quält? *Halte deine Feinde noch näher,* kommt es mir in den Sinn.

Ich nicke. „Michae, komm doch auch zu uns." Eifrig nimmt er an und lässt die Tür offen.

Jasion wirft dem Wachmann einen bösen Blick von der Seite zu. „Dies sind keine Angelegenheiten, die vor dir besprochen werden sollten. Warte draußen", kommandiert er.

Ich versteife. „Michae, es ist in Ordnung, wenn du bleibst", versichere ich ihm.

Jasions Lippen formen sich zu einer dünnen Linie, aber das ist mir egal. Dies ist mein Zimmer und ehrlich, ich will nicht mit ihm alleine sein. Jedes Mal, wenn ich in der Vergangenheit Zeit mit ihm verbracht habe, habe ich mich schlussendlich wie ein Käfer unter einem Mikroskop gefühlt.

Er betritt mein Zimmer, mit straffer Brust und Missachtung, die seine Lippen verzerrt.

Ich trete zurück und lehne mich gegen die Rückseite des Sofas, mit meinen Händen rechts und links von mir halte ich mich an dem hölzernen Rahmen fest. Dort, wo ich so weit weg von ihm wie nur möglich bin, ohne dass es offensichtlich ist.

„Weswegen wolltest du mich sehen?", frage ich und klammere mich an jedes bisschen Selbstvertrauen, das ich aufbringen kann.

„Ich möchte jeden, der eng mit Ahren zusammenarbeitet, kennenlernen. Das wirst du sicher zu schätzen wissen, da er bald König sein wird."

Ich lecke mir über meine trockenen Lippen und versuche herauszufinden, was er genau von mir möchte. „Du machst dir Sorgen um ihn?", frage ich.

Er stimmt mit einem schwachen Neigen seines Kopfs zu und der Schädel der kleinen Fee, der um seinen Hals hängt, schwingt leicht mit. „Ich wusste, dass du intelligent bist."

Ich reagiere gereizt angesichts seines herablassenden Tonfalls. Dummes Arschloch. Jedoch lächele ich, denn er soll lieber denken, dass ich irgendeine dumme Heilerin bin.

Er streicht mit einer Hand über seinen Mund, während er zum Fenster schlendert. „Mir wurde berichtet, dass du auch Prinz Luther nähergekommen bist. Die Wände im Königreich haben Augen."

Michae steht aufrecht in der Nähe der Tür und zuckt mit den Schultern, als ich ihn ansehe. Ich wende mich

Jasion zu, der mir weiter den Rücken zukehrt. Draußen heult der Wind bitterlich. Der Sturm mag sich verzogen haben, aber trotz der Feuerstätten wärmen sich diese großen Räume und Hallen nie vollständig auf. Was hätte ich jetzt für meine elektrische Heizdecke und eine Steckdose gegeben.

„Ich kann dir nicht folgen." Ich gebe vor die Person zu sein, die er von mir erwartet zu sein.

„Natürlich nicht." Er wirbelt zu uns herum und der Stoff seines langen Magierrocks schwingt um seine Knöchel herum. „Viele, die in dieses Königreich kommen, um für die Prinzen zu arbeiten, träumen von der Vorstellung, länger hier zu bleiben." Er schreitet näher auf uns zu. „Du bist ein hübsches Mädchen, die, da bin ich mir sicher, ihre Beine mit Einfachheit spreizt, aber—"

„Sprich nicht so mit mir", fauche ich ihn an, während ich meine Schultern straffe und dem Magier ins Gesicht blicke. Es ist mir scheißegal, wer er ist. Auch ich habe Kräfte, die ich gegen die Königsmutter am Aschehof eingesetzt habe, und ich werde mich diesem Scheißkerl nicht unterordnen.

Er zieht eine Augenbraue hoch und zeigt keine Reaktion auf meine scharfe Erwiderung. Er ist gut, das weiß ich, und er bringt mich aus dem Konzept, aber das werde ich ihm nicht zeigen. Ganz gleich, wie sehr mein Herz in meiner Brust hämmert, wie sehr meine Knie zittern.

„Du solltest dich daran erinnern, wo du hingehörst", sagt er mit ruhiger Stimme, als hätte ich keine Kontrolle über mich selbst.

Feuer brennt in meiner Brust, da er sowas zu mir sagt. Verficktes Arschloch.

„Mir ist die Spannung zwischen dir und Ahren letzte

Nacht aufgefallen und ich bin aus der Güte meines
Herzens hier, um dir zu helfen."

Mir kommt der Moment zwischen Ahren und mir auf
der Brücke in den Sinn, der Augenblick, als er mein Herz
in Stücke gerissen hat. Jasion hat uns beobachtet? Dieser
Drecksack!

Ich spotte etwas zu laut, was dazu führt, dass er seinen
Rücken durchdrückt.

Sein Blick auf mich schmälert sich. „Ich weiß schon,
dass ich meine Zeit verschwende, deshalb mache ich es
kurz." Er kommt näher auf mich zu, genau wie es Michae
von seinem Platz an der Tür auch tut.

Ein kalter Schauer sucht sich seinen Weg an meinem
Rücken herab, aber ich werde nicht zurückweichen, ganz
gleich wie verzweifelt ich das auch möchte. Ich verabscheue, wie nah mir Jasion gegenübersteht. Es ist seine
Absicht mich einzuschüchtern und genau aus diesem
Grund festige ich meinen Stand und hebe mein Kinn, um
ihm gerade entgegenzublicken.

„Ahren und die Prinzen sind Königliche. Sie haben in
der Vergangenheit mit etlichen Bürgerlichen wie dir
geschlafen und das ist alles, was du für sie bist, kleines
Mädchen. Ahren braucht jemand stärkeres an seiner
Seite. Jemand mit der Fähigkeit ihn zu leiten, jemand mit
einer königlichen Blutlinie. Du bist nicht würdig und ich
empfehle dir, deine Taschen zu packen und zu gehen,
bevor es zu spät ist."

Mein Blut kocht und die Wut pulsiert in meinen
Ohren. Ich möchte ihm sein selbstgefälliges Grinsen aus
dem Gesicht prügeln. „Du bist ein bemitleidenswertes
Arschloch, aber lass mich dir einen Rat geben, jetzt, wo
wir uns so nett miteinander unterhalten. Ahren liebt
Frauen viel zu sehr. Wenn du also glaubst, dass du eine

Chance hast, in seinem Bett zu landen, dann verschwende nicht deine Zeit. Er wird deinen Arsch so schnell zurückweisen, dass du gar nicht wissen wirst, was dich getroffen hat."

Ich sauge jeden scharfen Atemzug heftig ein und mein Puls jagt durch meine Venen. Das bin nicht ich, aber er hat mich jetzt so wütend gemacht, dass ein feines Energiezucken wie damals am Aschehof über meine Brust und an meinen Armen entlang fegt. Was würde er tun, wenn ich ihn zum Fenster herausstoße?

Meine Lippen verziehen sich zu einem Grinsen.

Sein Gesicht läuft knallrot an und seine Schultern heben sich.

Oh, scheiße, ich habe definitiv einen wunden Punkt getroffen.

Die Luft im Zimmer wird dicker. Michae räuspert sich unangenehm, während ich mir die Frage stelle, ob ich überhaupt Gott weiß welche meiner Kräfte beschwören kann, bevor dieser Magier angreift.

Jasions schnellt hervor und packt mich am Hals. Er ist so schnell und ich habe kaum Zeit, meine Hände zu heben, um ihn aufzuhalten. Finger hart wie Stahl drücken zu und der Schmerz ist unerträglich, fast so, als würde er mir den Kopf direkt vom Hals reißen. Panik ergreift Besitz von mir, als ich ihm in seine sich verdunkelnden Pupillen blicke. Michae eilt auf uns zu.

Jasion schleudert seine Hand in die Richtung des Wachmanns und eine Schwade aus Pulver ergießt sich über Michae. Er wird zurückgeschleudert und knallt gegen die Wand.

Ich kratze an Jasions Fingern, die er um meinen Hals gelegt hat, und meine Lungen schreien brennend nach Sauerstoff. So sollte ich nicht sterben und mit der Angst, die mich umgibt, kann ich mich nicht mal auf meine Kraft konzentrieren.

Dann schlage ich mit der Hand nach seinem Gesicht und kratze mit meinen Fingernägeln an seiner Wange, bis Blut fließt.

Er knurrt und schleudert mich mit einer solchen Wucht zur Seite, dass meine Beine unter mir nachgeben und ich hart mit meiner Hüfte auf dem Boden auftreffe.

Ich krieche rückwärts und kann den Schmerz nicht spüren; nur, wie schnell mein Herz jetzt schlägt, wie dumm ich war anzunehmen, dass ich eine Chance gegen dieses Monster habe. Ich ringe um jeden Atemzug und lasse ihn nicht aus den Augen.

Er wendet sich mir mit wutentbrannten Augen zu. Blut tropft von seiner Wange aus den beiden Kratzern, die ich ihm zugefügt habe. Der Bastard hat noch viel Schlimmeres verdient.

Mit bebenden Nasenflügeln und erhobenen Fäusten kommt er auf mich zu. Sein Gesicht verdunkelt sich und in diesem Moment gleicht er einem Dämon, der bereit ist, mich ununterbrochen zu schlagen, bis ich keinen weiteren Atemzug mehr nehmen kann.

Panisch versenke ich meine Hand auf der Suche nach dem Rubin in meiner Hosentasche. Mein einziger Gedanke ist es, zu fliehen, hier herauszukommen, oder sogar die kleinen Feen zu rufen. Ich weiß nicht genau, wie ich das anstellen soll, aber das wird mich nicht davon abhalten, es zu probieren. Tief in meiner Brust erwachen die Kräfte zum Leben.

Er bewegt sich aber zu schnell und Panik ergreift Besitz von mir.

Ich schütze meinen Kopf und kauere mich mit dem Stein in meiner Faust zusammen.

Jemand stürzt wie ein geölter Blitz in den Raum.

Deimos.

Oh mein Gott, Dankeschön.

Er knurrt und stürzt sich auf Jasions Rücken, schlingt einen Arm um seinen Hals und zerrt ihn rückwärts.

Jasion wirft seinen Kopf zurück und seine Hand greift in eine der kleinen Ledersäckchen, die an seinem Gürtel hängen. Als er aber nach oben blickt und festzustellt, dass es Deimos ist, wird sein Gesicht kreidebleich.

Sein Körper wird schlaff und er befreit seine Hand aus dem Täschchen.

„Eure Hoheit", gluckst er.

„Gefällt es dir, Frauen wehzutun?", knurrt Deimos wie ein Löwe. Er lässt vom Magier ab und dreht ihn an seinen Schultern herum.

Dann donnert seine Faust gegen Jasions Gesicht. Immer und immer wieder. Er haut ihn aus den Latschen. Deimos ist wild und hört nicht auf. Er geht auf ein Knie nieder und hämmert wie eine Maschine.

Blut und Ächzen.

Ich sehe nicht weg, nicht mal eine Sekunde lang. Ich würde gerne sagen, dass es zu grausig und zu gewaltsam ist, aber Jasion verdient das und noch so viel mehr. Es gibt kein Zögern und in diesem Moment liebe ich Deimos mehr, als ich es für möglich gehalten habe.

Michae stolpert auf sie zu und schüttelt seinen Kopf, als könne er nur verschwommen sehen.

Der Magier schreit auf und seine Hände drücken sich gegen den Prinzen, aber er wehrt sich nicht und wendet keine Magie an. Vermutlich weiß er, dass dies seinen sofortigen Tod bedeuten würde.

Michae legt eine Hand bestimmend auf die Schulter des Prinzen.

Deimos beendet seinen Angriff und seine Faust ist blutverschmiert. Jasion saugt abgehackte Atemzüge ein. Seine Augen sind aufgedunsen und seine Lippen aufgeplatzt. Dort ist so viel Blut. Ich sollte Mitleid empfinden, aber innerlich jubele ich.

Deimos steht auf und blickt Jasion an. „Geh mir verdammt nochmal aus den Augen bevor ich dir das Rückgrat rausreiße. Wenn du noch einmal Hand an sie legst, werde ich mein Versprechen einlösen." Er widmet seine Aufmerksamkeit nun dem verblüfften Michae. „Schaff ihn hier weg, sofort!" Dann kommt mein Prinz mit langen Schritten auf mich zu und in seinen Augen tobt die Sorge.

Er legt seine saubere Hand um mein Gesicht und betrachtet mich. „Hat er dir wehgetan? Wenn ja, dann werde ich ihn töten."

Ich schüttele mit dem Kopf, aber sein Blick senkt sich auf meinen Hals, auf die Stelle, die von Jasions Fingern noch brennt. „Es geht mir gut. Du warst da, bevor er schlimmeres anstellen konnte."

Deimos nimmt mich in die Arme und hält mich so fest, dass ich kaum atmen kann, aber ich möchte ihn nicht wegstoßen. Nicht jetzt, wo ich am ganzen Körper wegen des Angriffs zittere.

Er löst sich von mir und beobachtet Michae, wie er den Magier aus dem Zimmer schleift. „Warum hat er dich angegriffen?"

„Er kam her, um mir zu sagen, dass ich der Königlichen nicht wert bin. Das hat mich genervt, deshalb habe ich ihn damit provoziert, dass Ahren auf Mädchen steht und er keine Chance bei ihm hat."

Deimos bricht in Gelächter aus. „Das ist mein Mädchen. Jetzt gibt es keinen Zweifel mehr, dass Jasion

Hals über Kopf in meinen Bruder verknallt ist und er alles tun würde, um Nebenbuhler loszuwerden. Nun, er wird eingesperrt bleiben, bis dieser ganze Mist vorbei ist."

Ich blinzele ihn an. „Die Beisetzung?" In meinem Verstand hallen Jasions Wörter wider, dass ich nicht würdig, nicht königlichen Blutes bin. Aber ich werde das nicht an mich heranlassen.

Deimos schaut mich eine längere Zeit an, bevor er nickt. „Komm, ich möchte mich frisch machen und dich für eine Weile von alle dem hier wegbringen."

„Das wäre schön." Er nimmt meine Hand und wir schlüpfen in den Flur hinaus, um uns auf den Weg zu seinem Zimmer zu machen. „Danke, dass du mir gerade zur Hilfe geeilt bist."

Seine Lippen schmälern sich auf einer Seite und sein Griff festigt sich ein wenig. „Niemand wird dir je wieder wehtun."

Ich schmunzele, da ich nie damit gerechnet habe, Männer in meinem Leben zu haben, die sich so sehr um mich kümmern und mich beschützen.

Als wir in seiner Kammer sind, eilt er ins Badezimmer, aus dem ich das Plätschern von Wasser vernehmen kann.

Im Gegensatz zu meinem Zimmer hat das von Deimos ein riesiges Bett, ein Sofa, einen Kamin und sogar einen Tisch im Hauptraum. Es ist doppelt so groß wie meins.

Deimos taucht wieder auf, trocknet seine Hand an einem Handtuch und hat nichts außer einer dunklen Hose an, die tief auf seinen Hüften sitzt. Muskeln zieren seine Brust und seine Arme. Seine Brustmuskeln müssen steinhart sein mit einer feinen Linie aus Haaren, die in seiner Hose verschwindet. Warum passiert alles seit wir in diesem Königreich eingetroffen sind so schnell? Deimos wurde krank und wir haben nie die Möglichkeit gehabt, zusammen zu sein. Die Art und Weise, wie er mich nun ansieht, ist Versuchung hoch zehn, und meine Brustwarzen werden ganz steif davon, wie sein Blick mich verschlingt.

„Komm hier herüber, Kätzchen.“

Unfreiwillig gehe ich auf ihn zu. Mein Körper hört nun offensichtlich auf ihn. Ich laufe ihm direkt in die Arme. Er legt sie um mich und vergräbt sein Gesicht in der Kuhle an meinem Hals. Jeder Atemzug, den ich einatme, erfüllt mich mit dem maskulinen Duft von Deimos und lässt mich dahinschmelzen. Meine Arme um seine Brust gelegt weiß ich, dass mein Herz bei ihm sicher ist. Es hört sich kitschig an, aber nachdem er mich von der Erde geholt hat und wir all diese Dinge zusammen durchgemacht haben, nach der Heilung und Magie, die ich nutzte, um ihn gesundzumachen, gibt es eine Verbindung zwischen uns.

„Du riechst immer wie leckere Beeren“, flüstert er, bevor er mit seiner Zunge mein Ohrläppchen in seinen Mund nimmt.

Meine Zehen wackeln in meinen Stiefeln und jeder Zentimeter in mir erschaudert vor Vorfreude. Bisher habe ich diese ganze Zeit lang Deimos nur geküsst und wir haben heftig gefummelt, aber sonst nichts weiter. Jetzt kann ich das Bild von unseren nackten Körpern und wie wir zusammen sind, nicht aus dem Kopf bekommen. Ich sehne mich danach, verlange danach...

Er hebt seinen Kopf, um mich anzusehen und meine Aufmerksamkeit fällt auf den Schnitt unter seinem Auge. Er ist verheilt, aber trotzdem noch gerötet.

„Wie hast du dir diese Verletzung zugezogen?“, frage ich, wohlwissend, dass er gestern auf die Jagd gegangen ist. Ich fahre mit meinen Fingern sanft unter seiner Wunde entlang und küsse dann seine Wange.

„Ich würde gerne behaupten, dass sie von einem Kampf mit einem Bären im Wald des Königreichs stammt, aber die Wahrheit ist, dass es hier nichts Wildes gibt. Nur Fasane und Rehe. Ich bin über eine Baumwurzel gestolpert und ein tiefhängender Ast hat mir ins Gesicht geschlagen."

Mir kommt ein Lachen über die Lippen und ich bereue es auch sofort, aber ich kann mich nicht zurückhalten. „Es tut mir leid, aber das ist unglaublich lustig."

Er hebt eine Augenbraue, bevor seine Finger sich ihren Weg unter mein Hemd suchen und darunter gleiten, um mich an den Rippen zu kitzeln.

Ich zucke zusammen und schreie auf, denn er kitzelt mich wie ein Wahnsinniger, der Klavier spielt. Ich haue ihm auf die Finger und stoße ihn spielerisch fort, um aus seiner Reichweite herauszukommen.

„Komm wieder her, ich bin noch nicht fertig", neckt er mich.

„Wage es nicht oder ich werde schreien. Ich bin kitzlig. "

Seine Mundwinkel ziehen sich nach oben. „Ich weiß." Dann jagt er mir nach.

Ein Japsen verlässt meinen Hals und ich wirbele herum, um durch das Zimmer zu rennen. Ich spring auf sein Bett, quer darüber hinweg und mache es ganz unordentlich, nur um dann wieder hinunterspringen und mir ein Kissen als Waffe zu schnappen. Mich packt der Leichtsinn; ich kann mich nicht an das letzte Mal erinnern, dass ich mich verrückt benommen und wegen Nichts gelacht habe.

Er jagt mir nach und schwankt um den Bettpfosten

herum. Ich haue mit dem Kissen gegen seinen Kopf und er wirft es zur Seite. Blitzschnell fährt er mit einem Arm unter meine Knie, mit dem anderen an mein Kreuz und schwingt mich nach oben und holt mich von den Füßen.

„Du schummelst!", merke ich an.

„Wie kann das Schummeln sein? Ich habe dich gefangen und jetzt kann ich mit dir anstellen, was ich möchte."

Ich klammere mich an seinem Hals fest und presse meine Lippen gegen sein Schlüsselbein. „Darüber gab es keine Regeln, also trifft das nicht zu."

Er wirft mich mit dem Rücken voran aufs Bett. Die Matratze gibt unter mir nach. Er kriecht über mich und sucht sich seinen Weg von meinen Beinen nach oben zu meinem Gesicht. „Da irrst du dich, mein Kätzchen. Ich bekomme immer meinen Willen, auch wenn ich schmutzige Tricks anwenden muss."

Ich richte mich auf und greife nach einem Kissen, um es ihm gegen den Kopf zu donnern, aber er wehrt meinen Angriff mit einem Kuss ab. Unsere Münder kommen zusammen und verschlingen sich. Unsere Zungen verlangen einander. Er küsst mich innig und hungrig, und ich kann es ihm nicht übelnehmen. Das hat viel zu lange auf sich warten lassen.

Seine Hand greift nach meinem Hemd. Aggressiv reißt er daran und die Knöpfe springen auf. Er ist so stark, besteht nur aus Muskeln und sieht spektakulär aus.

Und in just dieser Sekunde, als ich ihm in die Augen blicke, ergreift eine vergessene Erinnerung von mir Besitz.

Jedes Mal, wenn ich Deimos geküsst habe, brach meine Kraft aus und hat ein Portal geöffnet. Als würden wir dasselbe denken, reißen wir die Augen auf und er steht blitzschnell vom Bett auf. Er greift nach meiner Hand und zieht mich auf die Füße.

„Scheiße, hast du wieder ein Portal geöffnet? Kannst du es spüren?" Panisch begutachtet er das Zimmer, als würde die Antwort hier irgendwo liegen.

Mein Verstand dreht sich mit einhundert Stundenkilometern und ich kann mich bei Gott nicht daran erinnern, ob ich das Anschwellen der Macht überhaupt gespürt habe. Erregung, ja, zu Hauf. Kräfte? Unsicher.

„Guendolyn!", ermahnt er mich, während er meine Oberarme festhält.

„Dräng mich nicht. Ich versuche nachzudenken. Wie konnte ich das vergessen? Es ist nur bei dir passiert, nicht mit deinen Brüdern, aber warum?"

„Du hast also, während ich dem Tode nahe im Bett lag, meine Brüder geküsst?" Seine Augenbrauen ziehen sich zusammen und seine Schultern neigen sich fast wie in einer besiegten Pose nach vorne.

Ich runzele meine Stirn. „Ernsthaft? Das ist es, was dich im Moment stört? Wie auch immer, ich bin überzeugt, dass keine Kräfte erwacht sind, als wir uns geküsst haben", sage ich. Seine Stirn bleibt angespannt und ich weiß nicht, was ihn mehr aufregt. Dass ich seine Brüder geküsst habe, oder dass ich vielleicht irgendwo ein Portal geöffnet haben könnte.

„Bist du dir sicher?" Er lässt mich stehen und durchquert den Raum mit großen Schritten, während seine Arme an den Seiten mitschwingen.

„Ja. Letztes Mal war es nicht zu übersehen. Diesmal haben die Wände nicht gezittert."

Er öffnet die Tür. „Ich bin sofort zurück." Und genauso schnell ist er weg.

Oh, verdammt. Warum können die Dinge nicht

einmal normal laufen? Wie beispielsweise, dass nicht jedes Mal die Möglichkeit besteht, dass die Hölle ausbricht, wenn ich meinen Freund küsse.

Deimos ist so schnell wieder zurück, dass ich gar keine Möglichkeit habe, mich von der Stelle, an der ich stehe, fortzubewegen. „Meine Männer durchkämmen das Königreich, um auf Nummer sicher zu gehen." Er kommt näher. „Du bist dir also sicher, dass du kein Zucken deiner Kräfte gespürt hast?"

Je mehr ich darüber nachdenke, desto sicherer bin ich mir. „Ja."

„Warum? Was hat sich geändert?"

Derselbe Gedanke schießt mir auch durch den Kopf, ich zucke mit den Achseln und gehe nochmal alles durch, was in letzter Zeit vorgefallen ist. In Anbetracht der Kontrolle der Portale aber hat sich etwas verändert.

„Hmm, naja, also..." Ich greife in meine Hosentasche und ziehe den Rubin heraus.

„Ist dies der Feenstein aus dem Thron des Königs?"

„Ja. Und wenn ich ihn festhalte, dann kann ich das Öffnen eines Portals kontrollieren. Also—"

„Das ist die Antwort. Er muss in deiner Nähe sein." Seine Hände legen sich um meine Hüften und er zieht mich zu sich. „Danke vielmals, da ich nicht noch mehr dieser Scheiße ertragen kann, insbesondere wenn dies bedeutet, dass ich dich nicht als die Meine nehmen kann."

Ich blicke hoch in seine wunderschönen Augen und die Angst, die uns beide ergriffen hat, verflüchtigt sich. Er führt mich zurück zum Bett und küsst mich, sanft dieses Mal. Meine Erregung steigt sofort. Wir lassen voneinander ab und ich beuge mich zur Kommode, um den Edelstein abzulegen.

Deimos folgt meiner Bewegung, nimmt den Rubin

und legt ihn mir wieder in die Hand. „Halte ihn fest, nur um sicher zu sein." In seiner Stimme schwingt Ernst und die Sorge mit, dass ich irgendwie eine weitere Welle der Zerstörung auf das Königreich loslassen könnte.

Ich kann wegen seiner Bedenken nicht mal mit den Augen rollen, denn als wir uns das letzte Mal geküsst haben, endete es damit, dass er von einem Blutverfluchten gebissen wurde. Ich habe ihn fast verloren und die Panik und die Gefahr, der wir ausgesetzt waren, um ihn zu retten, sind nichts, was ich nochmal durchleben möchte. Meine Finger um den Rubin gelegt lasse ich mich wieder auf das Bett fallen und signalisiere ihm mit gekrümmten Zeigefinger, dass er mir folgen soll.

Mein Herz rast und Röte steigt in meinem Gesicht auf, als ich das, was von meinem Oberteil übrig ist, und mein Unterhemd ausziehe. Meine Brustwarzen werden von der plötzlichen Kälte steif und die Vorfreude dessen, was nun passieren wird, summt in mir.

Deimos brummt seine Zustimmung, als er auf mich herabblickt und dieser Klang lässt die Wollust zwischen meine Schenkel schießen. Mein Prinz beugt sich über mich. Seine Lippen sind auf meinen Brüsten und er küsst sie überall auf seinem Weg zu meinen Nippeln. Er saugt sie gierig in seinen Mund, als wäre er ausgehungert, als wäre ich die Luft, die er zum Atmen braucht und von der er nicht genug bekommen kann.

Seine Berührung bringt mich zum Stöhnen und ich fahre mit meinen Fingern durch sein langes, blondes Haar. Er ist fesselnd und alles, was ich seit jeher wollte. Ich dachte immer, Männer wie er wären nicht meine Kragenweite—wie sich herausstellt, habe ich mich geirrt.

Mit geschlossenen Augen lasse ich mich auf die Matratze sinken und spüre jeden Kuss, jedes Knabbern und jedes Lecken, als Deimos meine Brüste liebkost. Ich schlinge meine Beine um seine Hüften und hebe mein Becken, um mich an die Erektion in seiner Hose zu schmiegen. Der Stein in meiner Hand fühlt sich noch immer kalt an.

Als sein Mund wieder auf meinem liegt, schlage ich die Augen auf, umschlinge ihn und erwidere seinen Kuss. Ich kann von dem Geschmack seiner Lippen nicht genug bekommen.

Seine Hand gleitet zwischen uns und löst den Knopf meiner Hose. Mein Magen schlägt Purzelbäume—ich bin so geil und gleichzeitig auch ein wenig schüchtern. Ich bin nicht das geübteste Mädchen, wenn es um Sex geht, und naja, dies ist unser erstes Mal.

Ein plötzliches Rappeln an der Tür lässt uns beide erstarren. Wir tauschen besorgte Blicke aus.

„Das müssen meine Männer sein", murmelt er, um dann aus dem Bett auf die Füße zu springen und durchs Zimmer zu eilen, während ich nach der Bettdecke greife und mich selbst damit verhülle.

Bitte lass nirgends ein Portal sein, das ich geöffnet habe. Ich liebe es, Deimos zu küssen, also, Universum, nimm mir das bitte nicht weg.

6

DEIMOS

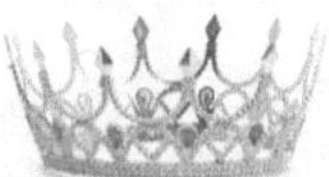

Knarzend öffne ich die Tür meines Schlafzimmers. Zwei meiner Männer stehen im Flur und in ihren Gesichtern steht weder Schock noch Furcht. „Habt ihr etwas gefunden?", frage ich.

„Nichts. Alles ist in Ordnung", sagt Reinland, der größere von beiden.

„Seid ihr euch sicher?"

Beide nicken und die Erleichterung durchströmt mich. Vielleicht hatte Guendolyn Recht damit, dass der Rubin der kleinen Feen die Magie unter Kontrolle hält, wenn sie bei mir ist. Daher stellt sich die Frage... Warum hat mein Kuss überhaupt ihre Kräfte ausgelöst?

„Gut. Lasst mich wissen, wenn sich das ändert", weise ich meine Wachmänner an und schließe die Tür. Mein sexy Kätzchen liegt in meinem Bett, eingewickelt in Decken und nur ihr Kopf guckt noch heraus.

„Hört sich an, als wär die Luft rein", sagt sie, während sie aus dem Nest klettert, dass sie sich gemacht hat.

Mein Blick fällt auf ihre wundervoll straffen Brüste,

auf denen die perfektesten, rosigen Brustwarzen thronen. Sie sieht, wie ich starre, und ihre Wangen laufen rot an. Mir gefällt, wie einfach sie reagiert, wie unschuldig sie wirkt, auch wenn sie für gewöhnlich unerschrocken ist. Zwei Seiten einer Münze, aber ich liebe alles an ihr.

„Ich bin enttäuscht", gebe ich an. „Du hast immer noch deine Hose an."

Sie schnappt sich ein Kissen und wirft es mir zu. „Sei still. Zieh du zuerst deine aus."

Ich grinse und marschiere zu ihr hinüber, als sie sich ein weiteres Kissen gegen den Oberkörper hält.

„Du gehörst mir." Ich reiße ihr das Kissen aus den Händen und werfe es hinter mich. Dann schnappe ich sie mir bei den Hüften und ziehe sie zu mir, während meine Finger an den Knöpfen zupfen.

Ihre Augen werden ganz groß. Ich überlasse meiner Erregung die Führung und hake meine Finger an ihrem Hosenbund ein, um die Hose und ihre Unterwäsche an ihren Beinen herabzustreifen.

Sie schnappt überrascht nach Luft.

Die Hose schlingt sich um ihre Knöchel, denn sie trägt noch immer ihre Stiefel. Ich zische und treffe auf ihren verlegenen Gesichtsausdruck.

Sie zuckt mit den Schultern und steckt ihre Zunge heraus. „Das kommt vor, wenn du zu hektisch bist."

Ich kann nicht leugnen, dass es mir gefällt, wenn sie sich gegen mich wehrt. Als ich nach unten greife, um ihren Fuß zu nehmen und ihren Stiefel auszuziehen, betrachte ich ihren wunderschönen Körper ganz genau. Runde Brüste und eine Taille, die schmäler wird und sich dann zu wohlgeformten Hüften wölbt. Der kleine Hügel hellen Haares zwischen ihren Beinen glitzert und ihr erregter Duft liegt in der Luft.

Mein Schwanz zuckt und wächst. Wie ein Wahnsinniger reiße ich ihr die Stiefel und die Hose vom Leib, damit ich an mein Mädchen rankomme.

„Lass mich nicht zu lange warten", neckt sie mich und klimpert mit den Wimpern, während sie daliegt und der reinste Hingucker ist.

Sie sieht mich mit wildem Blick, geöffneten Lippen und verschlossenen Knien an, als sie auf dem Bett liegt und sich auf ihre Ellbogen stützt. Meine Eier schmerzen hoffnungslos, da ich endlich beanspruchen möchte, was ich schon so verdammt lange haben will.

Ich strecke eine Hand zu ihren Knien aus und ihr Atem wird von meiner Berührung schneller. Ich öffne sie und es gibt keinen Widerstand. Ihre süße Muschi ist feucht und ich fahre mit dem Daumen über den Saum ihrer Hitze.

Sie bebt und ihre Schenkel öffnen sich weiter. Ihre Hüfte hebt sich als Antwort auf mein Streicheln leicht an. Unsicher, wie lange ich mich noch zurückhalten kann, beuge ich mich nach vorne und lege meine Hand um ihren Nacken, um sie für einen Kuss aufzurichten.

Ihr Aufatmen führt dazu, dass ich sie vor der ganzen Welt beschützen möchte.

„Ich habe dich so sehr vermisst", flüstert sie und ihr fällt es mit den ganzen Emotionen schwer zu atmen.

„Heute werde ich dich beanspruchen, dich markieren und dir zeigen, was du versäumt hast." Ich werde ihr zeigen, dass ganz gleich, was die Zukunft bringt, sie mich immer an ihrer Seite haben wird. Vielleicht werde ich meinen Brüdern vorschlagen, dass Luther oder ich sie laut der Regeln des Hofs heiraten, damit wir sie nicht mehr verstecken müssen. Wir müssen einen Plan schmieden, wie wir eine Seelie Identität für sie schaffen, aber jetzt verdränge ich diese Gedanken.

Ich kann nicht glauben, dass ich gerade über Heirat nachgedacht habe, wo ich doch geschworen habe, mich niemals niederzulassen.

„Hör auf zu reden, küss mich einfach", fordert sie.

Ihr Mund schmilzt auf meinem dahin. Sie ist weich und duftet so gut, und zur Hölle, all die Dinge, die ich ihr antun möchte... Wir passen perfekt zusammen und ich rede nicht nur von Sex. Ich habe vor, sie besser kennen-zulernen, ihr zu zeigen, dass ihr Leben mit Luther und mir an ihrer Seite wundervoll sein kann. Ich möchte sie beschützen, sie in meinen Armen halten und sie nah bei mir spüren.

Ihre Finger suchen sich ihren Weg durch mein langes Haar und ziehen mich daran näher. In mir brennt das Bedürfnis und wir lösen uns voneinander. Ihre Wangen und Lippen sind rosig. Die Hitze in ihren Augen ruft nach mir.

„Nimm mich", sagt sie und mein Schwanz zuckt bei ihren Worten.

Ich lege sie wieder auf dem Bett ab, weiche zurück und schiebe die Hose an meinen Beinen herab, um sie auszuziehen. Meine Erektion ist steif und so hart, dass es schmerzt.

„Fass ihn an", bitte ich sie. Mein Kätzchen gehorcht, setzt sich mit ihrer Unterlippe zwischen den Zähnen auf und richtet ihren Blick auf mein bestes Stück. Sie ergreift ihn am Schaft und ich fahre bei dem Gefühl zusammen. Ihre langen Finger legen sich komplett um ihn und sie beginnt ihre Hand zu bewegen.

„Scheiße!" Darauf habe ich so verflucht lange gewartet.

Weiche Feuchte drückt sich um meine Spitze und ich blicke auf ihren süßen Kirschmund herab, der sich um meinen Schwanz gelegt hat.

Meine Brust hebt und senkt sich immer schneller. Dann schießt mein Blut in meine Lenden und meine Eier ziehen sich zusammen.

Oh, zur Hölle! Meine Augen drehen sich nach innen, als sie ihn immer tiefer in den Mund nimmt. Diese flinke Zunge flattert über meine Erektion und dieses Empfinden macht mich verrückt. Ich stoße mit den Hüften nach vorne, langsam zu Beginn, aber die Intensität gerät zu schnell außer Kontrolle.

Mit einem schmatzenden Geräusch rutsche ich aus ihrem Mund heraus und sie blickt mich einfach nur mit ihren Rehaugen an. Sie kniet auf der Bettkante, nackt und wunderschön. Ich kann nicht aufhören, mich auf ihre perfekten Brüste, die Rundungen ihrer Hüften und das Büschel hellen Haars zwischen ihren Beinen zu konzentrieren. Ich brauche mehr, so viel mehr.

„Leg dich auf den Rücken, mein Kätzchen", befehle ich ihr. Sie rollt über ihre Seite, streckt ihre Beine aus und lässt sich auf den Rücken fallen. „Zeig mir nochmal alles, noch gespreizter, damit ich mir diese glitzernden Lippen anschauen kann."

Ihr Atem beginnt zu rasen. Dann hebt sie ihre Beine an und spreizt ihre gebeugten Knie. „Ich stehe drauf, wenn du so mit mir sprichst", schnurrt sie.

Ich falle vor ihr auf die Knie, betrachte den rosaroten Schlitz und ihre Erregung ist so offensichtlich. Mein bester Freund zuckt.

Ihre äußeren Schamlippen küssend arbeite ich mich voran. Ihr sexy, moschusartiger Duft ist betörend. Ich atme ihn tief in meine Lungen ein und in mir erwacht ein animalischer Hunger zum Leben. Noch bevor ich an ihren saftigen Lippen ankomme, stöhnt sie.

Ich brumme beim Anblick ihrer geöffneten Schenkel vor mir. Dann strecke ich meine Zunge heraus und lecke sie. Sie wölbt ihren Rücken, spreizt ihre Beine weiter und gibt mir alles, was sie hat. Ich nehme sie in meinen Mund, sauge und fordere ein, was mir gehört.

„Oh, verdammt! Deimos!", schreit sie.

Sie ist so feucht und ihr Becken schaukelt vor und zurück. Ich vergehe mich an meinem süßen Kätzchen und möchte sie so nah am Rande des Wahnsinns haben, dass sie mich nach mehr anfleht.

Meine Zunge verwöhnt sie und meine Finger krallen sich an ihren Hüften fest, während ich weiter in sie eindränge und sie gegen mich presse.

Ihre Freudenschreie feuern mich an; sie machen mich so verdammt geil und es macht mich fertig, mich zurückzuhalten.

Ich weiche zurück, als sie ihren Kopf hebt, um mich anzublicken. „Warum hörst du auf?"

Wieder auf den Beinen lache ich, denn das ist die Art, wie ich sie will. Weit gespreizt und mich begehrend. „Keiner von uns beiden geht irgendwo hin, mein Kätzchen." Ich schiebe meinen Körper über sie und unsere Lippen treffen aufeinander. Mein Schwanz drückt sich an die Hitze zwischen ihren Beinen und sucht sich seinen Weg, um sich darin zu vergraben. Sie ist wie eine Sucht und ich kann nicht genug von ihr bekommen.

Während ich ihre Zunge in meinen Mund sauge, presse ich meinen Penis in sie. Sie rückt ihren Hintern zurecht und erleichtert es mir so, einzudringen. Sie ist eng. Ihre Scheidenwände legen sich um mich und es fällt mir immer schwerer, mich zu beherrschen.

„Lass mich rein, Engelchen", hauche ich ihr entgegen. „Entspann dich einfach, ich werde dir nicht wehtun."

Sie nickt und ich kann regelrecht spüren, wie sie locker wird.

Ich brumme, als ich ganz bis zum Anschlag hinein-rutsche und mein Herz pocht.

„Deimos", ruft sie.

Ich ziehe ihn heraus und stoße wieder zu. Langsam zu Beginn, damit sie sich an meine Größe gewöhnen kann, dann bewege ich mich schneller. Ficke sie.

Ihr Busen reibt bei jedem Stoß gegen meine Brust und sie lässt mich nicht aus den Augen. Ich liebe es, wie sie stöhnt und wie ihr Körper auf meinen reagiert, sich um meinen legt, als wären wir Eins.

„Das fühlt sich so richtig an", sagt sie. „Ich habe dich vermisst."

Ich küsse sie und kann mich selbst nicht davon abhal-ten, meinen Schwanz in ihr zu versenken. Mit einer Hand greife ich zwischen uns, suche nach ihrem Kitzler und reibe ihn.

Ihr Atem beginnt zu rasen und sie stöhnt mir entgegen.

„Komm für mich, mein Kätzchen", flüstere ich, bevor ich meinen Kopf senke und ihre Brustwarze zwischen meine Zähne nehme. Zärtlich knabbere ich und sauge dann an ihr.

Ihre Atemzüge werden schwerer und einen Augen-blick später zuckt ihr ganzer Körper unter mir. Sie schreit auf und ein wellenartiger Orgasmus tobt ihn ihr.

Ihre Muschi drückt meinen Schwarz und dieses Mal lasse ich mich gehen. Die Dämme brechen, als ich in ihr explodiere. Ich ächze, pulsiere, füttere sie mit meinem Samen und wir ringen beide um Luft.

Sich an den Bettlaken festklammernd wirft sie den Kopf mit ihren wunderbaren Freudenschreien zurück. Verdammt, sie ist atemberaubend.

Als wir uns beide beruhigen, drücke ich meinen Mund zärtliche auf ihren. „Ich will mehr."

Sie bricht in Gelächter aus, nimmt mein Gesicht in ihre Hände und küsst mich. „Ja, bitte."

Ich ziehe mich aus ihr zurück und stehe auf. Ihre Seidigkeit glitzert, die Lippen sind voll und ich liebe diesen verdammten Anblick meines weißen Spermas an ihrem Eingang.

„Ich hole dir etwas, damit du dich saubermachen kannst."

Sie zwinkert mir zu und wartet. Dann streckt sie ihre Hand aus und öffnet ihre Faust, in der sich der Rubin befindet. „Ich habe das Gefühl, dass dieser Stein von Anfang an bei mir hätte sein sollen. Ich kann damit Portale öffnen und schließen—aber ich bin mir noch nicht sicher, dass ich auch Kontrolle darüber habe, wo ich herauskomme—aber es ist schon eine Verbesserung. Und naja, jetzt kann ich dich nach Herzenslust küssen."

„Ich muss eine Lösung finden, damit du ihn nicht jedes Mal, wenn ich dich küssen möchte, festhalten musst."

„Das würde mir gefallen", antwortet sie vom Bett aus.

Im Badezimmer schnappe ich mir ein Handtuch, feuchte es an einer Seite leicht an und kehre zu meinem Kätzchen zurück. Ich mache ihre süße Muschi sauber, steige dann zu ihr ins Bett und nehme sie in meine Arme.

„So wird unsere Zukunft aussehen. Mit der Freiheit, zusammen zu sein und unser Leben miteinander zu verbringen."

Sie hat sich an meine Brust gekuschelt. Ihr Gesicht ist

meinem zugewandt und sie blickt zu mir hoch. „Es ist komisch, dass ich mich hier mehr zuhause fühle, als ich es jemals auf der Erde getan habe."

„Das sagt doch alles", sinniere ich.

„Ich habe wirklich gedacht, dass ich dich verlieren würde", beginnt sie und ihre Hand auf meinem Bizeps beginnt zu zittern.

„Du hast so viel für mich riskiert und ich zweifele keine Sekunde an dem, was du für mich empfindest. Du musst mir aber versprechen, dass du dich für mich nie wieder einer solchen Gefahr aussetzen wirst."

Sie rümpft die Nase, als würde sie das nie tun, und das überrascht mich kein bisschen.

„Wäre ich nicht an den Aschehof gegangen, hätte ich nie so viel herausgefunden."

„Oh, ist das so?" Ich massiere ihren unteren Rücken und ermutige sie, mir mehr zu erzählen.

„Wie beispielsweise das Treffen mit der Mutter des Königs; herauszufinden, dass meine Mutter eine wichtige Person sein muss; oder dass ich mehr Kraft in mir trage, als ich zu Beginn angenommen habe. Außerdem wäre mir Fauchi mit dem Rubin nie über den Weg gelaufen. Und dann wäre da noch, wer mein leiblicher—"

„Fauchi?", frage ich nach und sie erzählt mir die Kurzfassung dessen, was vorgefallen ist, während ich krank war, und ich setze es mit dem, was meine Brüder mir erzählt haben, zusammen. „Die kleine Fee mit den blauen Flügeln, nicht wahr?"

Sie nickt. „Aber da gibt es noch etwas." Sie schluckt laut hörbar und ich kann die Furcht in ihrem Gesichtsausdruck erkennen.

„Das da wäre?"

Ein Klopfen an der Tür unterbricht uns und sie zuckt

in meinen Armen zusammen.

„Ich schaue nach, wer das ist. Deck dich zu."

Ich schlüpfe in meine Hose und durchquere den Raum. Sobald sich Guendolyn bedeckt hat, öffne ich die Tür.

Mein Wachmann steht vor mir und sein Blick fällt nicht in mein Zimmer. „Sie wurden von Eurer Hoheit, Prinz Ahren, einbestellt, um ihn sofort in seinen Gemächern aufzusuchen."

Ich brumme und fahre mir mit der Hand durchs Haar. Was zur Hölle denn jetzt? Nach einem kurzem Nicken antworte ich: „Ich werde in Kürze dort sein." Dann schließe ich die Tür und wende mich meinem Kätzchen zu, die wieder nur ihren Kopf unter der Decke in meinem Bett herausstreckt.

„Bleib hier." Ich gehe auf sie zu, beuge mich vor und küsse diese vollen Lippen. „Ich werde später zurück-kommen und dir etwas zum Essen mitbringen."

„Das hört sich toll an. Beeil dich." Sie kuschelt sich tiefer unter die Bettdecke, als würde sie sich schlafen legen.

Mein Herz springt in meiner Brust. Was hat sie mit mir angestellt?

Scheiße!

Ständig geistert sie in meinen Gedanken umher und mein Schwanz wird schon beim Gedanken an sie hart. Ich hätte bereits im ersten Moment, als ich zur Erde gegangen bin, um sie zu holen, wissen müssen, dass sie mich verza-ubern würde. Ich bestand darauf, dass es nur meine Aufgabe war, sie zum Schattenhof zu bringen, aber ich habe mir selbst etwas vorgemacht.

Sie war die ganze Zeit bereits die Meine. Ich musste es mir nur selbst eingestehen.

7

GUENDOLYN

Während die Morgensonne strahlt, gleite ich in das siedend heiße Wasser und greife dann nach den Trauben auf dem Tablett mit dem Obst in der Nähe der Badewanne. Nachdem Deimos gestern für lange Zeit nicht zurückgekehrt ist, hat eine Dienstmagd mir ein zeitiges Abendessen aufs Zimmer gebracht. Später bin ich im Bett eingenickt und habe durchgeschlafen. Heute Morgen war Deimos noch immer nicht im Bett, deshalb habe ich beschlossen, den Tag mit einem Bad zu beginnen.

Ich habe mich auf den Weg zu den Bädern gemacht, denn ich kann nicht herumsitzen und Nichts tun.

Mein Wachmann wartet draußen auf mich und im Moment ist es besser, wenn ich mich unauffällig verhalte. Die Prinzen besprechen höchstwahrscheinlich die Beisetzung des Königs und Ahrens Krönung, daher kann ich warten.

Trotzdem spiele ich im Kopf immer wieder durch, dass der König mein lieblicher Vater war und wie sehr ich

Deimos davon erzählen wollte. Jedoch komme ich mir deswegen egoistisch vor.

Der Thron gebührt Ahren, auch wenn er nicht der leiblicher Sohn des Königs ist. Und wenn ich meine Neuigkeiten nun verkünde, könnte es dann so rüberkommen, als ob ich jemand bin, der versucht ihm den Thron streitig zu machen? Wenn ich ehrlich bin, weiß ich nicht genug über die königlichen Regeln und politischen Ansichten, um beurteilen zu können, ob das überhaupt möglich ist. Kann auch eine Frau den Thron an einem Feenhof besteigen?

Unabhängig davon möchte ich mich nicht in einer solchen Position befinden und ich stehe bereits zu kurz davor, Ahren zu verlieren. Ich werde nichts riskieren, um ihn noch weiter von mir wegzustoßen.

Ein dummer Gedanke kommt mir in den Sinn. Der Gedanke an Hochzeit und ich lache beinahe laut los. Richtig, ein Hof, der die Unseelie hasst, wird niemals erlauben, dass eine von ihnen über sie herrscht. Auch wenn ich nur zur Hälfte Unseelie bin, gehöre ich nicht an ihren Hof, oder? Und genau genommen bedeutet es auch, dass die Prinzen und ich Stiefgeschwister sind.

Nein, darüber denke ich nicht mal nach. In unseren Adern fließt nicht dasselbe Blut.

Das ist der Grund, warum ich Deimos nach seiner Meinung fragen wollte, aber ist es wirklich eine kluge Entscheidung? Was würde ihn davon abhalten, eine große Sache daraus zu machen und Ahren davon zu erzählen?

Ich tauche tiefer ins Wasser ein und entscheide mich dafür, im Moment nichts zu sagen.

Dann nehme ich einen tiefen Atemzug und entspanne mich, denke an die unglaubliche Zeit mit Deimos und wie ich nicht wüsste, was ich tun sollte, würde ich ihn und

Luther verlieren. Es jagt mir Angst ein, wie schnell ich mich an sie gewöhnt habe. Ich erlaube mir selbst in diesen Gedanken zu versinken und nicht daran zu denken, was ich verliere.

Als die Wassertemperatur sinkt und meine Finger Pflaumen gleichen, steige ich aus der Wanne und greife nach einem Handtuch. Die Dienstmädchen haben meine Kleidung mitgenommen und mir ein Kleid hier gelassen. Ich hebe den dunkelblauen Stoff, der mit kleinen Kristallen besetzt ist, hoch, finde aber keine Unterwäsche vor. Ich seufze und habe es satt, ohne Unterhöschen herumzulaufen. Ist das auch so ein Feending?

Was ich am meisten vermisse sind Schlabberhosen und ein Kapuzenpullover. Diese Gewänder mögen spektakulär aussehen, meine Brüste anheben, meine Taille schmälern, aber sie sind nicht gerade bequem.

Angezogen zupfe ich an dem rechteckigen Ausschnitt, der ein wenig zu tief auf meinem Dekolleté sitzt, und ziehe dann das geschnürte Korsett vorne zusammen, um meine Brüste aneinanderzudrücken. Man braucht keinen Büstenhalter, wenn die Mädels die ganze Zeit in ein Korsett oder enges Kleid gepresst werden.

Nachdem ich in ein paar knöchelhohe Stiefel geschlüpft bin, fahre ich mir mit dem grob gezahnten Kamm durch mein Haar. Dann gehe ich in den Flur.

Michae begrüßt mich mit einem Lächeln und stellt sich gerade hin. Er hat einen verheilten Schnitt an seiner Oberlippe der nur sichtbar wird, wenn er grinst. Ich beginne ihn zu mögen und es ist nett, jemanden zu haben, mit dem man sich unterhalten kann. „Wohin geht es, meine Dame?"

„Das Esszimmer, bitte. Ich bin durstig." Er nickt und wir laufen durch das Herrenhaus.

Zwei Dienstmägde eilen an uns vorbei und halten ihre Röcke fest, um sich einfacher bewegen zu können. Ich blicke zurück und sehe, wie sie hinter einer Ecke verschwinden. Ein Mann in einem schwarzen Anzug schiebt einen silbernen Servierwagen mit Speisen durch den Korridor und hält auf uns zu.

Er winkt mit einer Hand, damit wir ihm aus dem Weg gehen.

Genau das machen wir auch und er ähnelt einem Sturm, der donnernd an uns vorbeizieht.

„Was geht hier vor sich?", murmele ich vor mich hin.

Weitere Dienstmädchen schleppen eilig Körbe voller Obst an uns vorbei. Die Arme einer Frau hinter ihnen sind mit Blumen gefüllt. Dann folgen zwei Männer auch mit Servierwagen, auf denen hoch schöne Goldtablette aufgestapelt sind. Das klappernde Geräusch lässt mich zusammenzucken, da alles, was ich mir vorstellen kann, ist, wie sie alle herunterfallen und zerbrechen.

All diese Unruhe in den Fluren lässt mich blinzeln. „Was bereiten sie vor? Die Beerdigung?"

„Seine Hoheit Ahren wird in wenigen Tagen den Thron besteigen."

„Dann ist das also für die Feierlichkeiten?"

Als Dana mit einem Bündel Leinen auf dem Arm an uns vorbeimarschiert, wende ich mich an sie und stelle mich ihr in den Weg.

Sie verbeugt sich, schießt vorbei und verschwindet in einem der Zimmer.

„Es wird ja nicht jeden Tag ein König gekrönt", nuschele ich. Natürlich erwarte ich nicht eingeladen zu werden, trotzdem hoffe ich aber, dass Deimos oder Luther mich hineinschmuggeln werden. Ich möchte mir ansehen, wie der Thronsaal fein geschmückt ist und Zeuge des

Rituals sowie der darauffolgenden Party werden, um die Feenkultur zu verstehen. Um zu sehen, ob sie den mittelalterlichen Festivitäten aus den Filmen gleicht.

Ich lasse die Unruhen hinter mir und dann betreten wir das Esszimmer des Herrenhauses. Die schöne Wand aus Fenstern lenkt jedes Mal meine Aufmerksamkeit auf das Meer aus Bäumen und Bergen. Dies ist eins meiner Lieblingszimmer.

„Ich werde ein Getränk für Sie ordern", sagt Michae, bevor er durch die Hintertür in die Küche geht.

Mein Augenmerk wieder auf das Fenster gerichtet blicke ich nach draußen und versuche, dem ganzen Trubel, der mir das Gefühl gibt, ausgeschlossen zu werden, nicht zu viel zuzuschreiben. Es geht hier nicht um mich, sage ich mir immer wieder.

Hinter mir nähern sich Schritte und in Erwartung von Michae drehe ich mich um, aber es ist Luther. Wo kommt er denn her?

Meine Brust schwillt an, als ich sehe, wie sein Mund sich zu einem süßen Grinsen verzieht. Sein dunkles Haar hat er sich aus dem Gesicht gestrichen und seine Wangen glühen, als wäre er draußen in der Kälte gewesen. Die schwarze Tunika, die er trägt, umschmeichelt seinen starken Oberkörper und seine starken Schultern, während goldene Knöpfe den runden Ausschnitt verzieren. Er hat sich einen Ledergürtel locker um die Taille gebunden und seine Lederhose schmiegt sich an seine muskulösen Oberschenkel. An seinen Stiefeln klebt Schnee, was meine Vermutung bestätigt.

„Ich habe nach dir gesucht", sagt er. Dann nimmt er meine Hand in seine und zieht mich zu sich. „Ich habe eine Überraschung."

„Was ist es?" Ich kann nicht anders und muss übers

ganze Gesicht grinsen. Die Aufmerksamkeit, die er mir schenkt, schmeichelt mir.

„Du wirst schon sehen.“

In diesem Moment taucht Michae auf, der ein Glas Saft trägt, um es dann für mich auf den langen Esstisch abzustellen.

„Trage dem Chefkoch auf, ein Festmahl für mich einzupacken. Wir können nicht lange darauf warten“, ordnet Luther an.

Der Wachmann tippt sich über seinem Herzen zweimal auf die Brust. „Selbstverständlich, Eure Hoheit.“ Sofort kehrt er in die Küche zurück.

Luther sieht teuflisch gut aus heute und mir gefällt, wie mich seine gierigen Finger festhalten und mich nie weit von ihm fort lassen.

„Kommst du gerade erst von dem Treffen mit Deimos und Ahren?“, frage ich, neugierig, worüber sie gesprochen haben und ob es etwas damit zu tun hatte, den Mörder des Königs zu finden.

„Es hat sich so in die Länge gezogen. Sie haben uns nicht mal etwas zum Mittagessen gebracht und ich bin am Verhungern. Deimos wird wahrscheinlich auch bald hier sein. Er hat Hunger wie ein Löwe.“

„Und Ahren?“, hake ich nach.

Er schiebt eine meiner Haarsträhnen, die sich an meinen Wimpern verhakt hat, zurück hinter mein Ohr und etwas blitzt in seinem Gesicht auf. Ist es Mitleid? Weiß er, dass Ahren mich weggestoßen hat und dass ich mich nun nach ihm sehne? Ich hasse mich selbst dafür, dass ich so wirke, aber ich habe einfach keine Kontrolle über meine Gefühle für diese Prinzen.

„Er ist beschäftigt“, erklärt Luther. „Er wird wohl für die nächsten Wochen sehr viel zu tun haben.“ Seine Hand legt sich auf meinen unteren Rücken und er schiebt mich in Richtung des Tischs. „Komm, setzen wir uns hin, während wir warten."

Aber ich bewege mich nicht von der Stelle. „Dauert es so lange, einen König zu krönen?"

Er schluckt laut und sein Adamsapfel wandert an seinem Hals nach oben und wieder zurück nach unten. Luther zögert und das bekräftigt nur meinen Verdacht, dass hier noch viel mehr vor sich geht. Warum lassen sie mich im Dunkeln stehen?

„Luther, was ist mit Ahren los? Warum wendet er sich von mir ab?" Ich möchte dies eigentlich nicht hier und jetzt zur Sprache bringen, aber die Art, wie er mich anblickt, bringt meine Gefühle an die Oberfläche. Ich habe mich Hals über Kopf in diese drei Prinzen verliebt, doch die Wahrheit ist, dass ich sie noch kennenlerne. Ich erfahre nach und nach ihre Geheimnisse. Welches genau verbirgt Ahren also vor mir?

Luther leckt sich über die Lippen und sieht mich an, als überlegt er, was er mir sagen soll. „Er muss es dir selbst sagen. Es tut mir leid, kleiner Wolf. Es überrascht mich, dass er es noch nicht getan hat, und ich werde es ihm gegenüber erwähnen."

Mein Magen dreht sich um. Einfach wundervoll. Es *gibt* also noch etwas, außer, dass er mehr Verantwortung übernehmen wird oder wovon er mich sonst noch überzeugen wollte. Es waren Lügen.

Jetzt spielen sich in meinem Kopf lauter Horrorszenarien ab, zum Beispiel dass er krank ist und sterben wird, oder dass er jahrelang am anderen Ende des Königsreich leben werden muss, um den Thron zu besteigen, oder... Gott, ich muss aufhören, mich selbst so zu quälen.

„Kleiner Wolf, du wirst immer Deimos und mich an deiner Seite haben."

Warum sagt er das immer wieder? Ich löse mich von ihm und wende mich dem Fenster zu. Mehr als alles andere wünsche ich mir, dass ich Flügel wie ein Vogel hätte und hinausfliegen könnte. Mich frei zu fühlen und nicht so verwirrt und eingesperrt zu sein.

In diesem Königreich bin ich eine Fremde.

Eine Fremde, die verletzlich und leichtgläubig ist.

Ich brauche diese Prinzen und das hasse ich. Das kann ich jetzt erkennen, denn sie können mich genauso leicht wie Ahren sitzen lassen. Was bedeutet das für mich?

Luther steht hinter meinem Rücken, hält mich aber nicht in den Armen. Die Wärme seines Körpers umgibt mich wie eine warme Decke.

„Warum kannst du mir nicht sagen, was mit Ahren los ist? Ich hasse das. Ich weiß nicht mal, wo ich hingehöre. Ich werde immer zur Seite geschoben und muss verbergen, wer ich bin. Ist das die Person, die ich sein werde? Jene, die weggebracht wird, wenn es ernst wird?" Zorn und Frustration drücken mir den Hals zu.

Luther nimmt mich bei den Schultern und dreht mich um, damit ich ihn ansehe. Mein Rücken wird gegen die Glasscheibe gepresst und ich schaue zu ihm hoch.

„Das ist nicht fair, kleiner Wolf. Wir müssen für deine Sicherheit sorgen, bis wir eine Lösung gefunden haben, damit du auf Dauer hierbleiben kannst. Ich habe dir schon mal gesagt, dass ich alles tun werde, um dich zu beschützen, und du musst mir vertrauen. Jetzt mehr denn je."

In seinen warmen Augen kann ich die Wahrheit erkennen. Ich senke meinen Blick, spüre die Hitze in meinem Gesicht und bin sauer, dass ich mich wie eine verzogene Göre anhöre. „Ich fühle mich einfach verloren“, flüstere ich.

Seine Finger gleiten unter mein Kinn und er hebt meinen Kopf an, damit ich ihm in die Augen blicke. Er ist nur Zentimeter von mir entfernt. Sein Gesichtsausdruck kommt von Herzen und sein Duft ist moschusartig und so köstlich. „An meiner Seite wirst du nie verloren sein.“

Seine Worte sind wie eine frische Frühlingsbrise, die die Traurigkeit des Winters davonjagt, und in meinen Augen steigen Tränen auf. Ich lasse mich gegen ihn sinken und er nimmt mich in den Arm. Ich weiß nicht mal, warum ich weine, aber all die Emotionen, die sich in mir aufgestaut haben, brechen nun endlich durch. Die Neuigkeiten über meinen Vater. Nicht zu wissen, wer meine Mutter ist. Ahren, der mich abweist. Nicht zu wissen, wo ich hingehöre. Und, wer bin ich überhaupt? Würde es mir auf der Erde, wo ich ein Niemand bin und vorgeben kann, ein Leben zu haben, besser gehen?

Luther massiert meinen Rücken und hält mich ganz fest. Er hat etwas an sich, was mich immer beruhigt. Vielleicht, weil ich ihn am längsten kenne. Er hat meine schlechtesten und besten Seiten gesehen und bleibt trotzdem. Aus diesen Gründen begrüße ich, was er zu bieten hat, und glaube ihm, wenn er sagt, dass er immer an meiner Seite sein wird.

Luther

ein Herz schmerzt.

Gehe ich von dem aus, was ich gesehen habe, hat Guendolyn eine Herausforderung nach der anderen gemeistert und nie aufgegeben. Nicht einmal hat sie danach gefragt, uns zu verlassen.

Nicht mein kleiner Wolf.

Sie gibt nicht auf, das kann ich nun erkennen. Ihr Eifer, die Wahrheit ihrer Vergangenheit ans Licht zu bringen, treibt sie an und ich bewundere das mehr, als sie es sich je vorstellen könnte. Zu viele werden selbstgefällig und fliehen vor der Furcht... aber sie nicht.

Ich umarme sie, während sie sanft an meiner Brust weint. Mit meiner Hand streichele ich ihr blondes Haar. Ich dränge sie nicht, sondern gebe ihr die Möglichkeit, sich in ihrem eigenen Tempo zu beruhigen. Wir alle müssen uns sammeln und unsere nächsten Entscheidungen überdenken, wenn die Welt um uns herum zusammenbricht. Während ihre Art, damit umzugehen, das Weinen ist, ist es meine, alles, was sich mir in den Weg stellt, kurz und klein zu schlagen. Ähnlich, auf gewissen Weise.

Die Hitze vom Kamin hüllt uns ein, während draußen die Sonne hinter den Wolken hervorspitzelt. Der Schneefall hört auf und die grauen Wolken verziehen sich.

Das ist es, was sie braucht. Zeit fernab von allem. Denn sobald sie von der Hochzeit erfährt, wird sie am Boden zerstört sein. Bis dahin habe ich vor, ihr ein Lächeln ins Gesicht zu zaubern, damit sie etwas hat, woran sie sich festhalten kann.

Guendolyn löst sich aus meiner Umarmung. Ihre

Wangen sind noch immer gerötet und die Augen
aufgedunsen.

„Ein Tapetenwechsel und etwas frische Luft, wie hört
sich das an?", biete ich an.

Ihre süßen Lippen biegen sich nach oben, während sie
nickt. „Das würde mir gefallen." Mir wird warm ums
Herz, da ich sie lieber lächeln statt weinen sehe.

Das Dienstmädchen kommt aus der Küche, gefolgt
von Michae. Sie überreicht mir einen Weidenkorb, der
mit einem weißen Handtuch bedeckt ist, und ich komme
mir wie ein Dienstbote vor, der dabei ist, durch die
Wälder zu spazieren. Trotzdem nehme ich ihn ihr ab.

„Alles was Sie benötigen ist hier drin, Eure Hoheit."
Sie neigt ihren Kopf leicht und zieht sich zurück.

„Danke", sage ich und Guendolyn bedankt sich ebenfalls. Michae verneigt sich und wir verlassen das
Esszimmer.

Als wir uns auf den Weg nach unten machen und
nach draußen in einen Innenhof treten, explodiert der
Gesichtsausdruck meines kleinen Wolfs voller
Begeisterung.

„Wohin gehen wir?" Sie blickt mich in Erwartung einer
Antwort an und ihr kindlicher Enthusiasmus hat etwas
Fesselndes. Meine Brust schnürt sich zusammen, da mein
Herz für sie schlägt. Sie beeinflusst mich so leicht, so schnell.

„Wirst du schon sehen", versichere ich ihr, während
ich sie über den schneebedeckten Hof zu einem großen
Pferdeschlitten führe, vor den ein großes, kastanien-
braunes Ross gespannt ist.

Guendolyns Mund steht noch immer offen und ihre
Schritte werden schneller. „Ist der wirklich für uns? Oh
mein Gott, der sieht aus wie der Schlitten vom Weih-

nachtsmann." Sie murmelt Dinge vor sich hin, die ich nicht verstehe, aber ihre Freude ist ansteckend. Dann dreht sie sich plötzlich zu mir um. „Warte, die Blutverfluchten sind auf der anderen Seite der Mauer."

„Wer sagt denn, dass wir das Königreich verlassen?"

Sie hüpft vor Freude, rennt voraus und klettert in den offenen Schlitten. Sie lässt sich auf die hölzerne Sitzbank für zwei, die in Decken eingehüllt ist, fallen und lacht, als sie in meine Richtung blickt.

„Beeil dich", ruft sie.

Wenn es nach mir geht, soll sie sich jeden Tag so fühlen. Wer hätte gedacht, dass ich als so ein liebestoller Trottel ende. Ich brauche meinen kleinen Wolf an meiner Seite, zu jeder Zeit. Darum geht es. Ich komme bei ihr an und stelle den Korb in den Schlitten. Dann drehe ich mich um und wende mich an unseren Stallherrn, eine ältere Fee mit langen, spitzen Ohren, die aus seinem zerzausten weißen Haar hervorblitzen. Er kommt auf mich zu.

„Eure Hoheit, alles ist bereit für Sie. Die Wege wurden vom Schnee befreit." In seinen Augen funkelt ein Glitzern, wie in denen der Dienstmädchen und in Michaes, als er zu Guendolyn und dann zurück mir blickt. Ich kann nicht anders und bekomme den Eindruck, dass die Bediensteten des Herrenhauses sich für mich freuen, dass ich mit ihr zusammen bin. Es könnte aber auch Wunschdenken meinerseits sein.

„Danke."

Hinter dem Schloss und dem Dorf, innerhalb der Mauern des Königsreichs, gibt es ein Waldgebiet, in dem wir vor den Blutverfluchten sicher sind, wo die Feen auf die Jagd nach Wild gehen können und wildwachsendes Obst und Gemüse pflücken können.

Ich klettere in die Pferdekutsche, ergreife die Zügel und nehme neben meinem kleinen Wolf Platz. „Bist du bereit?"

„Und ob. Ich freue mich so sehr darauf, etwas Spannendes zu erleben. Ich erinnere mich noch immer an das Riesenrad, das du für mich gebaut hast." Sie drückt sich gegen mich und ich lege einen Arm um sie.

Das Pferd zieht an und sie bricht in schallendem Gelächter aus, als wir zurück in unseren Sitz gedrückt werden. Rasch fallen wir in einen gleichmäßigen Trott und fahren über kleine Hügel im Gelände. Ein paar der Dienstmägde winken uns von der Außenanlage zu und Guendolyn erwidert den Gruß. Sobald wir den Schlosshof verlassen haben, nimmt die Fahrt an Geschwindigkeit auf. Ich lenke das Pferd nach rechts und nehme den Weg, wo die abgeworfenen Nadeln der Kiefern und Tannen den Boden bedecken.

Hinter uns liegt ein weiterer Pfad, der ins Seelie Schattendorf führt, aber heute möchte ich so weit weg wie möglichen von allen und dem scheiß Drama des königlichen Lebens sein.

Wir schwanken auf unserem Sitz umher, aber Guendolyn weicht mir nicht von der Seite. „Als ich jung war", fange ich an, „bin ich in diese Wälder gegangen und bin eine Woche am Stück hiergeblieben. Ich habe draußen geschlafen, meine eigenen Mahlzeiten gefangen, Lagerfeuer entzündet und bin nur zurück nach Hause gegangen, nachdem einer meiner Brüder kam, um mich zu holen."

„Flucht?", fragt sie.

So in der Art. Ein leichtes Kitzeln voller Energie krabbelt über meine Haut, so wie jedes Mal, wenn ich ihr meine Gedanken übermittele.

Sie blickt zu mir hinauf und es ist seltsam, ihre Gefühle zu spüren, während ich auch sehen kann, wie sie sich auf ihrem Gesicht abzeichnen. Das ist Teil meiner Fähigkeit... Ich mag ihre Antwort vielleicht nicht in aller Deutlichkeit hören, aber ich kann ihre Emotionen spüren, wenn sie ihren Verstand für mich öffnet. Und jetzt gerade ist sie mehr als neugierig.

Ich greife ihrer Frage voraus, als wir durch die Wälder fahren und in unserem Sitz von der holprigen Landschaft durchgeschüttelt werden. „Das Hellsehen habe ich von meinem Großvater väterlicherseits. Als wir damals an den Schattenhof gezogen sind, fiel es mir schwer, die Gedanken der Menschen, die nicht wussten, wie sie ihre Gedanken in Zaum halten sollen, auszublenden. Du wärst überrascht, was ich erfahren habe, wenn ich nur genug gebohrt habe. Ich war jung und noch nicht in der Lage dazu, meine Kraft zu beherrschen. Deshalb habe ich mich hier versteckt, wo Ruhe in meinem Kopf herrschte.“

„Hat dir dein Großvater nicht beigebracht, wie du deine Kraft nutzen kannst?“

Mein Blick ist nach vorne auf den Pfad gerichtet, der anfängt sich bergauf nach rechts zu winden. Schnee bedeckt alles so weit das Auge reicht und erinnert mich an das letzte Mal, als ich meinen Großvater gesehen habe. Eine Woche vor meinem zehnten Geburtstag hat er sich ein paar Mal zu oft in die Gedanken meines Vaters geklinkt um geheime Informationen zu stehlen. Als sein Sohn ihn erwischt hat, tötete er meinen Großvater deswegen. Wissen ist Macht und sie verwandelt die Leute in abscheuliche Lebewesen.

„Nicht so richtig“, antworte ich. „Er war nicht die freundlichste oder hilfsbereiteste Fee.“ Was auch der Wahrheit entspricht. Er hat unseren leiblichen Vater als

Kind bis aufs Blut verprügelt. Vermutlich trifft das Sprichwort, dass der Apfel nicht weit vom Stamm fällt, hier zu, da Ahren genauso behandelt wurde. Wir drei aber haben uns einen Eid geschworen, nie wie unser Vater zu werden. Und wenn wir begannen, denselben Weg einzuschlagen, dann haben wir uns gegenseitig wieder auf den rechten Weg gebracht.

„Das ist schade." Sie schlingt ihre Arme fester um meinen Bauch und kuschelt sich an. „Es scheint, als beherrscht du deine Kraft perfekt, da du es geschafft hast, mich auf der Erde zu finden."

„Zusammen mit der Verwendung von Magie", erinnere ich sie.

„Trotzdem, es ist unglaublich, was du kannst."

Ich beuge mich herab und gebe ihr einen Kuss auf den Kopf. „Sagt das Mädchen, das Portale öffnen und Feen heilen kann, ganz zu schweigen davon, dass es mit den kleinen Feen kommunizieren kann."

„Ich denke ich habe noch eine Fähigkeit", sagt sie mir und fährt fort, mir von der Energie zu erzählen, die sie genutzt hat, um die Mutter des Königs am Aschehof zu bekämpfen.

Mein Herz schlägt wie wild, als ich höre, wie sie ihre Kraft gerufen hat, um die Unseelie durch den Raum zu schleudern. „Du bist unglaublich mein kleiner Wolf. Und ein Teil von mir wundert sich, ob du nicht auch eine gute Magierin abgeben würdest."

Sie verkrampft und weicht zurück. „Sag das nicht. Ich habe die Magier an diesem Hof gesehen und sie sind furchteinflößend. Ich bin nichts dergleichen."

„Du hast Recht, du bist anders, und das ist auch der Grund weshalb ich dich mit meinem Leben beschützen werde."

Sie lächelt und lehnt ihren Kopf an mich, während wir weiterfahren. Die Vögel zwitschern und ein Reh kreuzt unseren Weg. Schließlich lenke ich unser Pferd auf eine kleine Lichtung, auf der der weiße Schnee auf dem Boden unberührt aussieht, um dort anzuhalten. Das Weiß funkelt unter der Sonne, die den eisigen Tag etwas erwärmt hat.

„Von hier aus gehen wir zu Fuß weiter. Ich möchte dir etwas zeigen. Nimm die Decke mit, um dich warmzuhalten.“

Ich springe von der Kutsche und helfe ihr beim Aussteigen, denn sie hat sich den Berg Wolle von der Sitzbank unter den Arm geklemmt. Nachdem sie sich die Decke wieder um die Schultern gelegt hat, füttere ich schnell das Pferd um es, während wir fort sind, bei Laune zu halten.

Hand in Hand wandern Guendolyn und ich durch knöcheltiefen Schnee, vorbei an Bäumen und über gefallene Stämme hinweg, bis das Land plötzlich beginnt steil anzusteigen.

Sie schnappt nach Luft. „Versuchst du mich umzubringen?“

Ich lache, ziehe sie näher an mich heran und helfe ihr den Abhang hinauf, um sicherzustellen, dass sie nicht ausrutscht. Der Baumbewuchs wird dünner, die Sonne stärker und ich liebe es hier oben einfach. Um uns herum wirkt die Welt weiter weg, kleiner; es fühlt sich an, als könne uns nichts etwas anhaben.

Wir befinden uns nun über der Baumgrenze und folgen einem Pfad, der sich rund um den steinigen Berg windet. Als wir ein flaches Plateau auf dem Gipfel erreichen, blicke ich von weitem auf den Schattenhof. Erhaben und das Land dominierend, thront das altertümliche Schloss, dessen Steine die Abnutzung seit Jahrhunderten widerspiegeln. Mauern erheben sich aus dem Boden und beschützen das Königreich mit unerschütterlichen Türmen, die über es wachen. Das Dorf umgibt das Schloss und die Wohnhäuser bedecken die abfallende Landschaft. Schnee liegt auf allem, so weit das Auge reicht.

„Oh mein Gott!" Guendolyn ringt bei dem Anblick um Luft. „Es ist atemberaubend hier oben. Ich brauche eine Kamera, denn das ist unglaublich schön."

„Kleiner Wolf, ich habe dich nicht wegen der Aussicht hier heraufgebracht. Dreh dich um."

Sie folgt meiner Anweisung und ihr Mund steht offen. „Willst du mich verdammt nochmal verarschen?"

8

GUENDOLYN

Ich stehe auf dem Berg in den Wäldern hinter dem Schloss und blicke in die weite Ferne über das Königreich und das sich weit ausdehnende Waldland. Mein Augenmerk fällt auf einen riesigen Baum, den ich zuvor noch nie gesehen habe. Er überragt die ihn umgebenden Wälder, als hätte jemand einen Wolkenkratzer mitten im Nirgendwo hochgezogen.

Von unserem Standpunkt auf dem Gipfel des Bergs kann ich die feineren Details nicht genau erkennen, nur Äste, die sich um den Baumstamm schlängeln und noch oben schießen, wo sich die Baumkrone nach außen wie eine Pilzkappe erstreckt.

Hunderte kleiner Lichter schwirren wie Glühwürmchen durch die Zweige.

„Das ist so schön", murmele ich. „Was ist das für ein Baum?"

„Schau genauer hin." Luther gibt mir ein schwarzes Fernglas, das definitiv nicht aus dieser Welt stammt.

Ich werfe einen Blick durch es hindurch und meine Augen brauchen einen Moment, um herauszufinden, was ich mir ansehe. Dann senke ich meinen Kopf, denn ich habe mir den Himmel angeguckt. Ich stelle den Fokus auf den Baum, der im Sonnenlicht glitzert. Die Blätter funkeln wie Juwelen und an den Ästen hängen übergroße Bienenstöcke.

Mein Herz setzt einen Schlag aus, als ich realisiere, dass ich diese zuvor bereits schon mal gesehen habe. Damals, als wir aus dem Portal gestiegen sind, nachdem wir dem Aschehof entflohen sind.

„Heilige Scheiße! Das sind Häuser der kleinen Feen!" Ich senke das Fernglas und wende mich Luther zu, der wie ein Verrückter grinst.

„Warum hast du mir nicht gesagt, dass sie so nah am Schloss leben?" Ich drehe mich zurück, um zu sehen, wie ein paar kleine Feen einen der Stöcke verlassen. Ihre Flügel spannen sich in atemberaubenden Rot- und Goldtönen auf. Es gibt so viele dieser wunderschönen kleinen Wesen, die alle wie Bienen umherschwirren, aus ihren Häuschen strömen und dann in den Wipfeln der Baumkrone verschwinden. „Wir müssen bei Nacht herkommen. Kannst du dir vorstellen, wie überwältigend das aussehen würde?" Ich nehme das Fernglas zu Seite und sehe Luther an. „Können wir rübergehen?"

„Wenn sich jemand dem Baum nähert, greifen sie an und töten denjenigen. Sogar die Blutverfluchten haben Angst vor ihnen. Viele fürchten und jagen sie, um sicherzugehen, dass sie nicht ins Königreich ausschwärmen. Zwischen uns gibt es eine Art unausgesprochene Abmachung, dass jeder auf seiner Seite des Lands bleibt." Er schenkt mir ein schiefes Lächeln, fast seltsam, fast bedauernd.

„Sie beschützen ihr Zuhause sehr stark. Nimm es ihnen nicht übel." Ich lenke meine Aufmerksamkeit zurück in die Richtung des Baums, sprachlos von der Schönheit, die dieses Königreich zu bieten hat. Ich erinnere mich an die Sagen über die Königin der kleinen Feen, die Tragödie, die ihr widerfahren ist, und die Geschichte über die Existenz der kleinen Feen. Die Reaktionen der Feen, wenn die kleinen Biester zur Sprache kommen, eingeschlossen derer der Prinzen.

Sie werden gefürchtet.

Aber auch missverstanden.

Ich denke an Fauchi und wie sie mir geholfen hat, an die Hunderten kleiner Feen, die sich vor mir verbeugt und zu mir gesungen haben. So verhält sich keine wilde, bösartige Rasse. Sie versuchen in dieser angsteinflößenden Welt zu überleben, die Jagd auf sie macht und sie ausnutzt. Sie sind direkte Nachfahren der Königin der kleinen Feen selbst, verdrängt von den Unseelie sowie auch den Seelie. Ich erinnere mich an die Mutter des Königs des Aschehofs, wie sie mit ihrem Stammbaum angegeben hat, der direkt auf die kleinen Feen zurückführt. Warum sind sie dann nicht an ihrem Hof erwünscht?

Mein Verstand dreht wegen der Ungerechtigkeit durch.

Luther stellt sich hinter mich, drückt seine harte Brust gegen meinen Rücken und legt seine Arme um meinen Bauch. Ich kann seinen Atem an meinem Hals spüren. „Um deine Frage von vorhin zu beantworten, erst nach unserem letzten Ausflug wurde mir klar, wie stark deine Verbindung zu ihnen ist. Sie nehmen dich als eine von ihnen an."

Die Realität, die seine Worte bedeuten, ist zu viel für mich, wobei ich tief in meinem Innersten weiß, dass es wahr ist. Vom ersten Augenblick an, als ich auf sie traf, haben sie mich gerettet. Eine von ihnen sprach in meinen Gedanken zu mir. Zwar nur ein Wort, aber trotzdem —Kommunikation.

„Sind die kleinen Feen dafür bekannt, noch andere Fähigkeiten zu besitzen, als nur binnen Sekunden das Fleisch von den Knochen ihrer Opfer zu nagen?", frage ich.

„Nicht, dass ich wüsste, obwohl die Königin der kleinen Feen unglaubliche Macht besitzt. Die Legenden besagen, dass sie eine Verbindung zur elementaren Magie hat. Dies ist der Grund, warum die Feen eine Vielzahl an unterschiedlichen Fähigkeiten besitzen. Die meisten sind aber über die Generationen hin immer schwächer geworden."

Je mehr ich über die Geschichte dieses Königreichs und seinen Bewohnern erfahre, desto mehr fügen sich die Teile zusammen und kommen mir normal vor.

„Ich mag die kleinen Feen", gebe ich zu.

„Ja, ich weiß", antwortet er und gibt mir einen Kuss auf die Wange. Wärme fließt wegen seiner Zuneigung durch meinen Körper.

Meinen Kopf drehend blicke ich hinter mich und ihn an, doch er überrascht mich und legt eine Hand an mein Kinn, um mich zu küssen.

Kraftvoll und berauschend. Er weiß genau, wie er mich ablenken und mich vergessen lassen kann, woran ich noch Sekunden vorher gedacht habe.

Als er sich von mir lösen will, lasse ich mich gegen seine Brust sinken und halte seine um mich geschlungenen Arme fest.

„Ich wusste im ersten Moment, als ich dich gefunden habe, dass du etwas Besonderes an dir hast", gibt er von sich.

„Nun, selbstverständlich. Ich bin das Mädchen mit dem Fluch", antworte ich sarkastisch.

Sein Griff um mich festigt sich. „Das ist nicht, was ich meine. Wenn ich in die Gedanken einer Person eindringe, kann ich ihre Aura spüren. Ich kann das nicht erklären, aber ich spüre in meinem Herzen, wie rein ihre Seele ist, und du bist unberührt."

„Unberührt?" Ich drehe mich in seinen Armen um, damit ich ihm ins Gesicht sehen kann.

„Nichts beschmutzt deine Seele. Jeder trägt ein Maß Korruption oder Dunkelheit in seiner Aura. Es ist Teil dessen, was wir sind. Außer du. Das habe ich vorher noch nie gesehen."

Ich öffne meinen Mund, aber es kommt nichts heraus. Ich bin mir unsicher, was ich fragen soll.

Er legt seine Hände an meine Wangen und küsst meine Nase. „Ich denke es bedeutet, dass du für etwas Unglaubliches bestimmt bist."

„Das klingt furchteinflößend." Meine Atmung wird schneller. „Ich kann es kaum erwarten zu sehen, wie alles in diesem Königreich mit Schmetterlingen und Regenbogen gefüllt ist, anstatt mit Tod und Blut."

„Diese Beschwernisse werden dein Vermächtnis formen, kleiner Wolf."

Ich lache halbherzig wegen des motivierenden Zitats. „Du verwechselst mich mit jemand anderem. Alle wollen mich töten."

Er beugt sich vor und flüstert mir ins Ohr: „Da verwechselst du etwas, meine Schöne. Jeder, gegen den ein Hinrichtungsbefehl erlassen wird, ist schrecklich wichtig. Auch, wenn du das noch nicht verstehst."

Ich runzele die Stirn und neige meinen Kopf zurück, damit ich ihn ansehen kann. „Weißt du etwas, das ich nicht weiß? Sag es mir; sprich nicht in Rätseln, bitte. Ich habe genug von den Geheimnissen."

„Du bist etwas Besonderes, so viel ist offensichtlich. Genau weshalb oder wie ist noch unklar, aber das macht dich nicht weniger wertvoll."

Als sein Mund meinen streift, drücke ich mich an ihn und küsse ihn. Ich habe diese Unterhaltungen, die sich wie ein Karussell im Kreis drehen, satt und sie bereiten mir Unbehagen. Noch nie war ich eine wichtige Person und ich weigere mich, zu glauben, dass sich das irgendwie geändert hat. Ich habe genug erlebt, um zu wissen, wie das Universum funktioniert. Wenn es mir etwas Gutes in meinem Leben gegeben hat, dann hatte dies meist einen Preis. Und ich habe einfach das Gefühl, dass ich das ganze Ausmaß noch nicht zu spüren bekommen habe. Dass Luther mir etwas Anderes sagt, ist seine Art mich abzulenken, mich zu besänftigen.

Wenn ich keine Antworten bekomme, bevorzuge ich es, nicht mehr über dieses Thema zu sprechen.

Ich konzentriere mich stattdessen darauf, wie wundervoll Luther schmeckt, wie sich seine Hände um meine Pobacken legen und seine Finger sich mit einem Besitzanspruch, den ich sehr mag, hineinbohren.

Bei meinem ersten Besuch in diesem Königreich habe ich Luther über den Baumwipfeln geküsst. Es passt also perfekt, dass wir uns nun hoch auf einem Berg befinden und in den Armen des Andern das Land überblicken.

Eine eisige Brise weht vorbei, zerzaust mein Haar und zupft an meiner Kleidung. Luther zieht mich näher an sich heran und unsere Lippen sind noch immer miteinander vereint.

„Ich bringe dich zurück zum Pferdeschlitten. Die

Winde toben hier oben sehr rau." Sein Gesicht ist ganz nah an meinem und unsere Nasen berühren sich.

Es fällt mir noch immer schwer zu glauben, dass ich ihm irgendwie ins Auge gefallen bin. Wäre da nicht dieser Wind, würde ich darauf bestehen, dass wir genau hier, wo wir sind, bleiben.

Er nimmt mich an der Hand und ich renne neben ihm her, den Abhang hinunter und ich werfe einen letzten langen Blick auf den Feenbaum, bevor er aus meinem Blickfeld hinter den Baumkronen und der erhabenen Mauer des Königreichs verschwindet.

Als ich endlich wieder in die Kutsche klettere, klappern meine Zähne und die ersten federleichten Schneeflocken fallen um uns herum zu Boden. Binnen Sekunden schlägt das Wetter um. Schnee fällt mit dicken Flocken vom Himmel und die Kälte dringt bis in mein Innerstes vor. Ich verstaue das Fernglas unter unserer Sitzbank und berühre dabei den Korb.

„Wir haben gar kein Picknick gemacht", erinnere ich ihn.

„Es wird nicht schlecht werden, vertrau mir." Luther setzt sich neben mich, legt einen Arm um meine Schultern und nimmt die Zügel auf. Schon fahren wir wieder durch die Wälder.

„Das Wetter hat sich so schnell geändert." Der blaue Himmel von vorhin hängt nun voller dunkler Sturmwolken und verdunkelt das Waldgebiet.

Ich reibe meine Arme, kuschele mich näher an Luther und sauge seine Wärme in mir auf, obwohl meine Nase sich noch immer wie ein Eiszapfen anfühlt.

Die schneebedeckten Bäume verschwimmen neben uns, als wir schneller werden und nun, da der Schneefall so stark ist, kann ich kaum noch den Weg vor uns, ganz zu schweigen etwas anderes, erkennen. Äste schwingen wild im Sturm und der Wind heult um uns herum.

Mein Herz schlägt wild bei dem Gedanken daran, dass wir irgendwie hier draußen im Sturm stranden.

„Halte deinen Kopf gesenkt", weist Luther mich an.

In diesem Moment kann ich spüren, wie die Hagelkörner von der Decke, die ich mir über die Schultern und meinen Kopf gelegt habe, abprallen.

Ein plötzliches Auffrischen des eisigen Winds rauscht vorbei, schlägt uns entgegen und wirft uns in unseren Sitz zurück.

„Oh scheiße!", keuche ich und werde nicht leugnen, dass ich ein wenig Angst habe, da das Wetter so furchtbar umgeschlagen ist.

Luther pfeift und treibt unser armes Pferd an. Dann lenkt er es einen Pfad hinunter nach rechts. Wir rutschen auf unserer Sitzbank herum und ich kann nicht aufhören zu zittern.

Vor uns taucht eine kleine Holzhütte hinter dem Vorhang aus Schnee auf.

Ein Spitzdach, mit Gardinen verhängte Fenster und eine kleine überdachte Veranda an der Vordertür.

„Wo sind wir?" Ich erhebe meine Stimme wegen des stürmischen Wetters.

„Jagdhütte. Sie ist allen zugänglich, die hier draußen während eines Sturms festsitzen." Kurz vor dem Haus hält er an. „Renn hinein. Ich bin auch gleich da, nachdem ich das Pferd in den Stall hinter der Hütte gebracht habe."

Ich nicke und stehe schon auf, während ich nach dem Korb unter der Sitzbank greife. Dann hüpfe ich vom Schlitten. Sofort versinken meine Füße im Schnee.

Ohne eine Sekunde zu verlieren, lege ich die Arme um mich, presse mein Kinn gegen meine Brust und kämpfe gegen den Wind auf dem Weg zur Vordertür an. Ich werfe einen Blick zurück und sehe, wie Luther das Pferd mit dem Schlitten an der Seite der Jagdhütte vorbei nach hinten führt.

Hektisch klopfe ich mir die Schuhe an der Veranda ab, um den ganzen Schnee loszuwerden, öffne dann die nicht abgeschlossene Tür und renne hinein.

Es riecht schal hier drin. Ich schließe die Tür hinter mir, drücke sie gegen die grausamen Windböen, die draußen pfeifen, und sie schließt sich mit einem dumpfen Geräusch. Zitternd öffne ich schnell die Vorhänge um den dunklen Raum zu erhellen.

Es ist ein geräumiges Zimmer mit einem riesigen Kamin. Tisch und Stühle befinden sich in der Nähe der Tür, ein Sofa ist der Feuerstelle zugewandt und ein Bett, bedeckt mit Fellen, befindet sich in der hinteren Ecke. Ich laufe los und stoße auf eine weitere Tür, hinter der sich eine provisorische Toilette befindet. Im Prinzip ist es eine Bank mit einem Loch in der Mitte. Wenigstens ist es nicht draußen und dafür bin ich dankbar. Ich schließe diese Tür und mache mich auf den Weg zum Kamin und dem großen Holzstapel, wo die Scheite penibel gegen die Wand gestapelt sind.

Ich lege ein paar Scheite in die Feuerstätte, da ich aber keine Ahnung habe, wie ich ein Feuer ohne Streich- hölzer anzünden soll, widme ich mich stattdessen dem Korb mit dem Essen. Unter dem Küchentuch finde ich eine Auswahl an Brot, in Scheiben geschnittenem, gebratenem Fleisch, Käse, Chutney, Flaschen mit Wein und Wasser, und etwas, das wie ein halber Obstkuchen aussieht, vor. Ich lege alles auf den Tisch und stoße jetzt nicht nur auf Teller, Tassen und Besteck am Boden des Korbs, sondern auch auf Streifen gepökelten Fleischs,

Tomaten, Eier, von denen in annehme, dass sie hart-
gekocht sind, und ein kleines Glas selbstgemachter
Butter zusammen mit einem Schüsselchen kleiner
Birnen und Pflaumen. Es erschließt sich mir nicht, wie
das Küchenpersonal so viel in den Korb packen konnte,
aber ich hätte nicht glücklicher sein können all dieses
Essen zu haben, während wir hier in einem Sturm
festsitzen.

Die Tür öffnet sich mit Schwung und der Wind pustet
in die Hütte. Mich erreicht die Kälte, krallt sich an meiner
Haut fest und sofort fange ich wieder an zu schlottern.

Luther bemüht sich, die Tür zu schließen und schüttelt seinen Kopf, sodass Schnee in alle Richtungen fällt.

„Es ist gnadenlos dort draußen. Wir sitzen hier wohl
fest, bis es sich beruhigt hat, kleiner Wolf." Die Art, wie er
das sagt, zeugt nicht von einem einzigen Anzeichen Sorge,
sondern eher Vorfreude, dass wir zwei hier alleine
zusammen sind. Darauf freue ich mich auch.

„Ich entfache das Feuer, du richtest das Essen an", sagt
er und wirft mir einen Luftkuss zu. Von dieser Geste
werden meine Knie ganz weich und mein Magen schlägt
Purzelbäume. „Ich bin so verdammt hungrig jetzt",
brummt er.

„Dann leg mal einen Zahn zu", entgegne ich
spielerisch und werfe einen Blick auf das fehlende Feuer.

Es dauert nicht lange, bis er eine Flamme erzeugt hat
und diese lichterloh brennt. Ein orangener Schimmer
erhellt rasch den Raum. Die Fenster klappern wegen dem
zornigen Wetter und kleine Graupelkörner schlagen
gegen das Glas, aber hier drinnen ist es gemütlich und
goldrichtig, wenn ich Luther dabei zusehe, wie er sich
aufrichtet.

Er ist wundervoll. Gebaut wie ein Bär und diese bernsteinfarbenen Augen passen zu seinem tiefschwarzen Haar.

Mein Blick wandert über seine Muskeln und wie groß er ist... Und ich frage mich, warum in aller Welt eine Fee wie er etwas in mir sieht? Ehrlich, ich nehme an, wären wir uns auf der Straße über den Weg gelaufen, hätte er mir nicht mal hinterhergeschaut. Ich bin gewöhnlich. Er ist ein Gott und jede Frau würde auf der Stelle stehen bleiben, um ihn sich anzusehen.

Was uns zusammengeführt hat waren die Jahre, die wir gegenseitig in unseren Gedanken verbracht haben, als wir uns unterhielten. Es mag mir damals nicht bewusst gewesen sein, aber ich habe mich schon vor langer Zeit in Luther verliebt. Und ich denke, dass er die gleichen Gefühle auch für mich hat.

Er wendet sich dem Tisch mit den Lebensmitteln zu. Beim Anblick des Essensbergs auf seinem Teller beginnt mein Magen zu knurren.

Ich mache mich auch über das Essen her und bediene mich, bevor er mir alles wegisst—und das ist keine Übertreibung.

Wir beide sitzen auf dem Sofa und genießen die Köstlichkeiten. Auf meinen Beinen sitzend balanciere ich den Teller auf der breiten Armlehne. Die Hitze vom Kamin hüllt uns ein, während die Flamme knistert und spuckt. Es hat etwas therapeutisches, gutes Essen für die Seele zu genießen und Holz beim Brennen zuzusehen, während draußen ein Sturm tobt.

„Wenn das Wetter nicht besser wird, verbringen wir die Nacht hier", erklärt Luther, bevor er in eine Scheibe gebratenen Wildfleischs beißt. Er sieht mich an und erwartet meine Antwort, als wäre seine Anmerkung dazu bestimmt gewesen, eine dramatische Reaktion hervorzurufen. Selbstverständlich ist mir klar, was er damit andeuten möchte. Ein Bett, wir zwei... und dieser Gedanke lässt es mir vor Aufregung kalt den Rücken herunterlaufen.

Ich zucke mit den Schultern, esse einfach weiter und vermeide, ihn meine Reaktion erkennen zu lassen. Hauptsächlich um ihn höllisch zu ärgern. „Wie weit weg ist das Schloss? Es kann nicht so weit sein."

Er betrachtet mich, während ich aufstehe, um mir etwas Kuchen zu holen. „Du willst schon wieder nach Hause?"

Sein Blick liegt schwer auf meinem Rücken und ich muss mich stark zusammenreißen, nicht anzufangen zu grinsen, als ich an ihm vorbeilaufe. Man kann ihn so einfach verärgern, es ist klasse.

Die Bodendielen ächzen hinter mir und einen Augenblick später finden sich seine Hände an meiner Taille wieder. Er atmet mir ins Ohr: „Du bist nicht so schlau, wie du denkst, kleiner Wolf."

Nachdem ich den Teller auf dem Tisch abgestellt habe, möchte ich mich umdrehen, aber er zwingt mich, ihm weiterhin den Rücken zuzuwenden.

„Ja, wie kommst du darauf?"

Sein Mund berührt meinen Hals, er knabbert an meiner Haut und fährt mit der Zunge hoch zu meinem Ohrläppchen. Er entfacht binnen Sekunden ein Feuer der Leidenschaft in mir. Mehr bedarf es nicht, wie es scheint.

„Weil in dem Moment, als du gehört hast, dass wir heute Nacht hier bleiben, dein Bauch gebebt und deine süße kleine Muschi pulsiert hat, nicht wahr?"

Ich spotte um den Anschein zu wahren. „Wenn du meinst."

Seine Hand senkt sich zu meinen Hüften und Finger

zupfen an meiner Kleidung. „Lass es uns herausfinden, oder?", stichelt er.

Spielerisch schlage ich seine Hände weg und flüchte aus seinen Armen, um dann auf der Stelle kehrt zu machen und ihm ins Gesicht zu blicken. „Denk nicht mal darüber nach." Dann strecke ich ihm meine Zunge raus.

Sein Gesichtsausdruck verändert sich zu einem voller Übermut und er nimmt meine Antwort ganz klar als Herausforderung an. Gott, ich liebe diese Reaktion, mehr als ich dachte, und der Gedanke, dass er mir hinterherjagt, ist erfreulich.

Er schießt mir nach, ich wirbele herum und renne durchs Zimmer, aber es gibt kaum Platz zur Flucht. Um das Sofa herumzurasen führt nur dazu, dass er übers Mobiliar genau in meine Richtung springt.

Ich kichere, während ich umherschwinge.

Starke Arme legen sich um meine Mitte und heben mich von den Füßen.

„Du schummelst." Ich liebe es, Unfug mit ihm zu treiben.

Er lacht mir ins Ohr und sein Ton ist voller Fröhlichkeit. „Nur ein Verlierer würde das sagen."

Ich bäume mich gegen ihn auf. Er wird schon sehen, wer der Verlierer ist. Aber plötzlich werde ich aufs Bett geschleudert, mit dem Gesicht voran lande ich auf der weichen Matratze, wo ich hoch und runter hüpfe, bevor ich liegen bleibe. Hastig rolle ich zur Seite, aber Luther ist da und drückt mich wieder auf meine Vorderseite. Sein Körper bedeckt meinen und hält mich an der Stelle. Schmetterlinge flattern durch meinen Bauch. Die Hitze zwischen meinen Beinen schmilzt zu einer Pfütze dahin.

„Weißt du eigentlich, wie lange ich darauf gewartet habe, dich ganz für mich alleine zu haben?"

„Jahre", keuche ich voller Sarkasmus unter seinem Gewicht.

Er rutscht umher, damit er sich auf seinen angewinkelten Armen abstützen kann, bleibt aber über mir. „Dieser winzige Vorgeschmack, den ich in dem kleinen Dorf bekommen habe, war nur der Anfang. Ich bekomme dich nicht mehr aus dem Kopf."

„Und ist es Teil deines Plans mich zu Tode zu zerquetschen?"

Zärtlich schiebt er mein langes Haar in meinem Nacken zur Seite und seine Lippen auf meiner Haut bescheren mir eine Gänsehaut. „Wenn es dazu dient, dich festzuhalten."

Einen Augenblick später verschwindet sein Gewicht von mir und er zieht den Stoff meines Kleids hoch bis zu meiner Taille, sodass mein Hintern blank ist.

„Oh, kleiner Wolf. Du liegst hier und protestiert, bist aber doch vorbereitet."

Hitze steigt mir in die Wangen und ich drehe mich um. „Zu deiner Information, die Dienstmädchen haben meine Unterwäsche mitgenommen und mir keine frische gebracht. Dann wolltest du auf eine Kutschfahrt gehen und ja, nun, jetzt sind wir hier."

Seine Augenbrauen heben sich genauso wie seine Mundwinkel. Er reißt an seinem Oberteil und zieht es nach oben über seinen Kopf, damit sein Oberkörper frei ist. „Ja, nun sind wir hier." Er packt meine Knöchel und zieht mich übers Bett zu sich.

Ich schreie lachend auf, während in seinem Gesicht- sausdruck der Hunger zu erkennen ist. „Heute Nacht gehörst du mir."

9

GUENDOLYN

Ich verbrenne und ich bin noch immer angezogen.

Nun, teilweise. Luther trägt nur noch seine Hose und ich habe keine Unterwäsche an. Wie ich so auf meinem Rücken auf dem Bett liege, aufgestützt auf meinen Ellbogen, kann ich nicht aufhören meine wundervolle Fee anzublicken. Wie sich sein Bizeps anspannt, als er mit der Hand durch sein tiefschwarzes Haar fährt, die Muskeln seines Oberkörpers und die definierten Bauchmuskeln. Genauso gut könnte ich mir ein Modell angucken, er ist jedoch ein Prinz und wegen mir hier. Nach allem, was wir durchgemacht haben, muss ich mich noch immer kneifen, um zu begreifen, dass ich mit diesem Mann eine Beziehung habe.

Ich verstehe den exakten Stand unseres Zusammenseins oder Hofmachens nicht... es ist einfach passiert.

Luther löst seinen Gürtel und mein Blick senkt sich.

„Ich könnte dir den ganzen Tag lang beim Ausziehen zusehen", necke ich ihn.

„Ich bevorzuge es andersherum." Ein verschlagener Ausdruck blitzt in seinen Augen auf. „Sobald sich die Dinge im Königreich beruhigt haben, werden wir vor allen verkünden, dass wir offiziell zusammen sind."

Mein Körper kitzelt bei dem Versprechen in seinen Worten, aber sie machen mich auch neugierig. „Du meinst, allen zu sagen, dass wir daten?"

„Wie bitte?"

„Freund und Freundin, du weißt schon?" Ich klinge wie ein dreizehn Jahre altes Mädchen, sogar in meinen eigenen Ohren.

Er nickt. „Wenn es das ist, wie ihr es auf der Erde nennt, dann ja. Wir werden vor allen kundtun, dass du und ich verlobt sind, damit die Regeln eingehalten werden. So ist Schluss mit dem Versteckspiel und du kannst ohne weiteres bei uns sein."

Mein Herz setzt einen Schlag aus. Ich richte mich auf, um auf dem Bett zu sitzen und verschränke meine Beine. „Was?" Plötzlich kann ich nicht mehr sprechen und mein Herz rast mit einer Million Stundenkilometern.

„Es ist nur um sicherzustellen, dass keiner deine Anwesenheit im Herrenhaus infrage stellt. Und wir können arrangieren, dass du uns heiratest, da dies erlaubt ist."

Mein ganzer Körper fühlt sich wie zugeschnürt an. Vor einer Sekunde dachte ich noch, dass er unsere Verlobung vorschlug, und jetzt deutet er an, dass es nur eine Täuschung wäre. Heißt das, dass er mich nicht will? Mein Kopf schmerzt, insbesondere da mir dies bis jetzt nie in den Sinn gekommen ist. Ich liebe diese Jungs mehr als alles andere und es bricht mir das Herz, dass ich nicht weiß, was mit Ahren los ist. Aber ich möchte sie nicht verlieren und ich vermute, dass dies schlussendlich bedeuten wird, dass wir bis ans Lebensende zusammen sein werden. Meine Gedanken drehen sich endlos im Kreis, während meine Brust sich zusammenzieht.

Er kniet auf der Matratze vor mir, noch mit seiner Hose bekleidet, und beugt sich vor um eine Hand an mein Gesicht zu legen. „Wirst du krank? Du bist plötzlich so blass."

Ich schlucke den Kloß in meinem Hals herunter. „Du möchtest also mit mir verlobt sein?" Das sind nicht die Worte, die ich vorhatte zu fragen, oder die Unterhaltung, von der ich annahm, dass wir sie führen würden. Meine Wangen laufen rot an, da ich so eine Vermutung angestellt und Luther in Verlegenheit gebracht habe.

In diesem Moment ist alles, was ich möchte, mich sicher zu fühlen und die Prinzen an meiner Seite zu behalten. Ihre Küsse zu spüren, ihre Berührungen, ihre Körper auf meinem. Ja, es hört sich einfach an und vielleicht auch habgierig—die Stimme in meinem Kopf erinnert mich ständig daran—aber ist es falsch, sich Glück zu wünschen?

Luther lächelt mich warm an, aber ich möchte nicht länger über dieses Thema sprechen. Alles, was ich mache, ist, mir selbst die Weichen für Enttäuschung zu stellen. Er nimmt meine Hand und führt mich vom Bett.

„Komm mit mir", leitet er mich an.

Ich folge ihm zum Fenster am anderen Ende des Zimmers. Die Bäume schwanken wild im Sturm, der Schnee fällt nun von der Seite und der Wind pfeift vorbei.

„Schau geradeaus auf den Weg."

Die Augen zusammenkneifend neige ich meinen Kopf zur Seite und erhasche die perfekte Aussicht auf das Schloss—die hohen Türme, die gezahnten Brücken, die

Bogenfenster—alles erstickt im Schnee. Es erinnert mich an eine Schneekugel.

„Es ist wunderschön."

„Sobald Ahren den Thron besteigt, werden Deimos und ich mit ihm über den Schattenhof herrschen, aber es gibt Regeln, an die wir uns in dieser Position halten müssen. Wir dürfen in der Öffentlichkeit nicht mit Frauen gesehen werden, es sei denn, wir umwerben sie mit dem Ziel, sie zu heiraten."

Mein Atem stockt und ich kann mich nicht umdrehen, da er mich von hinten umarmt. Ich weiß nicht, wohin diese Unterhaltung führt, aber mir dreht sich der Magen um. Ich vertrage im Moment nicht noch mehr Überraschungen oder Enttäuschungen.

„Deimos und ich haben darüber gesprochen. Wir sind uns einig, damit du in unserer Nähe sein kannst, wirst du mit uns verlobt sein." Seine Arme drücken mich ein wenig und er gibt mir einen Kuss auf die Seite meines Gesichts.

Ich blinzele und drehe mich in seiner Umarmung um. „Also, wie eine falsche Verlobung?"

Sein Blick auf mich verengt sich. „Warum falsch?"

Mein Kopf dreht sich von dem, was er da sagt, und ich möchte keine voreiligen Schlüsse ziehen. „Heißt verlobt zu sein, in dieser Welt etwas anderes, als auf der Erde?"

„Es bedeutet, dass wir vorhaben, zu heiraten."

Der kalte Schock seiner Antwort verschlägt mir den Atem. Aber irgendetwas entgeht mir. „Wir werden also vorgeben, verlobt zu sein, so lange bis..." Ich weiß nicht, wie ich diesen Satz beenden soll, denn was passiert als Nächstes? Noch immer weiß ich nicht, wo ich wirklich lebe oder hingehöre.

„Du wirst eine neue Identität haben, aber es ist nicht vorgespielt, kleiner Wolf."

Ich sehe mir seinen ehrlichen Gesichtsausdruck an und mein Magen verdreht sich zu Knoten. Gleich geben meine Knie unter mir nach.

„Du fragst mich, ob ich dich heiraten möchte? Wirklich?"

Er versteift und löst sich vor mir. Mein Herz hört für einen Augenblick auf zu schlagen.

„Du hast Recht. Ich habe das komplett falsch gemacht. " Er beugt sich vor mir auf ein Knie nieder, spielt mit seinen Händen und blickt mich dann an.

Diese überwältigenden Augen, gekrönt von dicken Augenbrauen.

Dieser Prinz macht süchtig.

Er ist königlich.

Alles, was ich mir je an einem Mann wünschen würde.

Und er ist dabei mir einen Antrag zu machen...

Mir schießen die Tränen in die Augen und mein Herz bleibt stehen. Das kann nicht wahr sein... oder? Spielt er mir einen Streich?

„Guendolyn, wirst du mich heiraten?" Er streckt mir seine geöffnete Handfläche entgegen.

Schock steigt in mir auf. Ich vergöttere diese Fee mehr als alles andere... zur Hölle, ich liebe ihn.

Die Gefühle rasen so schnell durch mich, dass ich nicht mehr klar denken kann. Als er aufsteht, falle ich ihm in die Arme und Tränen laufen mir an den Wangen herab. Wir treffen spektakulär aufeinander. Er umarmt mich und hebt mich in die Luft.

„Oh, kleiner Wolf, du bist so schön. Und das ist dann wohl ein Ja?"

Ich lache und als er mich endlich wieder auf meine Füße stellt, wische ich mir die Tränen weg und nicke wie verrückt. „Du meinst das ernst, nicht wahr? Eine richtige Hochzeit, nicht nur eine List, damit ich im Schloss bleiben kann?"

Auf Luthers Gesicht zeichnet sich ein ernster Ausdruck ab. Er nimmt mein Gesicht in seine Hände und zwingt mich, ihn anzusehen. „Ich mache keine Witze über solche Dinge. Es ist meine Absicht, dich zu heiraten, bis ans Ende meiner Tage. Ich hatte zwar nicht vor, dich hier und jetzt zu fragen, aber ich liebe Spontanität. Es ist so, seit du in unser Leben getreten bist." Er küsst mich und wischt mir mit seinen Daumen die Tränen weg. „Ich liebe dich, kleiner Wolf."

Mein ganzer Körper zittert, als ich diese Worte vernehme. Ich halte meinen Blick auf seine Augen gerichtet, auf die Art, wie er mich voller ehrlicher Gefühle anblickt. Keine Hänseleien oder Abwertungen, nur eine Fee, die sich mir öffnet.

Er hebt meine Hand an und ich blicke herab, als er mir einen Ring an den Finger steckt. Schwarzes Metall, in sich verschlungen wie Ranken. Eine ist mit Diamanten besetzt und die andere mit einem elektrisierenden, blauen Stein, der wie ein bewegter Ozean glitzert. „Er ist wundervoll."

Mein Herz schlägt vor lauter Emotionen, die in mir aufsteigen, zu schnell.

„Er hat meiner Großmutter gehört und ich musste ihr versprechen, dass ich ihn meiner zukünftigen Braut schenken werde. Es ist schwarzes Gold mit Drachen-tränen und Lava des ältesten Vulkans in unserem Köni-greich, derjenige, aus dem laut den Sagen die ersten kleinen Feen emporgestiegen sind."

Ich schaue auf zu ihm. „Wow, bist du dir sicher, dass du ihn weggeben möchtest?"

„Ich trage ihn, seit wir vom Aschehof zurück sind, mit mir herum und habe versucht, den richtigen Moment abzupassen, um ihn dir zu geben. Eigentlich wollten Deimos und ich das zusammen machen. Die Chance habe ich ihm wohl genommen. Ups."

Mit meinem Finger fahre ich über die Oberfläche des Rings, der perfekt auf meinen Finger passt, um Luther dann um den Hals zu fallen und sein Gesicht in Küssen zu ertränken.

„Ja", versichere ich ihm. „Ja, ich möchte dich und Deimos heiraten. Ich wünschte, er könnte auch hier bei uns sein."

Luther küsst mich bestimmt und seine Hände halten mich an den Armen fest, als ich mich ihm hingebe. Seine Finger schieben sich über meine Brüste und legen sich um sie, drücken sie. Ich stöhne leicht, als er an den Bändern der Schnürung meines Oberteils zieht und das Mieder lockert. Dann streift er den Stoff an meinen Schultern und meinem Körper herab, bis er schließlich als Haufen um meine Füße landet.

Kälte legt sich vom Fenster hinter mir um meinen Rücken und ich drücke mich gegen Luther. Mit meinen Brüsten an seinem nackten Oberkörper kann ich die Wärme sofort spüren. Mein Prinz. Mein Verlobter. Mein Zukünftiger.

Das alles wird sicher gewöhnungsbedürftig werden. Vielleicht werden die Dinge für mich zur Abwechslung mal glatt laufen.

„Du bist göttlich und ich werde dich heute Nacht förmlich verschlingen." Luther tritt zurück und betrachtet mich von Kopf bis Fuß. Die wachsende Erektion in seiner Hose ist nicht zu übersehen.

Mein ganzer Körper brennt, während ich an seiner Hose ziehe und sie endlich ausziehen möchte. In dem Augenblick, als ich sie öffne, springt mir sein Schwanz wie ein Kastenteufel entgegen und ich kann nicht anders als loszulachen. Er ist so groß und lange Adern verlaufen vom dicken Schaft zur Spitze, auf der bereits die Lusttropfen schimmern.

Ohne Zeit zu verschwenden lässt er seine Hose zu Boden gleiten, steigt aus ihr heraus und nimmt mich in seine Arme. Aneinander gedrückt beuge ich mich vor und küsse ihn, als er eine Hand an meinem Bein hinuntergleiten lässt, um es dann um seine Hüfte zu legen, bevor er das Gleiche mit dem anderen macht. Er läuft mit mir zu der vom Fenster abgewandten Wand und umgibt mich mit seinem Körper.

„Heute Nacht ist nur der Anfang all der Arten, auf die ich deine süße, enge Muschi ficken werde.“

Die Erregung ergreift von mir Besitz und verschlingt mich. Ich möchte, dass sie alles wegreißt, damit nichts außer den puren Gefühlen, die wir teilen, zurückbleibt. „Ich nehme dich beim Wort“, antworte ich und halte mich an seinen starken Schultern fest, um ihn näherzuziehen und ihn zu küssen. Die Spitze seiner Erektion gleitet mit dem Versprechen von so viel mehr über meine Hitze.

„Sag mir, was du willst“, befiehlt er mir.

„Gott, ich will dich so sehr.“ Ich erschaudere vor Verlangen und Erregung. Mein Körper ist brennend heiß und mein Fokus liegt auf der Stelle, an der wir uns vereinen.

Er atmet schwer und ärgert mich. Ich bewege mich

etwas, um es ihm einfacher zu machen—mein Prinz ist ein sehr großer Junge.

„Sag es", fordert er mit seiner Hand an meinem Hals, um mich fest, aber nicht schmerzhaft, an der Stelle festzuhalten.

„Fick mich, bitte. Ich kann nicht länger warten."

Er lacht und beginnt in mich einzudringen, zuerst nach und nach, um mich zu dehnen. Meine Zehen krümmen sich, ich zische und lasse meinen Kopf zurück gegen die Wand fallen. Er gibt nicht nach, sondern dringt ganz ein, bis hin zu seinen Eiern.

Er stöhnt und saugt die Luft ein. „Scheiße, du bist so verdammt eng." Er zieht sich erst gemächlich aus mir zurück, um dann wieder zuzustoßen, und langsam steigert er die Geschwindigkeit. Reibung entsteht zwischen uns und entfacht mich.

Meine Finger in seine Arme gebohrt halte ich mich an ihm fest, als er zustößt, jetzt härter und schneller. Seine Muskeln verspannen und bewegen sich unter meiner Berührung.

„Du wirst immer mir gehören", ächzt er, während er mich fickt, als würde es sonst nichts auf der Welt geben. Er lässt mich nicht aus den Augen und das erinnert mich daran, wie sehr ich mich schon in ihn verliebt habe, noch bevor wir uns zum ersten Mal trafen. Wie mein Herz für ihn schlug, lange bevor ich es mir selbst eingestanden habe. Er beobachtet mich, wie ich stöhne, während ich auf seinem Schwanz hoch und runter hüpfe. „Niemand kann mir je nur annähernd so viel bedeuten wie du. Niemand ist so schön wie du und deine perfekte, süße Muschi. Niemals."

„Ich liebe es, wenn du diese Dinge sagst." Meine Worte sind abgehackt und die Heiterkeit wächst in mir. Er lässt von meinem Hals ab und legt seine Hände auf meine Hüften, während er zustößt. Sekunden später zieht er mich an sich heran, geht mit mir zum Bett und steckt die ganze Zeit dabei in mir. Er legt mich auf meinen Rücken ab, rutscht heraus und ich stöhne protestierend.

„Auf deine Hände und Knie", befiehlt er mir.

„Oh ja, bitte." Ich drehe mich um und richte mich auf, gerade als er mir mit der Hand einen festen Klaps auf den Arsch gibt. „Au." Das Wort rutscht mir unfreiwillig heraus, aber ich kann nicht leugnen, dass es etwas hat und sich gut anfühlt.

Er brummt tief, krallt sich meine Hüften und zieht mich rückwärts, damit meine Knie auf der Kante der Matratze balancieren, mein Hintern in der Luft hängt und ich alles zur Schau stelle.

„Es gefällt mir, dich so anzusehen." Sein Penis presst sich in meinen Eingang und augenblicklich taucht er tief ein.

Ich schreie von der plötzlichen Explosion des Vergnügens auf.

„Scheiße!", zischt er. „Du fühlst dich so gut an." Er hämmert in mich hinein und klatschende Geräusche erzeugen eine wundervolle Melodie unserer Liebe. Seine Hände klammern sich an meinen Pobacken fest, spreizen sie, bevor er eine Hand um meinen Bauch führt und seine Finger meinen Kitzler finden.

„Ich will spüren, wie du kommst, während ich tief in dir bin."

Ächzend klammere ich mich am Bettlacken fest und Luther bohrt sich immer und immer wieder in mich. Schnell nähere ich mich dem Abgrund. Mein Orgasmus kündigt sich von Sekunde zu Sekunde mehr an und eskaliert, als Luther mich nimmt.

Seiner Finger streicheln mich hin zu dem Punkt, an dem ich mich gehen lasse und mein Orgasmus mich einfach überrollt. Es zerreißt mich, mein Körper zuckt und ich schreie auf, während ich mich voller Genuss fallenlasse. Meine Arme geben nach und ich taumele nach vorne, noch immer den Hintern in der Höhe mit Luther, der mich schneller fickt.

Ich kreische, mein Höhepunkt zieht sich wild in die Länge und mein ganzer Körper spannt sich an.

Luther knurrt wie eine Bestie und versteift, als er in mir explodiert. „Drück zu, ja das ist es."

Wir schweben beide auf Wolken, unbeweglich und zitternd vom Verlangen, das uns verbindet. Ich weiß nicht mehr, wo ich anfange oder aufhöre. Mein Herz pocht wie wild.

Als unsere unglaublichen Orgasmen nachlassen, gleitet er aus mit heraus und wir lassen uns aufs Bett fallen. Er zieht mich zu sich und ich rolle in seine Arme. Wir sind beide verschwitzt und ringen um Atem.

Er küsst meine Stirn. „Bist du bereit für einen Nachschlag?", fragt er eifrig und ich weiß nicht, ob er das ernst meint, da wir beide noch schnauben.

„Auf jeden Fall", antworte ich trotzdem und er bewegt sich aus dem Bett.

Wie es scheint war er todernst, und ich bin überwältigt von seiner Ausdauer.

„Spreiz deine Beine für mich", fordert er mich auf. „Ich werde dich jetzt erstmal saubermachen."

Ich lege mich auf den Rücken und leiste seiner Anweisung folge, denn ich stehe darauf, wie er mich im Schlafzimmer herumkommandiert. Es gibt, wenn es um Sex geht, nichts Aufregenderes, als einen sexy Kerl, der dominant ist.

Er steht vor mir und taucht zum Scheitelpunkt meiner Beine ab. Ein Kitzeln des Verlangens erwacht tief in meinem Bauch, auch wenn ich eben erst gekommen bin.

„Beweg dich nicht", sagt er zu mir. „Wir sind noch nicht mal annähernd fertig."

Es verschlägt mir den Atem—ich bin bereit, es die ganze Nacht zu tun.

10

Die Kälte legt sich um mich und ich öffne meine Augen, als das Sonnenlicht durch die Schlitze des Vorhangs in die Hütte fällt. Es dauert einen Augenblick, bis meine Erinnerungen zurückkehren, und ich hebe meine Hand, um den Ring an meinem Finger zu betrachten. Ich kann noch immer nicht glauben, dass das wirklich passiert. Was wir erlebt haben, war reine Magie, und ich will mehr.

Ich bin mit einem Prinz verlobt. Einem Feenprinzen, um genau zu sein. Die Schmetterlinge flattern durch meinen Bauch und machen mich zu einem ängstlichen Häufchen Elend. Während sich mir Hunderte Fragen und Bedenken aufwerfen, wegen dem Lauf, den die Dinge genommen haben, entscheide ich mich, sie wegzustoßen. *Nicht heute, böse Gedanken, ich habe mich so lange in einem schrecklichen Sturm befunden, also gönnt mir diesen Augenblick der Freude. Alles andere können wir später noch entscheiden.*

Ich meine ja nur, nicht in einer Million Jahre habe ich je gedacht, ich würde einen Prinzen finden, oder ihn gar heiraten. Das kommt daher als riesige Überraschung. Das ist der Stoff, aus dem Märchen gemacht sind, und das Beste daran ist, dass es mir zugestoßen ist.

Auf meine Seite rollend strecke ich meine Hand nach Luther aus, aber meine Finger greifen ins Leere und landen auf seiner kalten Seite des Betts. Ich setze mich auf und lasse meinen Blick durch die Hütte streifen.

„Luther?", rufe ich, für den Fall, dass er im Badezimmer ist, aber als keine Antwort kommt, wickele ich das Bettlaken um meinen nackten Körper und watschele über den kalten Holzboden. Das Feuer ist runtergebrannt, daher ist die Luft frisch und kalt.

Als ich an die Badezimmertür klopfe und keine Regung kommt, öffne ich sie.

Er ist nicht dort drin. Plötzlich lässt seine Abwesenheit die Jagdhütte sich einsam und traurig anfühlen.

Ich runzele die Stirn und marschiere zum Fenster hinüber. Als ich den Vorhang zurückziehe, sehe ich, dass ein Wachmann mit dem Rücken zu mir steht. Der Sturm ist vorbei... Ist Luther ohne mich zum Schloss zurückgekehrt?

Warum steht draußen ein Wächter? Zuerst brauche ich etwas zum Anziehen. Schnell schlüpfe ich in meine Kleidung, streiche mir das Haar glatt und öffne dann die Vordertür.

Michae steht stramm und begrüßt mich mit einem Lächeln. „Guten Morgen, meine Dame."

„Wo ist Luther?", brumme ich.

„Prinz Luther wurde bei Sonnenaufgang zu einer dringenden Angelegenheit mit seinen Brüdern gerufen. Ich bin hier, um Sie zurück zum Hof zu geleiten."

Ich werfe einen Blick zurück auf unser Liebesnest, einen Ort, den ich nie vergessen werde, da Luther dort um meine Hand angehalten hat. Sicher, es war ein seltsamer Antrag, aber so werde ich mich immer daran erinnern können.

„Sind Sie bereit aufzubrechen?", fragt Michae.

Ich trete nach draußen und schließe die Tür hinter mir. „Vielleicht sollte ich das Zimmer aufräumen, bevor wir gehen?"

Er lächelt mich so aufrichtig an, dass ich mich frage, ob er mich für komisch hält, solche Fragen zu stellen. „Die Dienstmädchen werden in Kürze hier sein, um alles sauberzumachen. Sie müssen sich um nichts sorgen."

Ich folge ihm zu einer Pferdekutsche, die weiter entlang des verschneiten Pfads auf uns wartet, und halte mir vor Augen, dass ich mich wohl daran gewöhnen werden muss, dass andere hinter mir Ordnung machen. Aber ich bin mir sicher die Schuldgefühle werden deswegen bald verblassen.

Wir reiten unter atemberaubend blauem Himmel und es gibt keine Spur des grausamen Sturms mehr, der die ganze Nacht getobt hat. Genau wie mein Prinz. Die Gedanken schießen mir wie ein Stromschlag den Rücken hoch. Diese Fee hat unglaubliche Ausdauer. Es ging die ganze Nacht zur Sache und wir sind erst in den frühen Morgenstunden eingeschlafen.

Wieder zurück im Schloss führt mich mein Weg direkt zu den Bädern, um mich frischzumachen. Danach ziehe ich mir ein brandneues, schlichtes, gerades Gewand in der Farbe eines Rubins an. Dieses Mal ziehe ich Unter-wäsche an, die weißen Shorts gleicht.

Als ich Michae entdecke, der einen Flur entlang geht, um eine Pause vom Bewachen meiner Tür zu machen, schleiche ich mich hinaus und eile den Korridor des Herrenhauses entlang. Ich muss mit Deimos sprechen, aber ich möchte nicht, dass Michae mir folgt und das Gespräch mit Deimos überhört.

Ich bewundere ständig meinen Ring, wie die Drachentränen, wie Luther sie nannte, im Licht funkeln. Ein Teil von mir fühlt sich schuldig, dass Deimos nicht bei uns war und er vielleicht nicht damit einverstanden gewesen wäre, dass Luther das auf eigene Faust gemacht hat. Das Letzte, was ich möchte, ist Spannungen zwischen den Brüdern zu schüren, deshalb muss ich dringend mit ihm reden. Ich denke darüber nach, wie Ahren reagieren wird, aber ich bin mir wirklich nicht sicher, was ich von der Situation halten soll.

Ein Dienstmädchen, das einen Stapel Bettwäsche trägt, verlässt als ich näher komme sein Zimmer und wirft ihn auf einen rollbaren Wagen im Flur.

Sie hebt den Blick, als ich mich nähere. „Meine Dame. " Dann verneigt sie sich leicht vor mir.

„Ist Deimos hier?", frage ich.

Sie schüttelt den Kopf. „Er ist auf dem Dach."

Ich blicke finster drein. „Wie gelange ich dorthin?"

Sie wischt sich ihre Hände an ihrer weißen Schürze ab und blickt dann über ihre Schulter den Flur entlang, als rechne sie damit, dass sie jemand dafür ermahnt, mit mir zu sprechen. „Schnell, ich zeige es Ihnen."

„Danke." Eiligen Schrittes versuche ich mit ihr mitzuhalten, als sie etliche Korridore entlang rast, um dann die Tür zu einem Treppenaufgang aufzustoßen.

„Gehen Sie ganz nach oben."

Die Steinwände der runden Einfassung sind dunkelgrau und haben dünne Schlitze als Fenster. Von der Kälte hier drin bekomme ich eine Gänsehaut.

„Hm, was genau ist auf dem Dach?" Ich drehe mich um und stelle fest, dass sie sich bereits auf den Weg zurück zum Zimmer des Prinzen gemacht hat. Wenn Deimos dort oben ist, dann wahrscheinlich auch Luther und vielleicht sogar Ahren. So sehr mein Magen auch dagegen rebelliert, sie alle zusammen zu sehen, ist es vielleicht keine schlechte Idee, die ganze Wahrheit ans Licht zu bringen. Über meine Verlobung zu sprechen, darüber, was Ahren in letzter Zeit über die Leber gelaufen ist, und ich muss ihnen sagen, wer in Wirklichkeit mein Vater ist.

Keine Geheimnisse mehr. Mir wird schwer ums Herz, wenn ich an diese Gespräche denke, aber ich habe vor, die Prinzen zu heiraten und mich ihrer Familie anzuschließen, deswegen müssen wir jetzt alles beichten.

Ich wünsche mir einen neuen Anfang.

Einen tiefen Atemzug nehmend schreite ich voran und mache mich auf den Weg nach oben. Es ist still— niemand sonst ist hier. Erst als ich aus einem Fenster sehe, merke ich, wie weit oben ich bin. Es muss einer der Türme an den Ecken des Herrenhauses sein.

Ich habe aufgehört, mitzuzählen, wie viele Umdrehungen es sind, aber als ich endlich oben ankomme, brennen meine Oberschenkel. Um Luft ringend halte ich einen Moment inne, um zu Atem zu kommen, damit ich nicht nervös wirke.

Ein letzter Blick auf meinen Ring und ich stemme die Holztür auf. *Ich kann das.*

Grelles Tageslicht begrüßt mich gemeinsam mit einer leichten Brise. Ich lasse die Treppe hinter mir und betrete eine nicht überdachte Terrasse. Das Herrenhaus schmiegt sich in einer U-Form um den Balkon, der von einer Brüstung aus Stein eingefasst ist. Ein Tisch und ein paar Stühle stehen in einer Ecke, darauf Tabletts mit Essen und etwas, das wie Pergamentrollen aussieht. Und es gibt nur eine einsame Person hier oben.

Ahren steht am anderen Ende des Balkons, mit den Händen an der Balustrade und gesenktem Haupt starrt er auf das Land des Königreichs unter sich.

Plötzlich steigen Zweifel an meiner Entscheidung, hier zu sein, in mir auf.

„Im Türdurchgang herumzulungern schreit nach Ärger", gibt Ahren von sich, ohne in meine Richtung zu sehen. Seine Stimme ist tief und samtig. Allein schon ihn zu hören bringt so viele Emotionen an die Oberfläche— der Schmerz seiner Zurückweisung, sein Heimlichtuerei und wie sehr ich ihn vermisse.

Vermutlich ist das die beste Einladung, die er mir aussprechen wird, daher schließe ich die Tür hinter mir und möchte meine Hände in die Taschen stecken, merke aber, dass mein Kleid keine hat. Meinen Rubin habe ich an der Unterseite meiner Schnürkorsage verstaut, wo sich ein paar Stofflagen befinden. Es ist erstaunlich, welch perfekte kleinen Taschen sie abgeben.

Herumzappelnd kaue ich auf meiner Unterlippe herum und schlendere auf ihn zu, während mein Magen Saltos vollführt.

„Um wie viel Ärger geht es genau?", murmele ich, während ich auf ihn zugehe.

„Die Art, die dich scheinbar verfolgt." In seiner Stimme schwingt Zärtlichkeit mit; die Wörter sind weder verbittert noch aggressiv. Sie gehören zu der Fee, die dafür gesorgt hat, dass ich mich in sie verliebt habe.

Vielleicht ist dies meine Chance endlich mit ihm zu sprechen, um herauszufinden, was vor sich geht. Ich stelle mich neben ihn und betrachte das Dorf, das sich über die aufsteigende Landschaft erstreckt. Die Hütten schimmern schwarz mit Verzierungen in diversen Farben um Dächer und Fenster unter der Morgensonne. Im Tal liegt ein Fluss in seinem Bett und teilt das Dorf scheinbar entzwei. Ich versuche mir fest vorzustellen, wie es wohl gewesen wäre, hier aufzuwachsen. Aber um ehrlich zu sein, ich kann mir diese Lebensart nicht mal ausmalen.

Die Möglichkeit zwischen meinesgleichen aufzuwachsen wurde mir von einer bösen Frau am Aschehof genommen und eines Tages werde ich herausfinden, warum.

„Deimos und Luther sollten später zurücksein", erklärt Ahren ohne in meine Richtung zu blicken.

„Wo sind sie?"

„Sie führen einen Auftrag außerhalb der Schlossmauern aus und eskortieren Besucher vorbei an den Blutverfluchten."

Mein Magen zieht sich bei dem Gedanken, dass sie in Gefahr sind, zusammen. „Warum sind *sie* gegangen und nicht ein paar Soldaten?" Ich klinge beschützend, und verdammt, das bin ich auch.

„Unsere Mutter bestand darauf, dass sie diejenigen sind, die zuerst auf unseren Vater treffen."

Mir verschlägt es beinahe den Atem. „Dein Vater, das Arschloch, das deine Mutter für eine andere Frau verlassen hat?" Ganz zu schweigen davon, dass er der Bastard ist, der Ahren grün und blau geprügelt hat, als er aufwuchs, und ihm seine Flügel herausgerissen hat, bis nur noch Knochen und Narben auf seinem Rücken zurückgeblieben sind, die sich bis in alle Ewigkeit in meine Gedanken eingebrannt haben. „Warum würdest du *ihn* an deinem Hof willkommen heißen?"

„Noch ist es nicht mein Hof und Mutter hat ihn der Verbündeten des Königsreichs halber akzeptiert. Wir müssen gegen die Unseelie zusammenhalten." Dieses Mal tritt die Verbitterung in seiner Stimme zu Tage.

„Es ist trotzdem falsch", antworte ich.

Er blickt zu mir herüber, seine Mundwinkel ziehen sich nach oben und diese blassgrünen Augen lächeln, während der Wind sich in seinem langen weißen Haar verfängt und es aus seinem Gesicht weht.

Ich verliere mich selbst in diesem kurzen Moment in seiner Gegenwart. Er ist spektakulär. Attraktiv. Dominant. Angsteinflößend. Und jemand, der mein Herz vor Verlangen in meiner Brust hämmern lässt.

So sehr es mich in den Fingern kribbelt, nach ihm zu greifen, befürchte ich, dass ich mein Glück herausfordern würde. Daher wende ich mich wieder der Aussicht zu und meine Hände klammern sich stattdessen am kalten Stein fest.

„Ich bewundere, dass du immer alles frei heraus sagst. Das ist eins der Dinge, die ich an meiner Rolle hasse. Es ist mir nicht gestattet."

Als ich zu ihm hinübersehe, fällt mir auf, wie er auf meine Hand schaut, auf den Ring, den Luther mir gegeben hat. Luther sagte, er hat seiner Großmutter gehört, also würde Ahren genau wissen, was er zu bedeuten hat.

Eine lähmende Furcht durchfährt mich. Es sollte nicht so sein, aber ich erkenne, wie sich Ahrens Auftreten versteift, und wie sich Eifersucht hinter seinen sich verengenden Augen abzeichnet. Seine Atemzüge werden schneller und ich senke meine Hand, weil ich mich irgendwie fühle, als ich hätte ich ihn betrogen.

„Ahren, es ist nicht—"

„Ich freue mich für dich. Das ist genau das, was ich

mir für dich gewünscht habe." Seine Worte klingen sauer und dunkel.

In mir zieht sich alles zusammen.

Er hebt seine Schultern und die Muskelstränge in seinem Hals verziehen sich.

„Du freust dich, dass dein Bruder um meine Hand angehalten hat?" Ich verabscheue es, diese Frage zu stellen, aber ich weigere mich zu glauben, dass er damit glücklich ist.

„Natürlich." Seine Stimme senkt sich, aber er weigert sich, mir ins Gesicht zu schauen.

Meine Knie werden weich. „Es stört dich also nicht im Geringsten?"

„Sollte es?" Er zuckt mit den Achseln.

Ich betrachte sein Gesicht und suche nach dem Ausdruck, der mir verrät, dass er lügt, aber er ist wie ein weißes Blatt Papier. Es ist so gut darin, seine Gefühle zu verbergen. Innerlich sterbe ich. Ich bin kein Narr; ich weiß, dass er mir etwas vormacht, aber es schmerzt trotzdem zu sehr, diese Worte aus seinem Mund zu hören.

Er gibt mir nicht mal die Möglichkeit zu antworten, bevor er sich von mir abwendet und davonstürmt.

Was zur Hölle?

Ich bewege mich, noch bevor ich mich wirklich dazu entschieden habe, und schnappe nach seiner Hand, um ihn zum Stehenbleiben zu zwingen, damit er mir in die Augen blickt. Es gibt ein Energiesummen, das wegen unserer Berührung meinen Arm emporschießt. Auch er zuckt zusammen und kann die Verbindung spüren.

„Bitte sprich doch mit mir", flehe ich ihn an.

Er wartet ab, dreht sich zu mir und hebt eine Augenbraue. „Was willst du von mir? Soll ich dir sagen, dass es mich in Stücke reißt, wenn ich Luthers Ring an deinem

Finger sehe? Dass ich meine Faust immer und immer wieder gegen eine Wand schlagen möchte, bis ich nichts mehr außer quälenden Schmerz spüre?"

Mein Kopf dreht sich und ich festige meinen Griff um seine Hand. „Warum stößt du mich dann weg?"

Er senkt seinen Blick. „Ich muss gehen. Ich kann das nicht."

„Nein", fordere ich ihn heraus. „Verdammt nochmal sprich mit mir." Eher verliere ich die Fassung, bevor ich ihn einfach davonlaufen lasse.

Er brummt und gibt ein plötzliches, schmerzerfülltes Geräusch von sich, als sein Rücken unerwarteterweise zu zucken beginnt, während er mit seinen Schultern rollt.

„Bist du verletzt?" Ich schaue mir seinen Rücken an, was keinen Sinn ergibt, da er eine schwarze Tunika trägt, durch die ich nichts erkennen kann.

„Es ist nichts. Schau, Guendolyn, es tut mir leid, wenn du dachtest, dass zwischen uns etwas ist, aber wir können keine gemeinsame Zukunft haben." Seine Stimme klingt so monoton und distanziert, als hätte er diesen Satz geprobt.

Meine Finger legen sich fester um sein Handgelenk, als er ein weiteres Mal zusammenzuckt und sein Gesicht sich verzieht, als wäre er von Schmerz erfüllt.

„Was ist los?", frage ich.

„Es ist nur der Stress. Er sitzt in meinen Schultern. Es ist nichts."

Mein Innerstes brodelt vor Verwirrung und ich weiß weder, was ich sagen, noch was ich tun soll. Ahren hat offensichtlich Schmerzen. Sicher, er hat viel um die Ohren und es setzt ihm zu. Aber ist das alles?

„Erwartest du von mir, dass ich mich zurücklehne und dir dabei zusehe, wie du in Stücke zerfällst? Lass uns dort

Platz nehmen und ich massiere deine Schultern. Mir hilft das immer."

Er entreißt mir seine Hand und sein Gesicht verwandelt sich in eins voller Frustration und Wut. „Wie deutlich muss ich noch werden?", brüllt er mich an. „Ich habe angenommen, du hättest die Neuigkeiten über mich mittlerweile von einem der Bediensteten des Schlosses erfahren."

Mein Rücken zuckt als ich mich aufrichte. „Welche Neuigkeiten? Der Grund, warum du scheinbar Schluss machen möchtest?"

Er atmet schwer. Die Qualen zeichnen sich deutlich in seinen Augen ab und in der Art, wie sich seine Schultern krümmen und sein Körper sich nach vorne beugt.

„Sag es mir einfach. Was auch immer es ist, ich werde es verstehen", beharre ich.

Er sieht weg und die Dunkelheit verschlingt seinen Gesichtsausdruck.

Ich sollte wütend auf ihn sein.

Sollte rasend sein und davon stürmen.

Aber ich kann meine Beine nicht dazu bewegen, loszulaufen, wenn die Verzweiflung, die Wahrheit ans Licht zu fördern, auf mich einschlägt. Ich muss wissen, was mit ihm los ist.

„Morgen...", fängt er an, aber anstatt weiterzusprechen, ächzt er, sinkt in die Knie und sein Rücken krümmt sich plötzlich.

Mein Magen dreht sich. „Ahren." Ich mache einen Schritt auf ihn zu, als er auf gebeugten Knien nach vorne stürzt, als müsse er sich übergeben. Sekunden später erklingt das Geräusch reißenden Stoffes und ich erstarre. Er zischt durch seine zusammengebissenen Zähne.

Erst als ich einen Schritt zurück mache, fällt mir auf,

dass das Hemd auf seinem Rücken aufgerissen ist und dass seine Flügel sich ihren Weg in die Freiheit gebahnt haben.

Genau wie beim letzten Mal, als ich sie gesehen habe, bestehen sie auch jetzt hauptsächlich aus Knochen. Sie spreizen sich auf beiden Seiten nach außen, legen sich um ihn. Mein Herz zerspringt, weil ich ihn so sehen muss, und im Wissen, dass dieses Monster eines Vaters ihm das Fleisch von den Flügeln gerissen hat—und trotzdem wird er in diesem Königreich willkommen geheißen.

Ich möchte wegen dieser Ungerechtigkeit losschreiben und diesen Hurensohn für das umbringen, was er seinem Sohn angetan hat.

Vorgebeugt berühre ich sanft einen seiner Flügel.

Bei meiner Berührung zuckt er zusammen. „Ich habe es dir doch schon gesagt. Ich bin gebrochen", knurrt er. „Wie zur Hölle soll ich über ein Königreich herrschen, wenn ich nicht mal meinen eigenen Körper unter Kontrolle bekomme?"

Seine Stimme reißt ab und mein Herz schmerzt als hätte der Tod seine Hand darum gelegt. Alles, was ich möchte, ist, ihm seinen Schmerz zu nehmen.

In diesem Moment wird mir klar, dass auch ich nicht die komplette Kontrolle über meinen Körper habe, denn ich bin noch immer an seiner Seite, obwohl er des Öfteren versucht hat, mich wegzustoßen. Vielleicht aber weiß mein Verstand etwas, was ich nicht weiß... in Ahren geht noch so viel mehr vor.

Meine Hand fährt die Knochen seines Flügels nach und ich schließe meine Augen, um mir vorzustellen, dass die Energie in meinem Körper in seinen fließt, um ihn zu heilen.

Es gibt keine Garantie, dass dies funktionieren wird,

aber ich kann mich nicht zurückhalten und ihm dabei zusehen, wie er zerfällt. Es bringt mich um, ihn so gebrochen zu sehen.

Hitze steigt von meinem Oberkörper auf, genau von der Stelle, wo sich der Rubin befindet, deshalb richte ich meine Konzentration darauf. Meine Haut kribbelt sofort, als die Kräfte durch mich fließen. Jedes Haar auf meinem Körper hebt sich.

Ahren ächzt. „Was machst du?"

Ich schlage meine Augen auf als er sich von mir losreißt und aufsteht, während seine knochigen Flügel sich nach außen abspreizen. Der Schatten seiner Flügel liegt über mir und lässt ihn so viel größer als sonst erscheinen. Es erinnert mich daran, wie klein ich im Vergleich bin.

Er stolpert, als die ersten Energiefunken über die Knochen seiner Flügel knistern. Sie schlagen wie Blitze ein und tanzen über seinen Rücken.

Ich verabscheue es, die Qualen in seiner Stimme zu hören, und ich weiß nicht, was ich tun soll. Habe ich einen Fehler gemacht, meinen Stein zu nutzen, um ihn zu heilen? Was habe ich getan?

An seiner Seite zermartere ich mir das Gehirn, wie ich das wiedergutmachen soll, wie ich seinen Schmerz beenden kann, aber mir fällt nichts ein. Nichts hiervon ist normal.

Er brüllt. Sein Rücken krümmt sich und weiße Funken explodieren auf seinem Rücken.

„Es tut mir leid", murmele ich, während ich meine Hand auf ihn lege. Er aber stößt mich weg und ich stolpere.

Alles, was ich versuche, scheitert.

Ahrens Beine geben nach und er fällt wieder auf die

Knie. Seine Hände greifen an seine Schultern beim Versuch, seine Flügel zu erreichen. Ich sage mir selbst, dass ich versucht habe, ihm zu helfen. Ihn aber so zu sehen, macht mich fertig.

„Ahren", rufe ich ihm zu, als er sich krümmt und beginnt zu zucken.

Innerlich blute ich vor Schuld und schreite erneut näher, um etwas zu tun... irgendetwas.

Etwas Blaues an der Basis eines Flügels zieht meine Aufmerksamkeit auf sich und ich kneife die Augen zusammen, um besser sehen zu können. Blitzschnell rollt eine Welle aus Violett, Türkis und Perlmuttweiß über die knochigen Extremitäten.

Das ist alles, was es braucht... Einen Atemzug, einen Herzschlag, als sich eine Membranschicht vor meinen Augen materialisiert, und sich selbst um die Knochen webt. Die Farben vermischen sich und verwirbeln zu verspielten Wellen, als sie die Materie seiner Flügel bilden.

Mir stockt der Atem und der Anblick seiner vollständig verheilten Flügel erfüllt mich mit einem Gefühl der Heiterkeit und Befriedigung. Sie sind noch immer eng an ihn angelegt, wie eine dünne Lage elastischen Stoffs, und ich kann meinen Blick nicht von ihnen abwenden, da sie so spektakulär sind.

„Oh. Mein. Gott! Ahren." Ich knie vor ihm nieder und stupse seine Schulter an. „Steh auf."

Er hebt seinen Blick, um mir in die Augen zu sehen. Sein Gesicht ist blass und die Lippen verspannt.

„Deine Flügel", flüstere ich. „Sie sind wunderschön."

Er zwinkert verwirrt und dreht dann seinen Kopf um, damit er sie sich anschauen kann. Zuerst kommt keine

Antwort; er ist still, wie festgefroren, als wäre der Schock über die Heilung mehr, als er ertragen kann.

Er steht in all seiner Herrlichkeit auf und die Farben rechts und links von ihm gleichen Buntglas. Sie sind fesselnd und brillant, wie die ersten Knospen im Frühjahr. Er spreizt seine Flügel und sie sind fast so breit wie der ganze Balkon.

Seine Hand streckt sich nach einem Flügel aus, der sich um ihn legt, um die Berührung zu empfangen. Er schluckt laut hörbar und als er mich anblickt, glitzern frische Tränen in seinen Augen. In ihnen erkenne ich die Qualen, sich damit abgefunden zu haben, dies nie wieder zu erleben.

„Wie…" Seine zittrigen Worte reißen ab und er greift nach meinem Oberarm, um mich fest zu umarmen. Sein Herz pocht wie wahnsinnig in seiner Brust, sein Atem rast und wegen seiner Reaktion kommen auch mir die Tränen. Alles, was ich immer wollte, ist, dass er sich selbst lieben kann, trotz allem, was dieses Arschloch eines Vaters ihm angetan hat. Das ist das Mindeste, was ich ihm geben kann.

Ich schlinge meine Arme um seine Taille, als mich die Wärme erfüllt, ihn wiederzuhaben. Es ist mir nicht klar, wie ich mich gleichzeitig so zu drei Männern hingezogen fühlen kann, aber es ist mir mittlerweile auch egal. Jetzt gerade geht es nur um uns, oder?

Sein Griff festigt sich und plötzlich lösen sich meine Füße von der Terrasse. Mein Herz schlägt wild. Mein Blick wandert nach oben auf Ahren, der mich ansieht und lächelt, als könne ihm nichts auf der Welt etwas anhaben. Die Welt unter uns wird klein, während seine Flügel schlagen, die Luft uns entgegenströmt und unser Haar um uns herumweht, aber wir lassen uns nicht aus den Augen.

„Das ist unglaublich", hauche ich.

„Ich weiß nicht, wie du das angestellt hast, aber du hast mir etwas gegeben, wofür ich auf ewig in der Schuld stehen werde. Du kannst dir überhaupt nicht vorstellen, was mir das bedeutet." Seine Stimme wird zittrig und ich kann im Augenwinkel den Anblick seiner Freude erkennen.

„Ich möchte, dass du dich ganz fühlst und nicht immer daran erinnert wirst, was dieses Arschloch von Vater dir angetan hat. Da—"

Er beugt sich vor und raubt mir mit einem brennenden Kuss die Sprache, so mächtig, so habgierig, dass ich erzittere. Das ist der Ahren, den ich vermisst habe. Die Fee, die mich verzaubert hat. Ich strecke meine Hände aus und schließe sein Gesicht darin ein, ziehe mich näher an ihn, um seinen Kuss zu erwidern und ihm zu zeigen, wie viel er mir bedeutet.

Mein Herz explodiert beinahe vor schierer Glückseligkeit, in seinen Armen zu liegen. Unser Kuss gleicht Feuer; so sollte es immer sein. Seine Zunge tänzelt neckend über meine Lippen, während mein Magen voller Heiterkeit flattert.

„Ich wollte dich vom ersten Augenblick an, als du an unserem Hof angekommen bist, was ein Fehler meinerseits war. Du verdienst alles und noch so viel mehr." Ein Hauch der Unsicherheit zuckt über sein Gesicht und wir schweben zurück hinab zum Balkon.

Missbehagen steigt in meinem Innersten auf und die Wahrheit drängt sich wieder in den Vordergrund meines Verstands.

Schlussendlich hat er doch nicht vor, mit mir zusammen zu sein.

Nein, das würde er nicht tun. Denn, die Art, wie er

mich geküsst hat, passt zu einer Fee, die bis über beide Ohren verliebt ist.

Meine Füße berühren sanft den Boden, zuerst meine Zehen und dann meine Fersen. Ahren lässt mich nicht los und sagt: „Ich wünsche mir, dass du glücklich bist." Er hält inne und mein Herz setzt einen Schlag aus.

„Und?" Tränen sammeln sich bereits in meinen Augen, denn mein Körper ahnt, was kommen wird. Ich kann es spüren, wie es sich in mir windet, wie die Qualen zudrücken, immer fester, bis ich kaum noch atmen kann.

„Ich werde die Prinzessin vom Bernsteinhof heiraten, um den Thron des Schattenhofs zu beanspruchen."

Der Schlag in die Magengrube kommt schnell und direkt, und ich kann zu Anfang nicht mehr klar denken. Die Tränen strömen; sie sind nicht aufzuhalten. Das ist der Grund, warum er mich weggestoßen hat, warum er es schon wieder macht.

Ich stolpere rückwärts von ihm weg, in tausend Stücke zerbrochen. Das kann nicht richtig sein. Ich bin es, mit der er zusammen sein sollte... Wie kann er es wagen, eine andere zu heiraten?

„Guendolyn, bitte. Ich habe keine andere Wahl." Seine Hand greift nach mir, aber ich stoße sie fort.

Die Welt um uns herum bleibt stehen. Nichts ist mehr übrig.

Ich schüttele meinen Kopf, wische meine Augen trocken und mein Verstand dreht sich im Kreis. „Ich dachte..."

Wie konnte ich so blind sein, dies nicht kommen zu sehen? Natürlich würde er heiraten müssen—ich hätte es wissen müssen. Aber in Wirklichkeit ist es mir nie in den Sinn gekommen, dass ich Ahren verlieren würde. In meinem Kopf waren wir sicher und das Problem hing mit etwas anderem zusammen. Ich bin so ein verdammter Idiot!

„Wenn die Dinge anders wären", beginnt er, aber ich kann das nicht. Ich kann nicht in seiner Gegenwart sein.

„Lass es."

Der Kummer in seinen Augen, als er mich ansieht, zwingt mich in die Knie. Mein Blick ruht noch etwas auf ihm, prägt sich alles an ihm ein—seine kantigen Wangenknochen, die Fülle seiner verführerischen Lippen, sein markanter Unterkiefer. Aber je länger ich ihn betrachte, umso mehr ist mein Körper nahe dem Zusammenbruch, aber ich weigere mich, verzweifelt vor ihm in Tränen auszubrechen.

Ich wende mich ab, renne über den Balkon und durch die Tür. Ohne anzuhalten sprinte ich die Treppen hinab. Tränen laufen über meine Wangen, während ich mir im Innersten lächerlich vorkomme.

Dumm.

Naiv.

Töricht.

Meine Lippen fühlen sich von seinem stürmischen Kuss rau an. Es ist eine Erinnerung an etwas, das wir nie wieder werden haben können. Und ich dachte, wir würden uns vertragen, da ich ihm seine Flügel als Geschenk gegeben habe, und er mich zurücknimmt. Aber das war nur ich in meiner Verzweiflung, nicht wahr?

Unsere gemeinsame Zeit war nichts weiter als ein Abschied.

11

GUENDOLYN

*M*ich durchfährt der Schock und er schlägt seine Krallen in mich, als ich die Stufen vom Balkon herabeile. Ich möchte aus diesem verdammten Königreich verschwinden. Mich gegen die untere Tür werfend, stürme ich in den Flur und drehe ab in Richtung meines Zimmers, um mich vor allen zu verstecken. Ganz besonders vor Ahren.

Ich kann ihn dafür, dass er mich wie ein Häufchen Scheiße fühlen lässt und mich zurückgewiesen hat, nicht ausstehen. Und was ich noch mehr verabscheue, ist, dass ich tief in meinem Verstand sogar zum Teil verstehen kann, warum er so handelt. Das hilft mir aber nicht im Geringsten. Ich möchte ihn hassen und ihn aus meinen Gedanken und Erinnerungen verbannen, als hätten wir uns nie kennengelernt.

Meine Tränen kullern weiter und ich wische sie weg. Seine Entscheidung lässt mein Herz entzwei brechen. Wie konnte ich das nicht kommen sehen? Ich habe mich zum Narren gemacht.

Auf keinen Fall kann ich hier leben und ihn jeden Tag mit einer anderen sehen.

Beim Gedanken an diese Vermählung wird mir übel.

Ich stolpere vorwärts, das Schluchzen durchfährt mich und ich knalle gegen die Wand, wo ich in meine Hände weine. Meine Brust brennt bei dem Gedanken eine andere Frau in seinen Armen zu sehen. Er ist mir bestimmt... und das weiß er. Ich konnte es in seinem Kuss spüren.

Wie hat sich alles zu so einem verdammten Chaos entwickelt? Gehöre ich denn wirklich hier her? Luther hat um meine Hand angehalten und ich habe noch nicht mal mit Deimos darüber gesprochen. Die Freude von vorhin ist jetzt von Ahrens Neuigkeiten überschattet. Ich drehe den Ring an meinem Finger umher und bin mir nicht im Klaren darüber, was ich nun tun soll.

Nach allem, was ich mit den Prinzen durchgemacht habe, habe ich mich in sie verliebt. In jeden einzelnen von ihnen.

Luther.

Deimos.

Ahren.

Aber Ahren hat mir das Herz gebrochen und ich bin mir nicht sicher, ob ich mich davon erholen kann, wenn ich jeden Tag an das, was ich verloren habe, erinnert werde.

Ich hole den Rubin aus dem Innenleben meines Korsetts und lasse ihn durch meine Finger gleiten. Es gibt da noch so viel, was ich an mir selbst noch nicht entdeckt habe, und es war nicht geplant, dass ich mein Herz an drei Prinzen verliere.

Je länger ich den Stein betrachte, umso mehr spiele

ich mit dem Gedanken, ihn zu nutzen, um einfach von hier zu verschwinden und nach Hause zur Erde zurückzukehren. Nur, um die Dinge überdenken zu können, mich normal zu fühlen und wie ein Niemand in der Gesellschaft unterzugehen. Ich muss darüber nachdenken, wie der größte Teil meines Lebens eine Lüge war, und dass dieses Muster mir scheinbar auch in diese Welt gefolgt ist. Ahrens Geheimnis hat mich gebrochen und ich bin mir nicht sicher, wie ich darüber hinwegkommen soll.

In der einen Minute bin ich voller Freude; in der nächsten möchte ich davonrennen. Ich habe das Drama und die Gefahr, die überall lauert, satt.

Hinter mir hallen Schritte wider und mein Magen zieht sich zusammen, als sich meine Gedanken um Ahren drehen.

Ich wende mich zu jemandem um, der mir direkt gegenübersteht und es ist nicht der Prinz.

„Jasion!" Sein Name kommt mir mit einem Atemzug über die Lippen.

Ich stolpere rückwärts und sein Blick fällt auf meine Hände, als ich meine Finger um den Rubin schlinge.

„Was ist das in deiner Hand?", verlangt er zu wissen, während er über mir ragt und sich sein Mund zu einem höhnischen Lächeln formt.

Der Bastard hasst mich und das Gefühl beruht auf Gegenseitigkeit.

„Lass mich in Ruhe." Ich wende mich von ihm ab. In seiner Gegenwart bekomme ich eine Gänsehaut.

Starke Finger schnappen nach meinem Handgelenk und er zieht mich zurück. „Ich habe dir eine Frage gestellt."

Mir wird alles zu viel. Ich möchte zusammenbrechen und weinen, um zu versuchen, das, was mit Ahren vorgefallen ist, zu verarbeiten, und mich nicht mit diesem idiotischen Magier herumschlagen müssen.

„Es ist nichts." Ich versuche ihm meinen Arm zu entreißen, aber er lässt mich nicht los.

Seine Nasenflügel beben, als er auf mich herabstarrt, als wäre ich ein Nichts. Arrogantes Arschloch.

„Du hast den Rubin des Königs gestohlen." Er spuckt die Worte förmlich. Speichel spritzt in mein Gesicht und ich zucke zusammen.

Mit dem Ärmel meines Kleids wische ich mir mein Gesicht ab. „Ekelhaft, behalte deine Spucke in deinem eigenen Mund!"

Sein Griff festigt sich und lässt mich zurückschrecken.

„Ich hatte das Gefühl, dich letztens mit einem roten Edelstein spielen gesehen zu haben, und als ich mir den Thron angeschaut habe, ist mir aufgefallen, dass der Rubin fehlt."

In meinen Adern bildet sich Eis, dass es ihm möglich war, mich mit dem Rubin zu erwischen. Ich war zu unvorsichtig mit dem Stein und jetzt werfe ich mir vor, dass ich mich nicht geschickter angestellt habe, ihn zu verstecken.

„Ich habe ein wenig herumgefragt und es scheint, als wäre der Rubin eine Woche bevor unser König brutal ermordet wurde verschwunden."

Wegen seiner Anschuldigung läuft es mir eiskalt den Rücken hinunter, aber auf gar keinen Fall werde ich einem Magier erzählen, dass eine der kleinen Feen den Stein genommen hat.

„Gib ihn mir!", brummt er und lehnt sich nach vorne.

Der Hass in seiner Stimme löst etwas in mir aus. Ich habe genug von allen. Innerlich bebe ich vor Wut.

„Fick dich!"

Er packt mich hart an meinem Unterkiefer und tut

mir noch mehr als bei seinem letzten Angriff weh, bevor er mich näher an sein Gesicht zieht. In diesem Moment sehe ich die Schatten von Wachmännern, die hinter ihm auftauchen. Eskortieren sie die Prinzen? Ahren hat aber doch gesagt, dass Deimos und Luther nicht im Königreich sind.

„Du hast den König umgebracht", zischt mir Jasion ins Gesicht.

Erneut gefriert mir das Blut in den Venen. „Bist du verrückt?" Ich schubse ihn mit der Hand gegen die Brust, aber er weicht nicht von der Stelle.

„Der Edelstein ist unbezahlbar; du hast gemordet, um ihn zu nehmen. Was war dein Plan? Ihn zu verkaufen, um ein kleines Vermögen zu machen, im Glauben, wir würden es nie herausfinden? Das ist auch der Grund, warum du den Prinzen etwas vorgemacht hast, nicht wahr?"

Ich balle meine Fäuste und habe diesen Schwachsinn satt. Wut brennt in meiner Brust und durchdringt mich wie ein Inferno.

„Ich bin keine Mörderin. Und wenn du das verdammte Ding haben willst, dann nimm es." Ich schleudere meinen Arm, um den Stein zur Seite zu werfen, aber meine Hand und der Rubin knallen gegen eine Wand.

Knack.

Schärfe schneidet sich in meine Handfläche und die Splitter des zersprungenen Edelsteins fallen zu Boden, als ich meine Hand zurückziehe. Blut quillt aus den Schnitten und Scherben haben sich in meine Hand gebohrt.

„Oh Mist", heule ich. Der Schmerz kommt plötzlich

und scharf. Er fühlt sich wie der schlimmste Papierschnitt der Welt an.

„Du Schlampe." Jasion schubst mich zur Seite, direkt in die Arme eines Wachmanns.

Meine Welt dreht sich. Die Hand der Wache kommt mir wie eine Fessel um mein Handgelenk vor, und er schleift mich hinterher, noch bevor ich überhaupt antworten kann.

„Lass mich los", brülle ich und schlage mit meiner freien Hand auf seinen Arm ein. Es ist aber sinnlos, denn er reagiert nicht. Er läuft so schnell, dass er mich praktisch den Flur entlang zerrt.

Ich schreie. Jemand muss mich hören und Ahren rufen. Aber niemand ist da. Der Wachmann stößt eine Tür auf und reißt mich mit ihm hindurch, die Treppen herabstolpernd.

Mein Herz donnert in meiner Brust, als die Angst mich einhüllt. Hinter mir eilen Schritte näher. Ich schaue mich um und mein Blick fällt auf Jasion und einen weiteren kräftigen Wachmann, der wie ein Fass gebaut ist.

„Ich habe nichts Falsches getan!", wende ich über meine Schulter ein. Ich bin so verdammt wütend, dass er mich kalt erwischt hat.

Jasion grinst und starrt mich mit kranken Absichten an.

Das Nächste, woran ich mich erinnere, ist, dass ich gegen eine weitere Tür geschubst werde und in ein schummrig beleuchtetes Zimmer stolpere, das nach Socken und Pferdestall riecht.

„Wohin bringt ihr mich?"

Aber keiner antwortet. Der Wachmann zerrt mich entlang des dunklen Korridors, noch eine Treppe hinab, und in dem Moment, als wir durch eine weitere Tür schreiten, begreife ich, wo ich bin.

Gefängniszellen reihen sich an einer Seite des Raums aneinander. Ziegelwände trennen die vier Gefängnisse und alle sind leer.

Mein Magen sackt mir in die Knie, während die Panik mich stranguliert. Trotz dem Stechen in meiner Hand und der Blutung ramme ich der Wache meinen Ellbogen in den Bauch, aber er reagiert nicht.

„Die Prinzen werden deinen Kopf für diese Tat fordern", drohe ich ihm, als ich in eine leere Zelle gedrängt werde. Ein Energieschwall durchzuckt mich in dem Moment, als ich die Schwelle übertrete, wie ein massiver Elektroschock. Ich zittere und wende mich zur Flucht um.

„Hier gehörst du hin, Attentäterin." Er donnert die Gittertür mit einem ohrenbetäubenden Knall zu.

Ich stürme vorwärts und umklammere mit meiner unverletzten Hand eine der Metallstreben, um daran zu rütteln. Ich kann den Schmerz in meiner anderen Hand nicht spüren; ich kann mich nur auf die angsteinflößende Realität dessen, was aus mir geworden ist, konzentrieren.

„Lass mich zum Teufel hier raus. Ich habe niemanden getötet." Meine Stimme hallt um uns herum wider.

Jasion tritt vor die Tür, mit den Händen vor seiner nackten Brust verschränkt, und hat einen selbstgefälligen Gesichtsausdruck aufgelegt.

Die Haare auf meinen Armen stellen sich auf, als die Energie unter meiner Haut zu tanzen beginnt. Dieses Gefühl habe ich auch am Aschehof verspürt, als ich um mein Leben gekämpft habe.

„Lass mich raus, bevor die Prinzen dich fürchterlich zur Rechenschaft ziehen werden."

Er kichert vor sich hin. „Du denkst wirklich, dass sie dich finden werden? Bevor das passiert, wirst du schon lange weg sein."

Die Wut kocht in mir hoch. Ich knirsche mit den Zähnen, als ich meine Kräfte wie schon einmal zuvor rufe, aber nichts passiert... sie regen sich nicht. Meine Hände zu Fäusten ballend neige ich meine Schultern nach vorne und der Tod kommt mir in den Sinn... der Tod dieses gottverdammten Hurensohns.

Der Hass in seinen Augen würde mich töten, wenn er sich in Dolche verwandeln könnte. Er ist ein Stück Dreck.

„Du stehst mir im Weg und das ist das Problem. Aber nicht mehr lange."

Der Scheißkerl macht einen Schritt nach vorne, genau eine Armlänge außer Reichweite, und neigt seinen Kopf zur Seite. Die Selbstgefälligkeit in seinem Gesichtsausdruck macht einen wütend. Er schnalzt mit der Zunge und stöhnt schwer, als wäre ich eine Belastung für ihn. Arschloch.

„Ich tue dir einen Gefallen. Weißt du, was sie hier mir Attentätern machen? Nicht mal die Prinzen werden in der Lage sein, dich vor einem brutalen, langsamen und schmerzvollen Tod zu bewahren."

„Da verwechselst du etwas. Ich werde es genießen, mitanzusehen, wie die Prinzen dich mit ihren Schwertern in Stücke schneiden."

„Vielleicht ändere ich meine Meinung und verfüttere dich eher als geplant an die Wölfe. Ich habe Stücke des Rubins." Er tippt auf seine Tasche. „All die Beweise, dich ich benötige, um dich verurteilen zu lassen. Dazu noch ein paar Zeugen. Die Prinzen werden dich nicht retten können."

Er wendet sich von mir ab und stürmt entlang des

langen Korridors, gefolgt von den Wachmännern. Sekunden später schlägt eine Tür zu und ich bin alleine.

Die Angst raubt mir die Luft zum Atmen, als ich rückwärts stolpere und meine Arme um mich selbst lege. An der Wand draußen vor meiner Zelle hängt eine Fackel in einer Metallhalterung und ist die einzige Beleuchtung an diesem Ort. Einem übelriechenden, schmutzigen, traurigen Ort.

Ich laufe vor und zurück und rufe um Hilfe.

Aber würde mich jemand hören? Wir sind so viele Treppen herabgelaufen, und... und ich werde hier sterben! Ich verabscheue Jasion und wenn sich mir die Chance bietet, werde ich ihn mit meinen eigenen Händen umbringen.

Ich stehe in der Zelle und frage mich mit flauem Magen, wie das zur Hölle passieren konnte.

Als mein Blick auf meine blutende Hand fällt, werde ich noch wütender. Ich kann nicht glauben, dass ich es darüber hinaus auch noch geschafft habe, den Rubin zu zerstören. Das heißt, wenn ich ein Portal öffne, könnte ich sonst wo herauskommen. Am liebsten würde ich weinen, aber ich fühle mich zu betäubt. Stattdessen gehe ich zur Zellentür zurück und schreie nach Hilfe.

Deimos

„Scheiße, Luther, ich dachte, wir machen es gemeinsam?" An manchen Tagen möchte ich meinen Bruder so fest schlagen, als simple Genugtuung dafür, dass er mich höllisch frustriert.

„Der Augenblick fühlte sich richtig an." Er zuckt mit den Schultern und betrachtet die schneebedeckten Wälder, die uns umgeben.

Hinter uns sind die Wachleute. Wir haben das Königreich mit Hilfe der Magier verlassen, die uns gerade lange genug unsichtbar für die Blutverfluchten gemacht haben, damit wir weg vom Schloss rennen konnten, wo sie lauern.

„Wir waren alleine", fährt Luther fort und rechtfertigt sich selbst. „Während eines Sturms saßen wir in der Hütte draußen im Wald fest. Und nun, das Thema kam auf und ich hatte zufällig Großmutters Ring bei mir."

Ungläubig verenge ich meinen Blick. „Du trägst dieses Ding mit dir rum, seit du acht Jahre alt bist und sie ihn dir gab, also lüg mich verdammt nochmal nicht an."

Er blickt mich vom Rücken seiner schwarzen Stute aus an, halb lächelnd und ganz und gar nicht bedauernd, Guendolyn ohne mich gefragt zu haben, ihn zu heiraten. „Du möchtest wirklich jetzt darüber diskutieren, während wir auf dem Weg sind, unseren Vater zu treffen?"

„Scheiße, ja", sage ich. „Wir waren uns einig, aber für dich ist es ja unmöglich, Wort zu halten."

„Worüber bist du am meisten sauer, Bruder?", fragt er schnippisch. „Dass du irgendwie denkst, etwas verpasst zu haben, oder dass ich und nicht du die Nacht mit ihr verbracht hast?"

„Fick dich." Eigentlich hat er mit beidem Recht, aber das werde ich nicht laut zugeben. Ich bin noch immer sauer wegen der Nummer, die er abgezogen hat. Deshalb richte ich meine Aufmerksamkeit auf die Landschaft und halte Ausschau nach den Blutverfluchten. Darum geht es und nicht um das Feuer, das in meinem Innersten brennt, weil ich für Guendolyn da sein wollte.

Je mehr ich darüber nachdenke, umso sicherer werde ich, dass ich ihr meinen eigenen Antrag machen werde, mit meinem eigenen Ring. Es fühlt sich richtig an, wenn sie einen von jedem von uns hat. Sobald wir zurück sind, werde ich das in die Wege leiten. Ganz ehrlich, ich wollte, dass wir das machen, bevor sie davon erfährt, dass Ahren eine andere heiraten wird. Damit sie weiß, dass sie nicht alleine ist und immer Luther und mich haben wird.

Es ist nicht zu spät, aber wir müssen unseren bescheuerten Vater zurück zu uns nach Hause begleiten. Zuerst müssen wir diese sinnlose Übung hinter uns bringen, und dann werde ich wieder bei ihr im Schloss sein.

„Ich kann noch immer nicht begreifen, warum wir diesen Bastard begrüßen müssen.", brummt Luther in meine Richtung, während unsere Pferde nebeneinander auf dem breiten Pfad trotten.

Das Sonnenlicht ist grell und der Himmel klar, aber hier zu sein, ist das Letzte, was ich möchte.

„Mutter hat darauf bestanden." Wenn es nach mir ginge, wäre unser leiblicher Vater nie zu Ahrens Hochzeit eingeladen worden... Und dies ist auch der Grund, warum ich diesen politischen Scheiß verabscheue.

Luther nuschelt etwas vor sich hin und seine Fingerknöchel sind bereits weiß, da er die Zügel angespannt festhält. Wir alle hassen unseren Vater aus unterschiedlichen Gründen, aber der Kern des Problems ist, dass er ein arroganter Mistkerl ist, der Wohlstand und Status vor seine Familie stellt.

„Denkst du, er wird seine Braut mitbringen?" Luther zischt, als er die Frage stellt. Die Frau ist jung genug, um unsere Schwester zu sein.

„Das könnte seltsam werden, aber es würde mich nicht überraschen."

„Ich habe dasselbe gedacht. Es ist eine weitere Möglichkeit für ihn, es unserer Mutter unter die Nase zu reiben. Vielleicht können wir mit dem Koch reden, damit er etwas Spezielles in ihr Essen mischt, damit sie die Nacht auf der Toilette und nicht bei der Zeremonie verbringen."

„Kümmere dich drum und ich werde kein Sterbenswörtchen sagen."

Das teuflische Schmunzeln in seinem Gesicht lässt mich grinsen. Der einzige Weg, für Luther und mich unter der Fuchtel unseres Vaters aufzuwachsend zu überleben, war es, Witze zu machen und Streiche zu spielen—alles, nur um nicht ständig seinen Zorn zu spüren.

Schon bald kommen wir zu einer Kreuzung. Geradeaus geht es zum Aschehof und die anderen beiden Wege führen zu den östlichen und westlichen Königreichen.

Vor uns stehen ein Dutzend Soldaten zu Pferd und in ihrer Nähe wartet eine goldene Kutsche, die von zwei Stuten gezogen wird. Er hat also doch seine Angetraute mitgebracht. Ich seufze.

Unser Vater reitet auf einem großen, kastanienbraunen Pferd voran. Er ist in die Breite gegangen und stämmiger geworden, seit wir ihn vor vielen Jahren das letzte Mal gesehen haben. Grau zeichnet sein kurzes, dunkles Haar, seine Augenbrauen sind buschig und er ist in einen dicken Wintermantel in der Farbe der schwärzesten Nacht gehüllt.

„Luther, Deimos", verkündet er, als er sich nähert. Unsere Wachmänner machen den Weg frei, damit er sich uns anschließen kann.

Vater hält vor uns inne und hat andauernd diesen wütenden Gesichtsausdruck aufgesetzt, als würde er augenblicklich unerwartet zuschlagen. Wir sind aber keine Kinder mehr. Er ist ein Lord, wohingegen wir Prinzen sind, und die Hand gegen uns zu erheben bedeutet den Tod, ganz gleich, wer du bist.

„Sie haben euch beide geschickt? Seine Hoheit kann sich nicht von seinem neuen Thron lösen, um seinen alten Vater zu begrüßen?" Seine Nasenflügel beben, aber ich spreche nicht mit diesem Mann. Die Tatsache, dass ich hier draußen bin, ist mehr als genug.

„Willkommen." Luther sitzt aufrecht auf seinem Pferd und wählt den moralisch weiseren Weg. „Die Wälder, die den Schattenhof umgeben, sind gefährlich. Du wirst Ahren und Mutter früh genug begegnen." In Luthers Worten schwingt Verbitterung mit.

Vater schnaubt und runzelt die Nase. „Richtig, euer Land ist noch immer verflucht. Eine Schande, wirklich."

Während dieses widerwärtige Lächeln an seinen Lippen zupft, ist es leicht zu sehen, dass er jede Möglichkeit genießt, die er bekommt, um uns an unseren Niedergang zu erinnern.

Ich knirsche mit den Zähnen und wundere mich, ob es irgendjemandem auffallen würde, wenn wir ihn aus Versehen an die Blutverfluchten verfüttern.

Er blickt über seine Schulter und stößt ein tiefes, kurzes Pfeifen in Richtung seiner Männer aus, die daraufhin in unsere Richtung kommen.

Vater dreht sich zurück zu uns um. „Setzen wir uns Bewegung. Mein Arsch und meine Beine schmerzen vom Sattel und ich will alles darüber erfahren, wie König Tibout gestorben ist. Mir sind einige seltsame Gerüchte über euren Hof zu Ohren gekommen, wie beispielsweise der Durchbruch der Blutverfluchten und der kleinen

Feen. Jungs, vielleicht ist meine Ankunft genau das, was der Schattenhof braucht."

Er reitet an die Spitze vor uns, als wäre er plötzlich der Verantwortliche. Mein Innerstes brennt vor Wut und als ich Luther einen Blick zuwerfe, kann ich erkennen, wie die angespannten Muskeln in seinem Hals zucken.

Bei den Göttern, es werden vielleicht doch nicht die Blutverfluchten sein, die unseren Vater schlussendlich töten.

12

„Verpisst euch aus meinem Zimmer, ihr alle!",
brülle ich, während Rage meine Brust
verengt.

Die Ratsmitglieder beenden sofort ihre Streitigkeiten
und springen auf. Sie sehen mich an, als hätten sie sich
verhört, ich könnte es aber kaum ernster meinen.

„Raus!", fauche ich gereizt und wirbele zum Balkon
meines Arbeitszimmers herum... dem Arbeitszimmer des
Königs.

Ich habe heute nicht die Geduld für ihre lächerlichen
Ausschweifungen darüber, wo die verschiedenen Gäste
bei der Hochzeit sitzen sollten, diese ganzen Diskussionen darüber, wie der König nach der Vermählung
beigesetzt werden soll, und wie ich zur Vorbereitung auf
meine neue Ehefrau in den Palast umziehen soll.

Die Vorstellung löst Beklemmungen in mir aus und ich
bin kurz davor, einfach alles hinter mir zu lassen. Alles, was
ich mache, ist für Pflicht, für Loyalität, für meine Familie.

Der Preis ist aber hoch und er fordert seinen Tribut.

Alles, woran ich denken kann, ist Guendolyn und unsere Zeit auf dem Balkon. Sie hat meine Flügel geheilt und den Schatten vertrieben, in dem ich die meiste Zeit meines Lebens gelebt habe. Und mein Dank ist es, sie von mir zu stoßen.

Ich koche vor Wut und mein Herz ist gebrochen, ein nutzloses Etwas in meiner Brust. Wie kann es mir vorgesehen sein, eine andere zu heiraten, wenn diese eine Person, für die ich töten würde, geradeso außer Reichweite ist? Der Schmerz in ihrem Gesicht ist das Schlimmste... es zerstört mich, sie zerrüttet zu sehen, zu wissen, dass ich ihr das angetan habe.

Meine Finger klammern sich um das Geländer des Balkons und ich blicke hinab in den Hof, wo Wachmänner und Bedienstete mit Dekorationen umherrennen, um sicherzugehen, dass alles perfekt ist für etwas, das ich zur Hölle nicht will. Ich würde alles geben, um an ihrer Stelle zu sein, einfach einen Auftrag auszuführen und nicht jede verdammte Entscheidung wegen aller anderen treffen zu müssen. Mit der Person zusammen zu sein, die ich will.

Angespannt knirsche ich mit den Zähnen und verabscheue mein Leben. Ich hasse es an den meisten Morgen aus dem Bett zu steigen und mein Magen schmerzt unerträglich. Ich kann mich nicht daran erinnern, wann ich die letzte große Mahlzeit hatte—nichts bleibt mehr drin. Ich zerfalle.

Die Tür schlägt hinter mir zu und ich wirbele herum, in Erwartung ein leeres Zimmer vorzufinden. Jasion jedoch ist geblieben und schlendert herüber, um mir auf dem Balkon Gesellschaft zu leisten. Der Schädel der kleinen Fee, der an seinem Hals baumelt, macht mich wahnsinnig. Er erinnert mich an Guendolyn. Alles erinnert mich an sie.

„Warum bist du noch hier?", murmele ich.

„Du bist unglücklich. Es war eine gute Idee, sie alle loszuwerden. Sie sind eine Schar Gänse, die gackernd im Kreis irren, ohne eine klare Vorstellung davon, was sie möchten."

Ich richte meine Aufmerksamkeit wieder auf das Gelände unter uns. „Und was möchtest du?"

Er zieht einen scharfen Atemzug ein. „Ich möchte, dass eure Hoheit glücklich ist, natürlich. Erinnere dich an all die Jahre, als du darüber gesprochen hast, welcher König du werden wolltest, wenn du an der Reihe bist? Wie du das Königreich zu einem besseren Ort machen und für Fairness und gleiche Verteilung des Wohlstands sorgen wolltest? Ich bin besorgt, dass du dieses Temperament verloren hast. Vielleicht ist die Realität, König zu sein, viel anstrengender, als es uns bewusst war."

Seine Stimme geht mir auf die Nerven und seine Worte sind wie eine Schnake, die ständig um mein Ohr summt.

Ich richte mich auf und wende mich dem Magier zu, als er sich über die Brüstung des Balkons lehnt, um all den Leuten, die unermüdlich im Hof arbeiten, zuzusehen. „Ich brauche dein Mitleid nicht, Jasion. Was willst du wirklich? Ich kann spüren, dass du mir etwas sagen möchtest."

Er dreht sich um, damit er meinen Blick erwidern kann, und strafft seine Schultern. Sein Haar ist zerzaust—heute noch mehr als sonst—gespickt mit kleinen Federn, was bedeutet, dass er Magie praktiziert hat.

„Ich mache mir Sorgen um dich", sagt er, wie jedes Mal.

Meine Gedanken aber drehen sich wieder um eine Unterhaltung mit Luther, auf unserem Weg zum Aschehof, in der er darauf bestand, dass Jasion Gefühle für mich hegt. Jahrelang kommen mir schon ähnliche Gerüchte zu Ohren, aber ich habe ihnen nie Beachtung geschenkt. Eifersucht kommt in allen Formen—wenn ich aber die Art, wie er mich anblickt, beobachte, kommen mir Zweifel.

„Was du an deiner Seite brauchst ist ein vertrauter Ratgeber, der keine eingerostete alte Ratte ist, die Informationen an jeden, der Goldmünzen hat, verrät."

Ich schaue ihn finster an. „Was deutest du an? Dass man meinem königlichen Rat nicht vertrauen kann?"

Er atmet schwer, als träge er die ganze Welt auf seinen Schultern. „Ahren." Er tritt näher—näher, als mir lieb ist. „Woher denkst du weiß ich, dass deine Flügel verheilt sind?"

Ich erstarre, da mich sein Geständnis erstaunt. „Was zur Hölle?", brumme ich.

Seine Schultern heben sich und verkrampfen. „Du begreifst das Wesentliche nicht. Ich bin die einzige Person im Rat, der du vertrauen kannst, hinter dir zu stehen. Ernenne mich deshalb zu deinem ersten Ratgeber, damit ich dir etwas Arbeit abnehmen kann. Lass mich die Feinheiten der Planung deiner Hochzeit, der Bestattung und deiner Gäste übernehmen. Du solltest dich nicht mit diesen Dingen herumschlagen."

Er hat Recht in diesem Punkt, meine Aufmerksamkeit liegt aber darauf, dass jemand Guendolyn und mich auf dem Balkon beobachten hat. Haben diese Personen gesehen, wie sie meine Flügel geheilt hat?

„Was haben sie gesehen?"

Jasion fährt sich mit der Hand über den Mund, als

müsse er darüber nachdenken, was er sagen soll. „Du wurdest vom Stockwerk, das über den Balkon ragt, beobachtet, und deine Flügel waren strahlend und wunderschön. Das ist ein neuer Anfang, als wurdest du neu geborgen, was bedeutet, dass du die Vergangenheit wie sie war hinter dir lassen kannst.“

Bei den Wörtern ‚neuer Anfang‘ verschlucke ich mich beinahe. Was mich erwartet, fühlt sich eher an, als würde ich in eine Falle getrieben, in der man mich für den Rest meines Lebens wegsperren wird.

„Geh“, weise ich ihn an. „Ich brauche Zeit, um nachzudenken.“

„Selbstverständlich.“ Er neigt seinen Kopf und beginnt sich zurückzuziehen. „Denk einfach daran, du musst nicht alles alleine machen. Wir sind seit sehr langer Zeit Freunde und ich bin hier für dich.“

Seine Überfürsorglichkeit bereitet mir Unbehagen. Obwohl er einige gute Argumente hat, weiß ich nicht, wieviel Vertrauen ich ihm schenken kann, bis ich seine Motivation besser verstehe. Wir mögen zwar zusammen am Schattenhof aufgewachsen sein und Erfahrungen miteinander geteilt haben, aber das macht es mir auch möglich einzuschätzen, welche Art Fee er ist: manipulativ, wissbegierig und verzweifelt, sich selbst zu beweisen. Diese Eigenschaften machen ihn nicht tödlich. Aber sein Misstrauen Guendolyn gegenüber und die Unterhaltungen, die ich mit dem König und meinen Brüdern über ihn hatte, lassen mich alles an ihm infrage stellen. Ich betrachte ihn nun in einem anderen Licht, was dazu führt, dass ich Zweifel an Jasion hege.

Sobald er den Raum verlassen hat, drehe ich mich um, damit ich wieder nach draußen blicken und einen Weg finden kann, mein verdammt durcheinander geratenes Leben wieder in die richtigen Bahnen zu lenken.

Guendolyn

Ein ohrenbetäubendes Kreischen reißt mich aus dem Schlaf—wenn man gegen die Wand gelehnt und seine Knie umklammernd auf dem widerlichen Fußboden eines Kerkers ruhend als Schlaf bezeichnet kann. Ich bin mir nicht darüber im Klaren, wie viel Zeit vergangen ist. Eine ganze Nacht? Stunden?

Schritte ertönen und ich kann das Geräusch von zwei Leuten, die das Verließ betreten, vernehmen. Mein Magen knurrt und ich bin mir sicher, dass er beginnt, sich selbst aufzufressen. Außer Wasser haben mir die Wachmänner keinen Krümel zu Essen gegeben. Und das nur, wenn sie mich überhaupt mal aufgesucht haben. Ich bin alleine hier unten und mir bleibt nichts, außer meinen Hass auf Jasion zu schüren. Ich verabscheue ihn mit jeder Faser meines Körpers. Mein Hals ist wund vom Brüllen, aber niemand kann mich hier unten hören.

Dieser Bastard eines Magiers wird mich loswerden, ohne dass jemand weiß, was geschehen ist. Die Prinzen werden annehmen, ich sei verschwunden, oder dass ich vielleicht ein Portal genutzt habe, nachdem ich herausgefunden habe, dass Ahren heiratet. Aber ich würde nie von Deimos und Luther fortlaufen. Meine Zeit hier hat mir ein wenig Perspektive gegeben. Ahren hat mich fortgestoßen und es ist meine Entscheidung, was ich daraus mache. Nicht seine oder die von irgendjemand anders. Sobald dieser ganze Hochzeitsquatsch vorbei ist, werde ich Luther und Deimos bitten, mit mir aus dem Herrenhaus, oder vielleicht sogar aus dem Königreich auszuziehen. Es ist mir egal, wo wir leben werden, aber ich kann nicht unter dem gleichen Dach mit Ahren sein, wenn ich weiß, dass er eine andere fickt. Es würde mich noch schlimmer in Stücke reißen, als es das sowieso schon tut.

Das Summen der Stimmen schwingt in der Luft, aber ich kann sie nicht erkennen, deshalb richte ich mich auf und schreite leisen Fußes in Richtung der verschlossenen Tür. Ich schaue hinaus, aus meiner Position aber kann ich nicht sehen, wer sich hinter den Mauern meines Gefängnisses befindet.

„Du hast dich gut angestellt", sagte eine borstige, dunkle Stimme flüsternd. Ich kann nicht erkennen, zu wem sie gehört.

„Genau wie du gesagt hast, je größer sie sind, umso schneller fallen sie", antwortet Jasion und meine Nackenhaare stellen sich auf. Ich beiße die Zähne zusammen, als ich ihn höre.

„Und Ahren?", fragt der Mann mit boshafter Stimme.

Ich erstarre auf der Stelle.

„Er wird seine Meinung allmählich ändern", erklärt Jasion. „Sobald du sie an einen anderen Ort geschafft hast, werden wir über ihn bestimmen können."

Ich wage nicht, mich zu bewegen, und gehe in Gedanken immer und immer wieder durch, was ich gerade gehört habe.

„Komm, lass mich dir das Mädchen zeigen."

Mein Herz schlägt mir bis zum Hals als sich ihre Schritte nähern. Ich werfe mich gegen die nächstgelegene Wand, lasse mich auf meinen Hintern fallen und senke meinen Kopf so, als würde ich schlafen.

Ein lautes Donnern von Metall gegen die Gitterstäbe

lässt mich hochfahren und meine Augen aufschlagen. Mein Atem stockt, als mich diese beiden mordlustigen Monster anstarren. Jasion und ein älterer Mann mit grauwerdendem Haar, der einen langen Wintermantel trägt.

Die ältere Fee mit langen Ohren beugt sich nach vorne und kneift die Augen zusammen, um mich zu betrachten. „Das ist also die Hure, die Ahrens Interesse auf sich gezogen hat? Sie sieht nicht sehr besonders aus."

Ich umklammere fest meine Knie und kann keine Worte finden, die die Meinung der beiden ändern würde.

Er neigt seinen Kopf und begutachtet mich. Schon jetzt verabscheue ich diesen Kerl genauso wie Jasion. Ich habe nicht die leiseste Ahnung, wer er ist, aber ich muss Ahren warnen, dass er in Gefahr ist.

„Sie wurde mit dem Rubin vom Thron des Königs erwischt. Und sie wird wegen Hochverrat am gesamten Königreich am Tag nach der Eheschließung hingerichtet. Sie hat aber etwas Spezielles an sich, das ich noch nicht ganz verstanden habe."

Der Mann lächelt höhnisch. „Beweg dich hierüber!", brüllt er mich an.

Ich bewege mich nicht.

Jasion starrt mich an. „Mach was er sagt, oder ich werde reinkommen und dich dazu zwingen."

Meine Haut kribbelt und ich möchte diese Arschlöcher anbrüllen, mich in Ruhe zu lassen. Doch ich raffe mich trotzdem auf und bewege mich auf sie zu.

„Hand", fordert er.

Ich schlucke schwer und fürchte mich. „Bitte tun Sie mir nicht weh."

„Gib mir deine Hand", brüllt er und ich zucke zusammen.

Bedenkt man, dass meine Handfläche immer noch wegen meines gescheiterten Versuchs, die Splitter des Rubins aus ihr zu entfernen, schmerzt, strecke ich meine andere Hand aus.

Er holt aus, schnappt sich mein Handgelenk und zieht meinen ganzen Arm zwischen den Gitterstäben hindurch. Die Seite meines Gesichts knallt gegen die Metallstäbe und mein Körper zittert.

Der Bastard riecht an meiner Hand und dieser Anblick macht mich krank.

Ich kann mich nicht von der Stelle bewegen und mein Magen verkrampft sich. Der Gesichtsausdruck des Mannes lässt nur wenige Emotionen zu. Ich bekomme den Eindruck, dass er vielleicht nicht imstande ist, Gefühle zu zeigen.

Jasion steht mir binnen Sekunden gegenüber und grinst wie ein feiges Arschloch. „Ohne deinen Prinz bist du nicht mehr so taff." Es gefällt ihm, mir dabei zuzusehen, wie ich mich drehe und winde.

Als ich einen scharfen Atemzug einsauge, kann ich den starken Duft von Nelke riechen... Ein wohlbekannter Geruch, den ich zuerst nicht zuordnen kann.

Ein scharfer Schmerz durchfährt dann meine Handfläche, durchbricht die Haut und fühlt sich wie eine Klinge an.

Ich schreie und entreiße ihm meine Hand, um eine gottverdammte Bisswunde vorzufinden. Der alte Bastard hat Blut gesaugt.

„Ihr verfickten Schweine", speie ich heraus, während ich den Ärmel meines Kleid herunterziehe, um den Biss zu bedecken. Ich presse den Stoff gegen die Wunde, damit er das Blut aufsaugt.

Der Schwachkopf leckt sich das Blut von den Zähnen

und seine Augen drehen sich für einen kurzen Augenblick nach oben weg. „Du hast Recht, sie ist mehr als nur eine Heilerin. Die Magie züngelt in ihrem Blut. Sie wird alles, wofür wir jahrelang gearbeitet haben, zerstören. Töte sie!"

„Nein!", schreie ich auf, weiche zurück und meine Knie geben unter mir nach. Es grenzt an ein Wunder, dass ich noch stehe.

„Ich werde mich in Kürze darum kümmern", antwortet Jasion, um dann in meine Richtung zu blicken, mit der klar erkennbaren Drohung in seinen Augen, dass er es bevorzugen würde, mich zu quälen, anstatt es rasch zu beenden.

Der ältere Hurensohn ächzt und wendet sich ab. „Ich habe genug von diesem bedrückenden Kerker. Ich verhungere."

„Selbstverständlich, Eure Lordschaft." Sie spazieren beide mit lautem Gelächter davon, bis das Scheppern der Haupttür des Gefängnisses diese abscheulichen Geräusche aussperrt.

Ich kann mich nicht bewegen, nicht nach allem, was ich gerade gehört habe. Furcht umklammert mich und dunkles Flüstern von Alpträumen, die auf mich zukommen, zieht mich in die Tiefe.

Wie ein Funke hängt der Duft von Nelken, den ich an Jasion wahrgenommen habe, in meinen Nasenlöchern. Die Wirklichkeit schlägt mir wie eine Abrissbirne entgegen. Michae sagte, dass er Nelken in der Nähe des Königs im Thronsaal gefunden hat, direkt nachdem er ermordet wurde. Die ganze Zeit kam mir das seltsam vor.

Scheiße! Jasion hat Magie angewendet, um den König zu töten. Meinen Vater. Ich wusste es.

Mein Magen sackt mir wie ein Backstein in die Knie.

Und ich bin die Nächste.

Das Arschloch hat mir die Schuld in die Schuhe geschoben und den Rubin als Beweismittel genutzt. Ich bin sein Sündenbock, nicht wahr?

Meine Brust brennt vor Wut und mein Herz schlägt so schnell und intensiv, dass sich der Raum um mich herum dreht. Sie haben den König kaltblütig ermordet, damit Ahren an die Macht kommt, um ihn als ihre Marionette zu nutzen. Mein Prinz aber ist nicht so dumm. Das kann er nicht sein.

Gedankenversunken wandere ich in meiner Zelle umher und beide Hände schmerzen nun fürchterlich.

Zorn tobt wie ein Tsunami in meinem Innersten und meine Nerven zucken auf meinen Schläfen. Dunkelheit beginnt sich in mir auszubreiten. Meine Zeit ist gekommen, wenn ich hier nicht herauskomme und die Prinzen warne.

Sie sind alles, woran ich denken kann. Mein Hals schwillt vor Angst zu, dass ich nicht die Möglichkeit bekommen werde, dies alles aufzuhalten.

Ich schließe meine Augen und nehme einen tiefen Atemzug, um mein rasenden Herz zu beruhigen. Ein Zucken meiner Macht schießt meine Arme herab. Meine Kraft entzündet sich, als ein scharfer Schmerz sich in meine vom Rubin verletzte Hand bohrt. Schwankt meine Macht, weil ich den Rubin zerbrochen habe?

Es bleibt nur eine Möglichkeit und sie ist riskant, aber hier zu sitzen wird mir nicht helfen. Ich hebe meine Hand, die mit getrocknetem Blut und kleinen Splittern bedeckt ist, die zu klein sind, um sie zu entfernen, führe sie zu meinem Mund und konzentriere mich auf das Bild eines Portals, das sich in meinem Zimmer im Schloss öffnet. Dann atme ich aus.

Ein Energieschwall steigt in mir auf und rollt durch meine geöffneten Lippen. Ein blassblauer Nebel schwebt in der Luft, bäumt sich in der Zelle auf, bis er sich in einer Ecke sammelt und sich vor mir verdunkelt, bis alles, was sich vor mir befindet, eine dunkle Öffnung ist, die gerade groß genug für mich ist, um einzutreten. Ich warte keine Sekunde länger und stürze auf meine Rettung zu.

Als ich durch das Portal steige, flüstere ich: „Bitte lass das keinen Fehler gewesen sein."

GUENDOLYN

Ich steige aus dem Portal, hinaus in ein übergroßes Wohnzimmer mit Tapeten in perlmutt. Lange, schmale Fenster durchfluten das Zimmer mit natürlichem Licht, während ein Feuer im Herd in der Ecke knistert.

Kunstvoll verzierte Holzmöbel dekorieren den Raum und die geschnitzten Vitrinen sind voll mit verschiedensten Büchern und farbenprächtigen Edelsteinen. Erst als ich zu den beiden Sofas hinüberblicke, die sich gegenüberstehen, fällt mir der Hinterkopf einer Person auf.

Mein Herz schlägt panisch, denn nichts in diesem Zimmer kommt mir bekannt vor. Ich habe genug vom Herrenhaus der Prinzen gesehen, um zu wissen, dass es nicht solche Fenster hat.

Ich habe versucht, das Portal dazu zu bewegen, mich in mein Zimmer zu bringen, aber offensichtlich hat es nicht funktioniert. Wo zur Hölle bin ich also?

Mein Innerstes erstarrt zu Eis, als ich mich zum Portal umdrehe, es aber fort ist.

Bitte, nicht! Ich erhebe meine verwundete Hand und muss schnellstens von hier wegkommen. Ich puste schnell über meine Handfläche, konzentriere mich auf mein Zimmer, aber nicht ein einziger Energiefunke erscheint. Je mehr ich es versuche, desto mehr beginne ich zu zittern. Das ist der schlimmste Fall, der eintreffen konnte, zu einem beliebigen Ort gebracht worden zu sein. Sicher, ich bin dem Verließ entflohen, aber wo um alles in der Welt bin ich stattdessen gelandet?

Ohne Zeit zu verlieren wirbele ich zu der schwarzen Holztür herum und greife rasch nach der Klinke...

„An deiner Stelle würde ich das nicht tun", ertönt eine weibliche Stimme hinter mir.

Die Muskeln in meinen Schultern verkrampfen sich und ich drehe mich schleunigst um.

Nur wenige Meter entfernt steht eine atemberaubend schöne Frau, die mir bekannt vorkommt. Sie ist älter, vielleicht Mitte oder Ende Vierzig, mit langem, blondem Haar, dass ihr in leichten Wellen über die Schultern fällt. Ein zartes, rundes Gesicht mit blauen Augen, blassen Wimpern und tiefroten Lippen. Sie ist ein wenig größer als ich, kurvig und trägt ein türkises Gewand, das sich eng an ihren Oberkörper schmiegt und sich dann nach außen bauscht, als wären etliche Stofflagen darunter. Gäbe es je ein Abbild einer perfekten Märchenprinzessin, dann wäre diese Frau der Inbegriff.

Sie hat so etwas Vertrautes und Beruhigendes an sich.

„I-ich denke, ich h-habe mich verlaufen", sage ich leise und mime die Unschuldige.

Sie betrachtet mich von Kopf bis Fuß, um dann zurück zur Tür zu blicken.

„Du bist genau dorthin gekommen, wo du sein solltest", antwortet sie. „Das Portal hat dich hergebracht, weil dies dein Zuhause ist."

Wovon spricht sie? Mir kommt in diesem Zimmer nichts bekannt vor, als ich mich darin umsehe. Ich erkenne nichts und draußen sind alles, was man sehen kann, schneebedeckte Wälder soweit das Auge reicht. Es gibt keine Berge, was seltsam ist, da ich es gewöhnt bin, sie von den Fenstern des Herrenhauses zu sehen.

„Wer bist du?", frage ich. „Was ist dieser Ort?"

Sie schreitet auf mich zu und in ihrem Gang lässt sich Anmut erkennen. Sie ist eine Frau höheren Stands, jemand der es gewohnt ist, immer perfekt zu erscheinen. Ich habe die Mutter der Prinzen gesehen, deshalb weiß ich, dass es nicht sie ist.

Warum aber ist diese Frau in einem Zimmer eingesperrt?

„Komm mit mir." Sie reicht mir ihre Hand, mit nach oben gerichteter Handfläche und leicht angewinkelten Fingerspitzen.

Ich sollte mich fürchten, die sie umgebende Energie beruhigt mich aber. Diese Frau hat etwas an sich, das in mir den Wunsch auslöst, mich zusammenzurollen und ihr zuzuhören, wie sie mir Märchen erzählt. Und sie scheint mehr über mich zu wissen, als ich selbst.

Deshalb nehme ich an und lege meine Hand mit der Bisswunde am Handgelenk in ihre.

Daraufhin belohnt sie mich mit einem strahlenden Lächeln, das ich tief in mir spüren kann, als wäre sie die Sonne, die mich mit einer seltsamen Ruhe erfüllt.

Sie führt mich zu einem Fenster, wo wir beide nebeneinander stehen, und nach draußen blicken. Die Morgensonne spitzelt gerade über den Horizont.

Unter uns liegt eine erhabene Steinwand, die das

Gebäude umgibt. Der Grund ist von Bäumen übersät und hinter der Baumgrenze hält ein Bach zugefroren seinen Winterschlaf. Dahinter erstreckt sich der Wald in alle Richtungen.

Es dauert einen Augenblick, bis ich realisiere, dass ich diesen Ort bereits zuvor einmal gesehen habe. Ich war hier... und die Erinnerung daran ergreift Besitz von mir. Um Luft ringend entreiße ich ihr meine Hand und zucke vom Schmerz des Bisses zusammen.

Der Hof zu unseren Füßen ist genau der, wo Deimos und ich zum ersten Mal aus einem Portal gestiegen sind, als er mich zurück in dieses Königreich gebracht hat.

Ich kann nicht atmen.

Ich habe mich selbst an den Aschehof teleportiert. Scheiße!

Die Frau lächelt. „Du erinnerst dich, gut. In jener Nacht habe ich dich beobachtet, als du angekommen bist, und seitdem habe ich dich im Auge behalten."

„Wie?" Meine Knie werden weich. Das letzte Mal, als ich hier war, hat die Mutter des Königs versucht, mich zu töten, und nun wird diese Frau das Gleiche versuchen?

„Es gibt so viel, wovon ich dir erzählen muss. Wir haben nicht viel Zeit—niemand darf dich hier finden."

„Bitte sag mir, was hier los ist?" Ich lege meine Arme um mich.

Sie macht einen Schritt auf mich zu und ich weiche zurück.

„Setzen wir uns." Sie winkt mir zu, ihr zurück zum Sofa zu folgen, wo sie sich setzt und mit der Hand auf den Sitzplatz neben sich klopft.

Es ist ja nicht so, als hätte ich eine Wahl im Moment, und sie hat mich nicht bedroht, deshalb gehe ich und geselle mich zu ihr. Sie sitzt mir mit geradem Rücken und

den Händen in ihren Schoß gelegt zugewandt am anderen
Ende der Couch.

„Ich weiß wer du bist, denn ich erkenne den Duft
deiner Magie", sagt sie. „Ich wusste immer, dass du
mächtig bist, mit Fähigkeiten, wie dem Öffnen von
Portalen oder der Beeinflussung von Kräften anderer
Feen. Für mich bist du schön, aber deine Anwesenheit
könnte Anderen Angst machen. Du bist eine Bedrohung
für sie."

Still warte ich auf weitere Informationen, nehme sie
alle in mir auf, eifrig auf die Pointe wartend, um zu verstehen, wie all dies zusammenhängt.

„Was mir aufgezwängt wurde, dir anzutun, hat mich
zerstört." Ihre Stimme wird zittrig. Ich kenne diese Frau
nicht mal, aber ich beuge mich vor und lege ihr eine
Hand auf den Arm. Bei meiner Berührung beginnt sie zu
zittern.

„Was meinst du?", flüstere ich, fast zu verängstigt, die
Wahrheit herauszufinden.

Sie hebt meine Hand und küsst sanft meine
Fingerknöchel. Nicht auf verstörende Art, sondern auf
eine liebevolle Weise, die ich von einem Familienmitglied
erwarten würde... einem Elternteil.

Dann kann ich alles klar erkennen, als hätte sich eine
Tür in meinem Verstand geöffnet.

Die Ähnlichkeiten, die mir aufgefallen sind, sind
meine. Die Haare, die Körperform, ihre Zartheit. Die
Qualen, die sich in ihren Augen widerspiegeln, wenn sie
mich ansieht.

Tränen steigen mir in die Augen. „Bist du meine
Mutter?" Mein Atemzug bleibt in meinem Hals stecken,
als sich ihre Finger fester um meine legen.

„Dich in der Obhut des Frauenhauses auf der Erde zu

lassen, war das Schwerste, was ich je getan habe, und bis heute habe ich das nicht verkraftet." Tränen laufen unaufhaltsam über ihre Wangen. „Du warst nur ein Baby und wenn ich dich nicht versteckt hätte, hätten mein Ehemann und seine Mutter dich getötet."

Mein Kopf dreht sich und mir fehlen erstmal die Worte wegen des Schocks über das, was ich gerade herausgefunden habe. Ich versuche mich zusammenzureißen, aber mein Kinn bebt. Ich rutsche näher und sie drückt mich fest an sich. Ich weine an ihrer Brust und sie schluchzt. Wir sind beide emotionale Trümmer. Ich habe mir immer vorgestellt, zu lachen und verrückt zu grinsen, wenn ich endlich meine Eltern treffe, nicht zu weinen.

Aber herauszufinden, dass ich meinen Vater verloren habe, war verheerend genug, und jetzt... habe ich meine Mutter gefunden. Ist das der Grund, warum mich das Portal hier her gebracht hat, als ich um mein Zimmer gebeten habe? Es hat mich dorthin gebracht, wo ich hingehöre. Zu meiner Mutter.

Kummer und unglaubliche Freude ringen in mir und zerren mich in unterschiedliche Richtungen, bis ich nicht mehr weiß, was ich fühlen soll.

Ich löse mich von ihr und wische mir die Augen mit meinem Handrücken trocken. Dann erinnere ich mich an ihre letzten Worte. „Mich verwirren so viele Dinge. Du hast gesagt, mein Vater wollte, dass ich sterbe, und doch—"

„Ich habe nicht gesagt, dass *dein* Vater deinen Tod wollte, sondern mein Ehemann. Ich bin mit dem König der Unseelie des Aschehofs verheiratet, aber ich habe ihn nie geliebt. Es war eine arrangierte Hochzeit, um zwei mächtige Königshäuser miteinander zu vereinen."

„Du bist die Königin des Aschehofs!", keuche ich und

blinzle sie an, um alles zu verarbeiten, was ich erfahren habe. „Und du hattest eine Affäre mit dem König des Schattenhofs?"

Frische Tränen strömen aus ihren Augen, als ich meinen leiblichen Vater erwähne und sie nickt. „Ich habe ihn geliebt, aber es gab keinen Weg, wie wir je hätten zusammen sein können. Seelie und Unseelie vermischen sich nicht."

Ich verabscheue dieses Sprichwort. Ich bin das Ergebnis von beidem, deshalb muss ich die meistgehasste Person der Welt sein. Ich halte mich an ihrem Arm fest und denke daran, wie sehr es schmerzt, Ahren zu verlieren, und ich kann denselben herzzerreißenden Schmerz in den Augen meiner Mutter erkennen.

„Hör mir ganz genau zu, Guendolyn." Sie beugt sich vor. „Du bist die Mächtigste von uns allen. Das Blut der kleinen Feen, das in der Blutlinie der Familie meiner Mutter fließt, ist das reinste, von der Königin der kleinen Feen selbst. Es schlummert in jeder Generation seit ihrem Dahinscheiden. Als du aber geboren wurden, haben die kleinen Feen das Schloss zu Hunderttausenden umgeben und das Wort *Eirian* gesummt."

„Königin der kleinen Feen", flüstere ich.

„Ja, meine Kleine. Du trägst die Macht der Königin der kleinen Feen in deinen Adern. Sie ist einer der Gründe, warum der König und seine Mutter deinen Tod fordern. Deine Kraft ist zu groß. Darum hat dich die Königsmutter mit einem Fluch belegt, als du geboren wurdest, ohne mein Wissen. Sie hat arrangiert, dass deine Gegenwart, solltest du je irgendwie zurück in unser Königreich kommen, die Hölle über den Schattenhof hereinbrechen lässt. Eine passende Bestrafung für König Tibout, wie mir mein Ehemann vor Augen führte."

„Sie wussten also, dass du eine Affäre mit dem verfeindeten König hattest?"

Sie nickt. „Deshalb lebe ich den größten Teil meines Lebens schon mit ständigen Sicherheitsvorkehrungen."

Mich überfluten so viele Informationen, dass ich mich zurücklehne und versuche, sie alle zu sortieren. Die Dinge beginnen Sinn zu ergeben... Wie, meine Anziehung auf die kleinen Feen, wieso mich alle hassen, und wie ich auf der Erde gelandet bin.

„Es gibt da noch etwas, das du wissen musst", sagt sie.

„Um ehrlich zu sein, weiß ich nicht, wie viel ich noch vertragen kann." Mit all den Dingen, die am Schattenhof vorgefallen sind, sind all diese Neuigkeiten überwältigend.

Sie fährt trotzdem fort. „Der Hauptgrund, warum die meisten Feen deinen Tod wollen, ist, weil du die einzig wahre Erbin bist, sowohl über den Aschehof als auch über den Schattenhof zu herrschen."

Mein Mund steht offen.

Sie wendet sich mir zu und umklammert meinen Arm fest. Ihr Gesichtsausdruck ist mehr als ernst. „König Tibout ist tot. Bevor sein Sohn Ahren den Thron beansprucht, musst du diese Position einfordern und rasch einen Königlichen heiraten. Sobald du ihn bestiegen hast, wirst du auch deine Ansprüche auf den Thron des Aschehofs geltend machen. Das bedeutet, du kannst die Entscheidungen dieses Hofs beeinflussen, obwohl der König und ich hier noch regieren. Sobald einer von uns beiden stirbt, kannst du diesen Thron mit deinem König einfordern und beide Höfe regieren. Du wirst sie als ein Königreich wiedervereinen, so wie es einst war. Die anderen Königreiche dieser Welt werden sich dir auch anschließen."

Ich schüttele meinen Kopf. „Was? Du darfst nicht sterben!"

„Ruhig." Sie legt einen Finger auf meinen Mund. „Ich gehe nirgendwo hin. Ich warte schon zu lange auf diesen Moment. Ich habe zu viel verloren—aber jetzt ist der Zeitpunkt um zuzuschlagen."

„Ich will den Thron nicht", flüstere ich.

„Es geht nicht darum, was du willst, meine Süße. Dies ist die einzige Möglichkeit das Blutvergießen zwischen unseren Höfen zu beenden und das Gleichgewicht in unserer Welt wiederherzustellen."

Ich schlucke den Kloß in meinem Hals herunter, lasse mir ihre Worte durch den Kopf gehen und denke dabei hauptsächlich an meine drei Feen „Was wird aus den Prinzen? Kann ich einen von ihnen heiraten, um den Thron zu beanspruchen?"

Sie blickt mich merkwürdig an und grinst. „Ist dir einen von ihnen ins Auge gefallen?"

Ich lächele breit und bin mir nicht sicher, wie ich ihr sagen soll, dass es in Wirklichkeit alle drei sind. „Sozusagen."

„Um deinen Anspruch auf den Thron geltend zu machen, musst du sowieso jemand königliches zum Ehemann nehmen, also ja."

In meinem Bauch tobt eine Explosion der Vorfreude und Aufregung wegen dem, was sie zu mir sagt. Ich kann Ahren heiraten!

Genauso schnell ergreifen aber die Zweifel von mir Besitz, als mir die Tragweite dessen, was sie vorschlägt, bewusst wird. „Ich bin mir nicht sicher, ob das funktionieren wird. Warum sollen sie mir glauben, ohne dass König Tibout meine Aussage untermauern kann? Und wie soll das die Höfe vereinen?" Meine Knie wippen; ich kann nicht glauben, dass ich es wirklich in Erwägung ziehe. Ich kann die Feenbräuche kaum verstehen, geschweige denn habe ich genug Wissen, um zu regieren. Es ist albern zu glauben, dass ich über irgendetwas herrschen könnte, wenn ich einen Großteil der Zeit kaum meinen eigenen Mund kontrollieren kann.

„Die Antwort liegt in deinem Blut. Magier können deine Blutlinie mit Magie testen—das ist dein Beweismittel."

Das bloße Erwähnen der Magier lässt meine Haut kribbeln, denn Jasion würde mir nie helfen. Aber der König hat andere Magier, vielleicht muss ich sie also auf meine Seite bekommen. Meine Atemzüge werden immer hektischer und es wird schwerer, meine Lungen mit Sauerstoff zu füllen. Denke ich wirklich darüber nach zu versuchen, den Thron zu beanspruchen?

Ich sollte mich nicht schuldig fühlen, obwohl sich ein Teil von mir fragt, wie Ahren darauf reagieren wird. Dass ich einschreite...

„Vielleicht ist das keine so gute Idee. Ich möchte einfach nur irgendwo hingehören und ein normales Leben führen."

Meine Mutter sieht mich voller Mitleid an, legt ihre Hände um mein Gesicht und wischt meine Tränen weg. „Der größte Fehler, den ich in meinem Leben begangen habe, war, dass ich nie um das gekämpft habe, was ich wollte. Ich habe die Angst meine Entscheidungen treffen lassen. Die Konsequenz war, dass ich meine Tochter und die Fee, dich ich liebte, verloren habe. Ich möchte nicht, dass du mit einer solchen Reue leben musst. Es frisst dich auf; es lähmt einen. Das ist deine Chance, zu bekommen, was du möchtest. Einen Unterschied in einer Welt zu machen, die versucht hat, dich zu töten, nur weil du anders bist." Sie steht auf und nimmt meine Hand. „Es ist Zeit, sich zu erheben und allen zu zeigen, wer du wirklich bist."

Zuerst bewege ich mich nicht, sondern schaue sie an, und die Frage, die mir auf der Seele brennt, sprudelt aus mir heraus. „Wusste mein Vater von mir?"

Sie senkt ihren Kopf, aber ich kann das Funkeln in ihren Augen erkennen, bevor sie flüstert: „Ja. Aber er konnte die Chance, dich kennenzulernen, nicht wahrnehmen." Ihre weiche, zittrige Stimme zerreißt mich. Sie bewegt sich durchs Zimmer auf die Vitrine zu und öffnet eine Schublade.

Auch ich stehe auf und gehe auf sie zu, als sie sich umdreht. Sie nimmt meine weniger verletzte Hand und legt eine lange, rosa Schleife darin ab. Der Stoff ist weich wie Seide, als ich ihn berühre, und auf einer Seite ist mein Name, *Guen*, immer wieder in weiß eingestickt.

„Dein Vater ließ dies extra für dich anfertigen und hat es mir geschickt, aber da warst damals bereits fort. Ich habe ihm nie gesagt, dass es zu spät war; ich konnte es nicht." Sie bedeckt meine Hand mit ihrer und beugt meine Finger um die gehütete Schleife. „Jetzt kann ich sagen, dass ich mein Versprechen ihm gegenüber gehalten habe." Hastig wischt sie eine rollende Träne aus ihrem Augenwinkel und der Schmerz in meiner Brust wird stärker.

Mich räuspernd sage ich: „Ich habe am Schattenhof Zeit mit ihm verbracht, aber ich denke nicht, dass er wusste, dass ich es war. Er gab mir ein wohliges Gefühl willkommen zu sein, als wir die Möglichkeit hatten, uns zu unterhalten."

Sie lehnt sich vor und nimmt meine Hand mit dem Schnitt, in dem noch immer Splitter des Rubins stecken, und legt sie zwischen ihre beiden Handflächen. „Manchmal hat das Schicksal seine eigene Art, jene zusammenzuführen, deren Wege dazu bestimmt sind, sich zu kreuzen, auch wenn die Personen es nicht wissen."

Plötzlich entfacht ihre Berührung ein Auflodern brennender Hitze, die meinen Arm hinaufschießt.

Ich zucke zusammen und sie lässt von mir ab. Als ich einen Blick auf meine Hand werfe, sind alle Schnitte fort und nur noch getrocknetes Blut übrig. Verblüfft blicke ich sie an.

„Ich habe die Macht der Heilung und noch ein paar andere Tricks auf Lager."

Von ihr habe ich also meine Heilkraft. Als ich meine Hand wieder anschaue, kann ich nicht anders, als mich zu fragen, ob sie die Splitter des Rubins in meiner Hand eingeschlossen hat.

„Rufe dein Portal", sagt sie plötzlich mit hastiger Stimme. „Wir dürfen keine Zeit verschwenden."

„Moment, was ist mit dir?"

„Heute ist die Hochzeit", flüstert sie. „Halte sie auf und beanspruche, was dir gehört. Mir wird es gutgehen. Die weisen kleinen Feen haben mir vorausgesagt, dass du herkommen wirst, und von jetzt an wird sich alles ändern. Das wirst du schon bald erkennen."

„Es hat sich schon so viel verändert", murmele ich.

„Schnell jetzt, du musst gehen und den Anspruch auf deine wahre Herkunft erheben. Nichts anderes zählt."

Ich habe noch so viele Fragen an sie, aber sie hat Recht. Ich muss Ahren davon abhalten, jemand anderes zu heiraten. Zitternd führe ich meine Hand zum Mund und puste einen Atemzug darauf. Blauer Nebel kommt mir über die Lippen. *Bringe mich zurück zum Schattenhof—*

Meine Worte versagen, als sich binnen Sekunden das

Portal vor mir materialisiert. Das hat vorher noch nie so einfach geklappt. Ist der Rubin in mir oder die Hilfe meiner Mutter dafür verantwortlich?

„Geh schnell." Sie stupst gegen meinen Rücken.

Ich stolpere voran und übertrete die Schwelle zur Dunkelheit.

„Hast du Guen… Gainy gesehen?", frage ich den zwanzigsten Bediensteten an diesem Morgen. Fast hätte ich dabei jedes Mal ihren Namen verwechselt.

Die Dienstmagd schüttelt den Kopf und hält den Blick gesenkt. „Es tut mir leid, Eure Hoheit, aber ich habe auch herumgefragt und niemand hat sie seit gestern gesehen."

Ich wende mich von ihr ab und marschiere den Flur entlang, um dann direkt in ihre Kammer zu gehen, aber ich weiß nicht mal genau wonach ich suche, was mir möglicherweise einen Hinweis darauf geben könnte, wo sie hingegangen ist.

Luther schießt hinter mir ins Zimmer und mein Herzschlag schnellt hoffnungsvoll in die Höhe, voller Vorfreude, dass er Neuigkeiten hat.

Aber ihm steht die Verzweiflung ins Gesicht geschrieben und sie zieht mich hinab an einen furchtbaren Ort, an dem ich mir vorstelle, dass sie irgendwie verletzt ist. Wir hätten sie nie alleine lassen sollen.

„Zur Hölle absolut nichts", brummt Luther. „Wir

haben den Palast und das Herrenhaus abgesucht, sowie das Gelände und das Dorf. Ich kann sie nicht mal mit meinen Gedanken erreichen. Etwas schirmt sie vor mir ab."

Ich wende mich meinem Bruder zu. „Wie hat Ahren es aufgenommen?"

Luther macht sich ungläubig über meine Fragen lustig. „Denkst du, dass ich ihm an seinem Hochzeitstag erzählen werde, dass das Mädchen, das er liebt, vermisst wird? Ich habe ihn aber gefragt, wann er sie zum letzten Mal gesehen hat und wie bei allen anderen auch war es gestern."

Ich stampfe hinüber zum Fenster und suche den Innenhof zu meinen Füßen nach ihrem langen, blonden Haar und der lieblichen Art, wie sie beim Laufen ihre Hüften schwingt, ab. Ich hoffe inständig, sie zu entdecken und dass es nur ein riesiges Missverständnis war. „Er muss es wissen", sage ich leise, während ich mich zu Luther umdrehe. „Ahren wird uns umbringen, wenn wir es ihm nicht sagen und ihr etwas zustößt." Ich versuche den Klumpen aus Blei herunterzuschlucken, der sich durch meinen Hals drückt.

Luther fährt mit seiner Hand durchs Haar, so, wie er es immer tut, wenn er ein Geheimnis bewahrt. Er kann nichts verbergen und außerdem ist sein Blick ganz weit weg.

„Was verschweigst du mir, Bruder?" Ich lehne mich zurück gegen das Sofa und beobachte meinen Bruder, der einige Meter von mir entfernt am Fenster steht.

Sein Kopf schießt in meine Richtung nach oben. „Guendolyn hat Ahrens Flügel geheilt."

Meine Augen quellen hervor. „Das ist unglaublich! Dann sollte er doch bei bester Laune sein."

Luthers Gesicht legt sich in Falten, als sich einer seiner Mundwinkel verzieht. „Nicht wirklich. Er hat Guendolyn von seiner Vermählung erzählt und warum er nicht mit ihr zusammen sein kann. Sie ist vor ihm fortgelaufen und das war das letzte Mal, dass er sie gesehen hat. "

„Scheiße, Luther, das hättest du von Anfang an sagen sollen! Das heißt also, dass sie aufgebracht und vielleicht weggerannt ist, um sich irgendwo zu verstecken?"

Luther blickt mich ungläubig an, als wäre meine Andeutung unwahrscheinlich. „Sie liebt uns", sagt er. „Sie würde sich nicht vor uns verstecken."

„Wir waren nicht hier, als sie uns am meisten gebraucht hat", erinnere ich ihn.

Sein versteinerter Gesichtsausdruck verrät mir alles. Ja, wir hatten keinen Einfluss darauf, unseren Vater im Wald zu begrüßen, aber das ist beschissen.

„In Ordnung", sage ich. „Wo würde jemand mit gebrochenem Herzen hingehen?" Allein diese Worte laut auszusprechen lässt sich alles in mir zusammenziehen, als ich mir vorstelle, wie sie irgendwo alleine und untröstlich ist. Sie muss in meinen Armen liegen, wo sich sie daran erinnern kann, dass sie *nicht* alleine ist, und ich ihr zu erklären vermag, warum sich Ahren in einer aussichtslosen Situation befindet, die ihn für den Rest seines Lebens verfolgen wird. Ich wünschte nur, Ahren hätte früher mit ihr geredet, so wie er es versprochen hat.

Ich balle meine Hände zu Fäusten. So hätte das alles nicht laufen sollen. Luther und ich haben darüber gesprochen, Guendolyn zu fragen, ob sie uns heiratet; wir haben geplant, dass wir drei zusammen im Herrenhaus leben und zusammen ein neues Leben aufbauen. Das ist alles, was ich möchte, aber ich weiß, sie ist traurig wegen Ahren. Und das wird eine harte Hürde zu nehmen sein.

„Wir teilen uns auf", beginnt Luther. „Wir suchen nochmal alles ab und denken dabei daran, dass wir nach Orten suchen, die sie nutzen könnte, um allem zu entkommen."

Ich nicke. „Wir müssen sie schleunigst finden, da Mutter uns persönlich aufspüren wird, wenn wir die Hochzeit verpassen. Sie beginnt in Kürze und wir sind noch nicht mal richtig gekleidet."

Luther schnaubt. „Verdammt ich hasse diese Hochzeit. " Er macht auf den Fersen kehrt und stürmt aus dem Zimmer hinaus in den Flur. Ich folge seinem Beispiel und entscheide mich, die Suche im Obergeschoss des Herrenhauses zu beginnen und mich nach unten vorzuarbeiten. Es gibt so viele leere Räume; vielleicht haben wir bei unserem ersten Suchlauf etwas übersehen.

Um die nächste Ecke herum renne ich Jasion direkt in die Arme, der herumeilt, ohne zu gucken. Zurückstolpernd ächze ich, während er sein Haupt neigt.

„Verzeihung, Eure Hoheit, dass ich euch nicht gesehen habe. Dies ist ein magischer Tag und ich habe so viel für die Zeremonie vorzubereiten."

So sehr ich den Magier auch verabscheue, lasse ich keine Gelegenheit vergehen, ihn zu fragen: „Hast du Gu-Gainy gesehen?""

Bei meiner Frage fährt er zusammen und schürt meine Neugier.

„Nun?", ermutige ich ihn und mache einen Schritt auf ihn zu, während mein Magen sich umdreht. Ich habe ihn immer gehasst. Wenn es nach mir geht, wird ihn niemand vermissen, wenn er von unserem Hof verstoßen wird.

„Heute Morgen", sagt er, räuspert sich und hebt seinen

Blick in meine Richtung. „Ich habe sie nach Sonnenaufgang gesehen."

Hoffnung erwacht in mir zum Leben. „Wo?", frage ich begierig und beuge mich nach vorne.

„Als ich aufgewacht bin, habe ich aus dem Fenster geblickt, und sie rannte außerhalb der Mauern des Königreichs durch die Wälder."

„Was?", rufe ich aus, unsicher, ob ich ihn richtig verstanden habe. „Bist du dir sicher, dass du dich nicht verguckt hast? Dort draußen gibt es die verdammten Blutverfluchten."

Er nickt, sein Gesicht wird blass und in seinen Augen blitzt die Furcht. Angst vor mir—und dies ist nicht der Jasion, den ich kenne. Sein Verhalten ist seltsam und das sagt eine Menge über ihn aus.

„Ich habe es auch für merkwürdig gehalten, aber ich habe sie nur ganz kurz gesehen und es ging ihr gut, also habe ich angenommen, dass jemand auf sie aufpasst. Ich habe mir nichts dabei gedacht."

Ich koche vor Wut, als ich ihn am Hals packe und gegen die Wand schleudere. „Warum zur Hölle bist du nicht gekommen und hast direkt jemandem Bescheid gesagt?"

Er umklammert mein Handgelenk, als ich seine Kehle zudrücke. Wie wundervoll wäre es, dieses Wiesel ein für alle Mal aus unserem Leben zu wissen. Weder mochte ich ihn je, noch habe ich ihm je vertraut, aber welchen Grund sollte er haben, deswegen zu lügen? Und... Seine Geschichte passt wunderbar zu der Vorstellung, dass sie es hier während Ahrens Vermählung nicht mehr ausgehalten hat und fortgerannt ist.

Eine unsichtbare Hand scheint sich um mein Herz zu legen, es zu zerquetschen, und der schmerzende Kummer wächst. Sie würde Luther und mich nicht verlassen… aber das ist etwas, das ich kaum glauben kann, nach allem, was wir zusammen durchgemacht haben.

Jasion schlägt auf meinen Arm ein und sein Gesicht wird blau. Oh, ja. Vielleicht wäre es das Beste, wenn ich Ahrens Magier an seinem glückverheißenden Tag nicht zu Tode würge.

Ich ziehe meine Hand zurück, er fällt zu Boden und seine Knie geben unter ihm nach, während er um Luft ringt.

„In dem Moment, wenn du sie siehst, bringst du sie direkt zu mir. Verstanden?", brumme ich.

Er nickt. „Selbstverständlich, Eure Hoheit", krächzt er.

Ich ertrage es nicht, ihn nur einen Augenblick länger anzusehen, deshalb wende ich mich ab, marschiere den Flur entlang und mache mich auf meinen Weg zu den Ställen. Es scheint, als würde ich einen kurzen Ausflug zu den Mauern machen, um sie nach einem Anzeichen von Guendolyn abzusuchen. Ich bete zu den Göttern, dass sie noch am Leben ist.

Dieses ganze verfluchte Königreich werde ich in Stücke reißen, um sie zu finden, wenn es das ist, was nötig ist.

Guendolyn

Ich entfliehe der Dunkelheit und stolpere in ein schummerig beleuchtetes Zimmer. Meine Augen betrachten die Umgebung und ich erwarte mein Schlafzimmer im Herrenhaus vorzufinden.

Aber da bin ich nicht gelandet, oder? Der Gestank des Kerkers steigt mir in die Nase, als ich mich in der verschlossenen Zelle wiederfinde.

„Oh, scheiße nein!" Ich wirbele zum Portal herum, aber es ist verschwunden und ich verfluche dieses verdammte Ding, weil es nie meinen Anweisungen folgt.

Voller Verwunderung reibe ich mir die Augen und bin bereit loszuschreien. Ich hebe meine Hand zum Mund, aber Zweifel überkommen mich. Gott weiß, wo ich herauskommen würde. Als ich mich aber an die Worte meiner Mutter erinnere, weiß ich, dass ich keine Zeit verlieren darf—ich muss es versuchen.

Ein Teil von mir möchte jubeln, da ich meine leibliche Mutter gefunden habe, und dass ich endlich meine Vergangenheit verstehe. Sicher, sie war zum größten Teil total verrückt, aber es ist ein Anfang, um alle Puzzleteile zusammenzusetzen und den Versuch, nach vorne zu blicken, anzugehen. Und dafür werde ich so viele Portale wie nötig nutzen und meine Grenzen austesten, bis es mich an den Ort bringt, um den ich es bitte.

Ich erinnere mich selbst daran, dass ich die Macht der kleinen Feen innehabe, was auch immer das bedeuten mag. Wenn ich wüsste, wie ich sie nutzen kann, würde ich mich in Sekundenschnelle hier herausbringen und all jene vernichten, die mich und die, die ich liebe, verletzt haben. Wenn man aber bedenkt, wie schwer es mir gefallen ist, meine Kräfte zu beschwören, habe ich irgendwie das Gefühl, dass es einige Zeit dauern wird, bis ich sie im Griff habe.

Meine Güte, was würde ich für ein Handbuch geben —Nutzen der Macht der kleinen Feen für Dummies.

Ein plötzliches Ächzen der Haupttür zu den Verließen ertönt zusammen mit Schritten.

Ich erstarre und die Furcht krallt sich zusammen mit der Angst, dass es Jasion ist, der zurückkehrt, an mir fest.

Panisch presse ich meine Handfläche gegen meinen Mund und sauge einen Atemzug ein.

„Gainy? Was um alles in der Welt machen Sie hier?", murmelt eine vertraute männliche Stimme.

Ich wende meinen Kopf herum und weine fast vor Freude, als mein Blick auf Michae fällt. „Oh mein Gott, du hast mich gefunden!" Ich renne über den schmutzigen Boden und werfe mich gegen die Metallgitter, um an ihnen zu rütteln. „Lass mich raus, bitte, bevor Jasion zurückkommt."

„Er hat Sie hier eingesperrt?" In seiner Stimme bebt ein Zittern.

„Der Bastard hat mich beschuldigt, den König getötet zu haben und plant, mich umzubringen. Außerdem steckt er mit einer alter Fee, die ich noch nie gesehen habe, unter einer Decke. Gott, Michae, bitte hol mich hier raus." Ich kann nicht aufhören, umherzuwandern und mich auf meine Zehenspitzen zu stellen, fast schon damit rechnend, dass der Magier hier hereinstürmt und ihn tötet, bevor er mich befreien kann.

Michae sucht den Raum ab, kommt aber mit traurigen Augen zurück. „Der Ersatzschlüssel ist nicht hier. Ich werde ihn holen."

Ich nicke und mein Magen dreht sich um, weil er mich zurücklassen wird. „Bitte beeil dich."

„Ja, das werde ich", versichert er mir, während er hinausstürmt und mich alleine lässt.

Ich laufe vor und zurück und bete, dass ich nicht die falsche Entscheidung treffe, auf ihn zu warten.

15

AHREN

„Wo sind sie?", frage ich Mael und Frustration mischt sich in meinen Tonfall. „Meine Brüder können nicht einfach verschwunden sein."

Seine braunen Augen sind wild vor Sorge und er fährt sich immer wieder nervös zuckend mit den Fingern durch sein kurzes, weißes Haar. Wie alle anderen ist er für die Hochzeit mit einer schwarzen Hose und einer Lederdublette mit silbernen Knöpfen an der Brust bekleidet. Der Stoff spannt sich über seinen Oberkörper und seine Stirn ist feucht vom Schweiß.

„Eure Hoheit, ich habe die Wachmänner erneut das Gelände absuchen lassen. Wir werden sie finden."

Ich schnaube, wende mich ab und verkneife mir, etwas zu sagen. Ich bin nicht wütend auf ihn. Es ist diese ganze beschissene Situation. Ich bin hier, warte auf die Dienstmägde, mir mein feierliches Gewand zu bringen, und es macht mich fertig. Ich möchte, dass dieser dumme Tag endlich vorbei ist.

Heute werde ich eine Prinzessin heiraten, eine Fremde, eine Frau, die ich nicht begehre, und die

Krönungszeremonie wird direkt danach stattfinden. Das Königreich feiert meinen Aufstieg zum König und ich rede mir selbst immer und immer wieder ein, dass ich, sobald ich diese machtvolle Position innehalte, Dinge verändern kann.

Nun, alle Dinge, außer der Freiheit, die Frau, die ich will, an meiner Seite zu haben.

Ich habe gehofft, dass Luther und Deimos mich heute moralisch unterstützen würden, aber wie es scheint, wurde ich vergessen oder zurückgelassen. Ein weiterer Grund, warum ich den heutigen Tag hasse.

„Bekommst du kalte Füße?", reißt mich eine männliche Stimme aus meinen Gedanken, eine Stimme, die es mir kalt den Rücken herablaufen lässt.

„Vater", zische ich durch zusammengebissene Zähne und als ich mich umdrehe, betritt er meine Kammer.

„Ich war ziemlich enttäuscht, mein Sohn, dass ich erst jetzt die Möglichkeit bekommen habe, euch zu besuchen und dir meinen Segen zu geben. Ich wusste schon immer, dass du jemand Großes werden würdest. Du brauchtest einfach nur einen kleinen Schubs."

„Die angespannten Muskeln in meinem Hals verkrampfen sich. „So habe ich es nicht in Erinnerung", antworte ich, hundemüde von den Spielchen—und der Tag hat gerade erst begonnen.

Er lächelt mich an. Eine Seltenheit von dem Mann, der mich täglich daran erinnerte, dass nie etwas aus mir werden würde, da ich schwach war. Der Mann, der mir gesagt hat, dass seine Schläge mich stärker machen würden.

„Genug. Geh", brumme ich, bevor ich ihm meine Faust ins Gesicht ramme.

Er bewegt sich nicht. „Sohn, ich gebe zu, dass ich an

einigen der Feindseligkeiten zwischen uns Schuld haben mag. Ich habe dich auf dieselbe Art großgezogen, wie auch mein Vater mich. Außerdem hätte ich dich hier schon vor langer Zeit besuchen sollen, um Frieden zwischen uns zu schließen. Ich hoffe, du kannst mir dies vergeben und dass wir einen neuen Pfad des Waffenstillstands beschreiten können."

Ich blicke ihn skeptisch an. Macht er verflucht nochmal Witze? Wer zur Hölle ist dieser Mann? Mein Vater würde nie angekrochen kommen.

„Was willst du?", zische ich, während mein Puls rast und durch meine Adern donnert.

Der übliche Ärger, den ich gewöhnlich in seinem Gesicht sehen kann, wird durch etwas Bemitleidenswertes ersetzt. Ist mein Vater senil geworden? Oder hat meine Mutter ihn nicht nur wegen der Diplomatie eingeladen, sondern weil sie die Vergangenheit als abgeschlossen akzeptiert hat? Soll dies ein Wink mit dem Zaunpfahl sein, dass wir vielleicht das Gleiche tun sollen... Wenn Mutter dieser Fee für einige Tage gegenüberstehen kann, um die Beziehungen zwischen uns und dem Osten des Königreichs zu pflegen, dann können wir das vielleicht auch?

„Bei meinen Söhnen sein und die verlorene Zeit wiedergutmachen."

Ich kämpfe mit meinen Gedanken, Mutters Beispiel zu folgen, und blinzele ihn ungläubig an. Flammen lodern trotzdem in meinem Innersten. Als ich ihn anblicke, sind alles, woran ich mich erinnern kann, seine Wutanfälle und all die Male, als er immer wieder das Fleisch von meinen Flügeln gerissen hat, bis es nicht mehr nachgewachsen ist. Diesen Scheiß werde ich nie hinter mir lassen oder vergessen. Ich hätte es Mutter gegenüber deutlich klarstellen müssen, ihn nicht einzuladen.

„Ich habe keine Zeit für was auch immer für ein Vorhaben du verfolgst, jetzt, da du weißt, dass ich kurz davor bin, den Thron zu besteigen. Vielleicht ist es Angst oder Dummheit, die dich herbringt, aber Vater, die Brücke zwischen uns ist vor langer Zeit eingestürzt und sie wird nicht wieder aufgebaut werden."

Er blickt mich mit Verachtung an, einem Gesichtsausdruck, der mir viel vertrauter ist. *Da* ist mein leiblicher Vater. „Ich hoffe, du kannst deine Entscheidung mit der Zeit ändern."

Ohne zu zögern hebt er sein Kinn in die Höhe, dreht sich um und sein Mantel wippt wild, als er mein Zimmer verlässt.

Der heutige Tag wird mir den Rest geben. Es regt mich auf, dass Mutter darauf bestanden hat, dass wir dieses Arschloch zu meiner Hochzeit und meiner Krönung einladen. Es ist ein Tag, den ich nie vergessen werde, sagen sie alle zu mir. Und ich stimme zu, aber es wird nicht aus den Gründen sein, die sie vermuten.

Augenblicke später tauchen einige Dienstmägde an meiner Tür auf und blicken mich erwartungsvoll an. Die Brünette macht einen Knicks und sagt: „Eure Hoheit, wir sind hier, um Sie fertig einzukleiden."

Ich schnaube. Und ich weiß, dass es nutzlos ist, sich dagegen zu wehren. Solche Veranstaltung sind bis ins kleinste Detail geplant, deshalb winke ich sie herein, damit sie sich an meiner Kleidung zu schaffen machen können. Ich trage bereits meine schwarze Hose und ziehe mein Oberteil aus, um es den Dienstmädchen leichter zu machen, die jetzt wie die kleinen Feen um mich herumflattern.

Der Gedanke an die winzigen Viecher lässt mir Guen-dolyn in den Sinn kommen und mein Herz zieht sich zusammen. Keiner von uns hat um diesen Ausgang gebeten.

Als die Mägde fertig sind, blicke ich auf meinen dunkelblauen Mantel aus Brokatsamt, der bis zum Boden reicht. Die Einfassungen an der Vorderseite und an dem hochaufgestellten Kragen sind reichlich mit Gold verziert, und die Muster gleichen der Sonne und den Sternen, dem Fluss und der Erde. Die Elemente, die sie kombiniert haben, sind die Bestandteile unseres Königreichs. Ein Dienstmädchen nimmt meine Hand und steckt mir goldene Ringe an die Finger, so wie es Brauch ist. Nur ein Finger bleibt frei und wartet darauf, von der Braut während dem Tausch der Ringe geschmückt zu werden.

Die Damen treten zurück und bewundern mich. Sie lächeln, stolz auf ihr Werk, aber ich fühle mich wie ein Betrüger. Verdiene ich diese Rolle, wenn ich solch starke Zweifel in mir trage?

„Danke", gebe ich von mir. Sie verbeugen sich und verlassen dann eilig meine Gemächer.

Noch bevor ich alleine friedlich durchatmen kann, betritt meine Mutter das Zimmer. Es ist, als wäre meine Kammer ein Kursaal. Gibt es davor eine Schlange mit allen aus dem Palast, die darauf warten, mich zu besuchen?

„Du siehst spektakulär aus, genau wie ein König aussehen sollte." Sekunden später ist sie an meiner Seite und ihr besticktes Seidenkleid ist blau wie ein strahlender Himmel. Mit langen Ärmeln und einem hohen Kragen schmiegt sich das Kleid an ihre Konturen, bevor es um ihre Knöchel herumfällt. Kleine, weiße Blumen schmücken ihr gelocktes Haar. Sie trägt keine Krone oder

Tiara, um zu zeigen, dass sie damit einverstanden ist, ihre Position der Königin an meine zukünftige Braut weiterzureichen.

„Ich bin nicht bereit", gebe ich laut zu.

Sie tritt näher und legt ihre Hände um mein Gesicht. Ich betrachte die tiefen Falten ihrer Augenwinkel, die Müdigkeit in ihrem Blick und die Trauer, die sich noch immer an ihrem aufgesetzten Lächeln festklammert. Jetzt, da sie ihren Ehemann verloren hat, ist es meine Aufgabe, für sie zu sorgen. Familie ist der Grund, warum ich dem Thron nicht den Rücken kehren kann.

„Es ist normal, nervös zu sein, Ahren. Du hast dich aber dein ganzes Leben auf diese Rolle vorbereitet. Du musst einfach nur du selbst sein; es wird sich alles ergeben. Ich bin genau hier an deiner Seite." Sie strahlt mit einem ruhmreichen Lächeln und für einen kurzen Augenblick lässt sie mich glauben, dass alles unglaublich werden wird. Dann erinnere ich mich an den Schmerz in meiner Brust, die Leere in meinem Herzen und die unerträgliche Entscheidung, die ich getroffen habe.

„Bist du bereit, König zu werden?", flüstert sie. Das Glitzern von Tränen sammelt sich in ihren von Stolz erfüllten Augen.

Ich habe von diesem Tag geträumt, wenn mir jemand diese Frage stellen würde. Jetzt wünschte ich mir mehr als alles andere, dass ich ablehnen könnte.

Guendolyn

„*B*itte beeil dich doch", keuche ich.

Ich hebe meinen Kopf und finde Michae vor, der vor meiner Zelle steht und mit einem

Metallschlüssel kämpft, den er ins Schlüsselloch gesteckt hat. Endlich öffnet sich die Tür. Ich renne heraus und werfe mich meinem Wachmann entgegen, um ihm meine Arme um den Hals zu schlingen.

„Danke, danke, danke."

Er stolpert und lacht leise, nahezu nervös.

„Wir haben keine Zeit", erinnert er mich.

Mich von ihm lösend nicke ich. „Du hast Recht. Wir haben eine Hochzeit aufzuhalten."

Sein Gesicht wird blass. „Also, das ist nicht, was ich im Sinn hatte. Ich habe eher gedacht, wir fliehen, bevor Jasion uns findet, damit wir nicht eingesperrt werden, weil wir uns den Königlichen widersetzt haben."

„Du musst mich einfach nur zu Luther und Deimos bringen, sie werden sich um den Rest kümmern."

„Ja, meine Dame. Jetzt beeilen Sie sich und seien Sie leise, damit wir hier herauskommen, bevor der Magier zurückkehrt." Er übernimmt die Führung und ich bleibe dicht hinter ihm. Angst steigt in mir auf, in Erwartung, dass jede Sekunde Jasion hinter einer Ecke der Treppen auftauchen könnte. Und ich bin besorgt, dass Michae ihn alleine nicht aufhalten kann.

In dem Moment, als wir das Verließ hinter uns lassen, hämmert mir mein Herz in der Brust. Als wir die Haupt-tür, um aus dem Treppenaufgang auszutreten, erreichen, atme ich schwer.

Michae öffnet die Tür, lugt heraus und winkt mir dann zu, ihm zu folgen. Ich atme laut aus, bevor ich mich nach rechts wende, um den Flur, der mit Tierstatuen dekoriert ist, entlang zu rennen. Ich habe so viel Zeit im Herren-haus verbracht, dass ich nun weiß, wo wir hingehen... direkt zum Palast.

Plötzlich dreht sich Michae zu mir um, schnappt mich

am Arm und zerrt mich mit sich in ein Zimmer zu unserer Rechten.

Mein Puls rast in meinen Adern und ich kann die Furcht in seinem Gesicht erkennen. Hinter verschlossener Tür verhalten wir uns beide ganz still.

Männliche Stimmen dringen vom Korridor zu uns und als ein Lachen ertönt, brennt es lichterloh in mir. Es ist Jasion.

Ich atme leise ein, während ich mich in dem leeren Raum umblicke, in dem Versuch, mich selbst zu beruhigen. Nie hätte ich gedacht, ich würde jemanden so sehr hassen wie ihn. Allein seine Stimme zu hören lässt meine Nackenhaare hochstehen. Ich möchte ihn erdrosseln, aber mein Augenmerk liegt jetzt darauf, zu Ahren zu kommen. Und das bedeutet eben, meinen Zorn nicht die Oberhand gewinnen zu lassen.

Michae öffnet die Tür und ich erstarre auf der Stelle, als er seinen Kopf heraussteckt, um den Flur zu überprüfen.

„Alles frei", versichert er mir.

Ich husche hinaus und wir eilen voran, gerade als Luther durch die Tür schießt, die zu der Brücke zwischen den beiden Gebäuden führt.

Keine Ahnung wer mehr erschrocken ist—ich, die zusammenfährt, oder Luther, dessen Augen ihm praktisch aus dem Kopf springen.

Eine Sekunde lang stehen wir alle still und sind verblüfft. Dann dränge ich mich an Michae vorbei und laufe direkt auf Luther zu. Meine Arme um seinen Oberkörper schlingend presse ich meine Wange an sein Herz und lasse nicht los.

Seine Hände liegen auf meinen Schultern und er zwingt mich, ihn anzublicken. „Kleiner Wolf, wo zur

Hölle bist du gewesen? Wir haben überall nach dir gesucht und ich konnte dich nicht mit meinen Gedanken erreichen."

Ich blicke ihm in seine wunderschönen, aber von Sorgen erfüllten, bernsteinfarbenen Augen. „Unten, im Kerker. Jasion hat mich entführt."

Sein Körper spannt sich an und seine Oberlippe verzieht sich. „Ich werde ihn verflucht nochmal umbringen."

16

„Wir haben keine Zeit", unterbricht Guendolyn mich. „Ich muss Ahrens Vermählung aufhalten, bevor es zu spät ist."

Ich starre sie an, unsicher, ob dies das Resultat davon ist, dass sie Ahrens Entscheidung nicht akzeptiert, oder ob etwas anderes vor sich geht. „Du weißt, es ist der einzige Weg, damit er den Thron besteigen kann, kleiner Wolf." Mein Herz zieht sich zusammen, da ich weiß, dass es sie umbringt. „Du wirst immer Deimos und mich haben, Süße." Ich ziehe sie an ihren Schultern näher an mich heran, aber sie stößt mich weg und Wut krümmt ihre Lippen.

„Das weiß ich!", stößt sie hervor. „Du verstehst nicht. Es gibt so viel, was ich dir erzählen muss, und das schleunigst. Du darfst keine Vorurteile haben, in Ordnung?" Sie sieht im Flur auf und ab, als wolle sie sichergehen, dass niemand da ist. Michae steht einige Meter entfernt, ansonsten sind wir alleine.

Nach vorne gebeugt flüstert sie: „Mein leiblicher Vater war König Tibout. Vor achtzehn Jahren hatte er eine

Affäre mit der Königin des Aschehofs. Ich bin ihr Kind. Dies ist der Grund, warum jene, die an der Macht sind, meinen Tod wollen. Weil ich die rechtmäßig Thronerbin beider Königreiche bin."

Was zur Hölle? Mein Kopf dreht sich. Ich hätte nicht erwartet, dass sie mir etwas dergleichen erzählt. Eher dachte ich an Kummer und eine Entscheidung, dass sie nicht länger hier leben kann.

Ich wende mich ihr zu. „Woher kommt das?"

Sie nimmt mich beim Arm und ich kann spüren, wie sie zittert. „Als wir am Aschehof waren, um das Heilmittel für Deimos zu besorgen, hat die Königsmutter mir von meinem Vater erzählt, und ich hätte dir und deinen Brüdern sofort davon berichten sollen, aber ich wollte Ahren, der den Thron beansprucht, nicht die Aufmerksamkeit stehlen. Er hat es sich verdient. Das möchte ich nicht..." Sie hält inne und atmet schwer, während mein Kopf sich dreht. „Das Wichtigste ist, dass wenn ich beweisen kann, die rechtmäßige Thronerbin zu sein, Ahren keine andere heiraten muss."

Sie irrt sich aber. Das Wichtigste jetzt ist, dass sie erstmal die Behauptung äußert, die Thronfolgerin zu sein. Aber wie? „Bist du dir sicher?", frage ich. „Wie kannst du sicher sein? Hat der König etwas zu dir gesagt, als du mit ihm gesprochen hast?" Hunderte von Fragen tummeln sich in meinen Gedanken.

Sie blinzelt mir zu, verwirrt von meinen Fragen, und in diesem Moment wird mir etwas klar—wenn sie die rechtmäßige Erbin des Throns ist, werden weder Ahren, Deimos noch ich in der Thronfolge sein.

Diese Gedanken lasse ich einen Moment sacken. Seit wir an den Schattenhof gezogen sind, hat es uns angetrieben, Prinzen zu sein, und daran werden wir täglich erinnert. Uns wurde eingebläut, dass wir eines Tages große Macht und wichtige Positionen innehaben würden. Und mit einem Mal ist all das fort.

Ich bin mir nicht sicher, wie ich reagieren soll, aber meine Gedanken drehen sich im Kreis, um zu versuchen, allem einen Sinn zu verleihen. Es würde erklären, warum sie verflucht wurde, warum der Aschehof sie tot sehen möchte, warum die Gerüchte und Prophezeiungen über sie sich wie ein Lauffeuer in unserem Königreich ausgebreitet haben. Waren sie dazu bestimmt, alle, die ihr zurück ins Königreich der Irrfahrten helfen wollen, in Angst und Schrecken zu versetzen, wenn der Fluch über den Schattenhof in Wirklichkeit eine Konsequenz der Taten des Königs waren.

Scheiße! Sie könnte wirklich die Erbin beider Throne sein. Ein Anflug von Schwindel überkommt mich.

Ich schlucke laut, während ich alles verarbeite. „Wenn du also deinen Anspruch auf die Throne anmeldest, wirst du die Höfe von zwei der größten Reiche im Königreich der Irrfahrten erben. Du wirst die Königin von beiden sein."

„Das habe ich gerade gesagt."

„Ich realisiere das gerade alles erst." Ich bleibe stehen und muss mich gegen die Wand lehnen. Das ändert so vieles.

„Ich möchte, dass du weißt, dass ich den Thron nicht möchte", gibt sie zu. „Aber ich ertrage es nicht, dass Ahren mit einer anderen zusammen ist."

„Um ehrlich zu sein", sage ich ihr, „bezweifle ich, dass jemand überhaupt eine Art von Verantwortung haben möchte. König oder Königin zu sein bringt das Erfüllen von Erwartungen mit sich, und es verändert dich."

Sie blinzelt zu mir hoch und ich bin mir nicht sicher,

ob sie versucht, es zu verstehen, aber sie wird es nicht begreifen, bis sie diese Position einnimmt. Ich kann mir sie als Königin vorstellen—meine Königin—mein Atemzug bleibt mir im Hals stecken. Sie wird die mächtigste Person in diesem Reich werden, wenn sie beide Throne beansprucht.

Scheiße!

Sie scheint meine Betroffenheit nicht zu bemerken und redet weiter. „Und außerdem scheint der dumme Jasion mich als Bedrohung anzusehen. Ich habe ihn unten im Verließ gehört, wie er sich mit einer älteren Fee, die ich noch nie zuvor gesehen habe, darüber zusammengetan hat, wie sie König Tibout getötet haben und planen, Ahren nach ihrer Pfeife tanzen zu lassen."

„Warte! Moment mal! Jasion hat den König getötet?", knurre ich ein wenig zu laut. Mein Herz donnert gegen meinen Brustkorb. Ein primitives Brummen durchfährt mich—wenn ich ihn das nächste Mal sehe, werde ich ihm mit bloßen Händen den Kopf abreißen. „Dieser Hurensohn. Diese elendige Ratte hat Ahren die ganze Zeit an der Nase herumgeführt."

„Da ist noch mehr. Als ich im Kerker war, habe ich ein Portal zur Flucht genutzt, bin aber am Aschehof gelandet. In der Kammer der Königin. So habe ich herausgefunden, dass sie meine Mutter ist." Sie vergräbt ihre Hände im Stoff der Vorderseite ihres Kleids und zieht eine Schleife heraus. Sie wickelt sie ab und auf ihr ist ihr Name eingestickt. „Sie hat mir das gegeben—sie ist der ähnlich, die an meinem Knöchel als Baby auf der Erde festgeknotet war."

Ich reibe mir die Augen als ich mir der Wahrheit bewusst werde. Noch immer kämpfe ich mit diesen Neuigkeiten, denn die Auswirkungen sind gigantisch.

„Wir brauchen mehr Beweise als nur eine Schleife."
Sicher, sie hatte immer etwas einer jenseitigen Welt an
sich, und ihre Macht über die kleinen Feen ist ungewöhnlich, aber der Rat wird mehr Beweise benötigen, dass sie
die rechtmäßige Erbin ist.

„Ich weiß", flüstert sie, als wäre ihr das alles zu viel.

Rasch nehme ich sie in meine Arme und das Gefühl,
sie in Sicherheit zu wahren, überkommt mich. Ich muss
meinen kleinen Wolf vor all den Monstern, die ihr
wehtun wollen, beschützen.

„Wirst du mir helfen?", nuschelt sie und blickt zu mir
herauf. „Ich muss den Thron beanspruchen, damit ich
weder Ahren noch einen von euch verliere. Ich weiß, wie
ich an die Beweise komme, um zu belegen, wer ich bin...
Naja, gewissermaßen."

„Natürlich werde ich dir helfen."

„Gut, dann müssen wir einen der Magier nutzen—
nicht Jasion, offensichtlich—um mein Blut zu testen.
Meiner Mutter hat gesagt, sie haben einen magischen
Test, den sie durchführen können, um meine wahre
Herkunft herauszufinden."

„Ich glaube aber, dass es stimmt."

Sie hält sich an meinem Arm fest. „Ich habe keine
andere Wahl. Wir müssen das tun; es ist ein Risiko, das
ich eingehen muss."

„Ich habe mich vor Jahren mit einem Magier angefreundet; er kann uns helfen. Aber ich muss los, die
Hochzeit aufhalten, oder alles ist umsonst, und Deimos
wird dich zu dem Magier bringen", murmele ich, bevor
ich mich Michae zuwende. Er ist mein treuester Wachmann und hat alles in seiner Macht Stehende getan, um
meinen kleinen Wolf zu beschützen. „Ich habe Deimos
gesehen, als er wie ein Geisteskranker nahe den Mauern

geritten ist, die das Schloss umgeben. Bringe ihn sofort her."

Er tippt sich über seinem Herzen zweimal auf die Brust, neigt seinen Kopf nach vorne und eilt dann den Flur entlang, um hinter einer Ecke zu verschwinden.

„Wie lange bis zur Hochzeit?" Guendolyn spricht schnell und verfällt in Panik.

„Ahren sollte schon auf dem Weg nach drinnen sein, die Tradition verlangt aber, dass die neue Königin ihr Eintreten verzögert. Wir haben nicht viel Zeit und brauchen Deimos jetzt dringend." Sogar während ich rede, rattert mein Verstand mit den Neuigkeiten, die sie über mich hereinbrechen hat lassen.

„Werden die Magier bei der Trauung sein?", fragt sie und lenkt mich ab.

Ich schüttele den Kopf. „Die Magier des alten Königs sind nicht eingeladen, daran teilzunehmen."

„Au, das ist gemein." Sie zittert, reibt sich die Oberarme, als wäre ihr kalt, und ich möchte sie einfach in meine Arme schließen und über das sprechen, was sie mir gerade eröffnet hat. Wenn sie über beide Höfe herrscht, würde dies Einigkeit unseresgleichen, das Ende des Kriegs und des Blutvergießens bedeuten. Mutter hat mir Märchen über die Zeiten erzählt, als es nur ein Königreich gab, das über das gesamte Reich regiert hat. Zeiten, als die Welt den größten Frieden der Geschichte genossen hat.

Guendolyn läuft nervös im engen Raum umher.

Der heutige Tag wird in die Geschichte eingehen. Was mein kleiner Wolf vorhat wird einen Aufruhr auslösen. Ich sorge mich trotzdem ein wenig, denn wenn sie sich irrt, wird sie als Verräterin dargestellt, was für sie das Todesurteil bedeuten würde, das, wie ich befürchte, nicht mal wir aufhalten könnten. Sie aber glaubt es von ganzem Herzen, daher habe ich keine andere Wahl, als in das Gleiche Vertrauen zu haben.

Immer wieder blicke ich sie an, während sie auf ihrer Unterlippe kaut. Sorge steht ihr ins Gesicht geschrieben und es schmerzt, sie so verzweifelt zu sehen.

„Wir werden ein Weg finden, die Trauung aufzuhalten."

Sie schaut mich wie ein aufgeschrecktes Reh an, aber hinter diesen blauen Augen liegt so viel mehr. Sie hat entsetzliche Qualen durchgestanden und es muss schrecklich gewesen sein, in diesem Kerker zu landen. Jedes Mal, wenn ich daran denke, verkrampfe ich, und es macht mich noch entschlossener, alles zu zerstören, was mit Jasion zu tun hat.

„Ich möchte nicht, dass du jemals denkst, ich mache das, um an Macht zu gewinnen. Denn dem ist nicht so."

„Kleiner Wolf." Ich drehe mich zu ihr um, führe ihre Hand an meine Lippen und platziere einen zärtlichen Kuss auf ihrem Handrücken. Es ist mir egal, wer es sieht. Nach dem heutigen Tag wird nichts wie vorher sein. „Ich zweifele keine Sekunde an dir. Wenn dem so wäre, hättest du sofort nach dem Tod des Königs schon versucht, den Thron zu beanspruchen. Abgesehen davon", ich erzwinge ein Hüsteln, „wären wir jetzt nicht hier, denn du wärst dort drinnen und würdest Ahren zum Ehemann nehmen."

Ihr Gesichtsausdruck wird leer und sie saugt erneut ihre Unterlippe in den Mund. „Ich kannte die Feenregeln nicht. Ich habe einfach angenommen, Ahren würde den Thron besteigen und nicht auch noch heiraten. Niemand hat mir davon erzählt."

Ich schlucke laut und wundere mich, ob die Dinge

anders ausgegangen wären, wenn wir alle von Anfang an miteinander ehrlich gewesen wären. „Du hast Recht. Wir hätten dir direkt erzählen sollen, was vor sich geht. Wir haben Dinge voneinander ferngehalten, aber das hat hier und jetzt ein Ende. Und ich möchte auch wissen, warum ich dich in deinen Gedanken nicht mehr erreichen kann?" Als mir die Worte über die Lippen kommen, klopft meine Energie an ihren Verstand an, wie immer, wenn ich mit ihr spreche, aber dort ist nichts mehr. Es ist, als wäre ich in einem schwarzen Loch verloren.

„Ich weiß es nicht." Sie streicht sich eine Haarsträhne aus ihren Augen und zuckt zusammen.

Mir fällt das getrocknete Blut an der Seite ihrer Fingerknöchel auf. „Zeig mir deine Hand."

Sie senkt ihre Hand und blickt die Innenseite an. Das Fleisch sieht schmutzig aus und getrocknetes Blut ist darauf verkrustet.

„Was ist passiert?"

„Ich habe versehentlich den Rubin zerschmettert und Splitter haben sich in meine Haut gebohrt. Wahrscheinlich waren noch einige darin, als meine Mutter die Schnitte geheilt hat. Seit der Stein zerbrochen ist fühle ich mich innerlich anders. Könnte dies der Grund sein, warum ich dich nicht mehr in meinen Gedanken hören kann?"

Vielleicht? Ich zucke mit den Schultern, denn ich habe keine Antwort. Das ist für uns alle neu. Sie drückt sich gegen mich. Sie ist so klein und zerbrechlich. Ich möchte sie einfach beschützen. Jedoch ist sie viel stärker, als es scheint—offensichtlich viel stärker, als wir es geahnt haben.

„Du musst etwas wissen. Es war Magie, weshalb ich dich auf der Erde finden konnte... Ein Zauber, der ursprünglich dazu bestimmt war, meine Seelenverwandte zu finden."

„Seelenverwandte?"

„Ja, wir sind dazu bestimmt, zusammen zu sein. Und ich bin überzeugt davon, dass es genauso zwischen dir und meinen Brüdern steht. Unsere Schicksale sind miteinander verwoben."

Sie lächelt, als wäre mein Geständnis etwas, das sie erfreut und nicht überrascht. „Soll das also bedeuten, dass ihr alle drei in einer perfekten Welt gerne gleichzeitig mit mir zusammenwärt?" Sie kaut wieder auf ihrer Unterlippe.

„Ja. In unserem Königreich ist das nichts Ungewöhnliches."

Ihr Lächeln wird breiter und ich liebe dieses Strahlen der Aufregung in ihrem Blick.

Laute Schritte reißen meine Aufmerksamkeit auf sich. Deimos marschiert zu uns herüber, seine Arme schwingen an seinen Seiten und die Furcht, die ihm ins Gesicht geschrieben steht, verschwindet, als er näher auf uns zukommt. Michae ist nur wenige Meter hinter ihm.

„Deimos!" Guendolyn löst sich von mir und rennt auf ihn zu. Sie stoßen gegeneinander, er schließt sie in seine Arme und hebt sie von ihren Füßen. Sie küssen sich und beim Anblick des Glücks, das wir in ihr hervorrufen und allem, was sie uns beschert hat, muss ich lächeln.

Sie beginnen sich angespannt zu unterhalten und Deimos Gesicht verzieht sich voller Zorn. Beim Anblick des offenstehenden Munds meines Bruders und wie er auf der Stelle erstarrt ist, erfährt er vermutlich gerade, wer genau unser kleiner Engel ist. Genauso muss ich wohl auch ausgesehen haben, als sie es mir erzählt hat.

„Deimos", rufe ich und er wendet seinen Kopf in

meine Richtung, während ich auf sie zulaufe. „Jetzt, da du auf dem Laufenden bist, müssen wir uns beeilen. Nimm Guendolyn mit zu Ramond im Keller und macht den Bluttest. Ich muss die Hochzeit und die Krönung so lange wie möglich aufhalten, ohne selbst im Kerker zu landen. Dann kommt ihr schnellstmöglich zur großen Halle." Meine Worte rasen, da sich in meiner Brust jetzt die Panik ausbreitet.

„Warum gehst du nicht zu deinem Freund dem Magier und ich werde mich um die Ablenkung kümmern", bietet Deimos an.

„Sobald Ahren sieht, dass du dich daneben benimmst, wird er dich rauswerfen lassen. Von mir wird er das aber nicht erwarten. Jetzt geht!"

„Danke", sagt Guendolyn.

Deimos nickt mir widerwillig zu und ich kann die Frage, die ihm auf den Lippen brennt, in seinen Augen erkennen. Aber er weiß wie ich auch, dass wir nicht den Luxus der Zeit haben, wenn wir Guendolyn helfen wollen.

„Viel Glück, Luther", sagt er und schnaubt ein verärgertes Lachen, denn wenn jemand Glück braucht, dann sind das er und Guendolyn. Sie sind diejenigen, die den Beweis beschaffen müssen, um die Hochzeit aufzuhalten.

Ich gehe los und nehme Michae mit mir, indem ich ausrufe: „Lass uns gehen und eine Menge Ärger bekommen."

17

GUENDOLYN

„Ganz gleich wer du bist, du bist trotzdem meine Guendolyn", erklärt Deimos, während sich seine Finger leicht um meine Hand drücken. Das muss das Süßeste sein, was er je gesagt hat. Mich wegen meiner selbst zu lieben, und nicht wegen dem, was ich bin.

Deimos und ich laufen eilig durch den Palast, der erschreckend still ist. Nur eine Handvoll Wachmänner stehen hier und da.

„Du weißt einfach immer was du sagen sollst, um mich zum Lächeln zu bringen", antworte ich. „Dieser ganze Quatsch entwickelt sich aber so schnell, dass ich gar nicht die Zeit habe, über die Auswirkungen nachzudenken. Im Moment folge ich meinem reinem Instinkt und meine Priorität ist es, die drei Feen, die ich für immer in meinem Leben haben möchte, nicht zu verlieren."

Meine Gedanken drehen sich wieder um Luther und Michae, die die Trauung aufhalten müssen. Meine Nerven sind angespannt und ich bin besorgt, dass sie zu spät kommen.

Deimos lacht ein wenig und reißt mich aus meinen Gedanken. Er hat immer diese Wirkung auf mich. Ich werde es nie leid werden, diesen wundervollen Klang zu hören. Er heitert mich immer auf. „*Quatsch*, wie dass du eine Königin von zwei Reichen sein wirst? Weißt du, wie einmalig das ist? Einige würden sagen, unmöglich."

Ich zucke mit den Schultern, während er mich einige Marmorstufen herabzieht. Gemälde schmücken die Wände, zeigen unzählige königliche Feen in festlicher Kleidung, in steifen Posen, die offensichtlich gestellt sind. Sie sind die Königlichen, wohingegen ich... ich mich wie das verlorene Mädchen fühle. Wie kann das meine Zukunft sein, wo ich doch noch so viel über dieses Königreich lernen muss? Um ehrlich zu sein wusste ich nicht mal, dass Ahren heiraten muss, um den Thron zu beanspruchen, und das ist nur eine ganz kleine Einzelheit der Feenkultur. Wie also soll ich ein Königreich regieren?

„Auch von dir werden dort bald Portraits hängen", erzählt Deimos mir, da ihm auffällt, wie ich die vergangenen Könige und Königinnen des Schattenhofs betrachte. „Du wirst atemberaubend schön sein."

„Denkst du, sie werden mich als ihre Königin akzeptieren? Ich bin nicht hier aufgewachsen." Meine Stimme beginnt wegen der Unsicherheit zittrig zu werden.

Deimos bleibt vor mir stehen und nimmt meine Hände. „Sie werden dich lieben, da du die Königin der Asche und der Schatten sein wirst."

Ich sehe ihn an. „Ist das was Echtes?"

Er kichert vor sich hin und zieht mich schnell den Rest der Treppen herab. „Habe es mir gerade ausgedacht, aber ich mag, wie es klingt." Das Grinsen, das er mir schenkt, ist hypnotisierend. Am Fuße der Stufen sagt er: „Wenn alles vorbei ist, werden du und ich etwas Zeit miteinander verbringen. Genau wie Luther und du es getan habt. Ich möchte nur, dass du dir darüber im Klaren bist."

Er spielt auf Luthers Antrag an... Sein Blick auf den Ring an meinem Finger verrät ihn und trotz des Chaos, in dem wir uns befinden, zaubert er mir ein Lächeln auf die Lippen. „Das hoffe ich doch."

„Gut." Bevor ich mich versehe, rennen wir einen dunklen Flur entlang, der es mir kalt den Rücken herunterlaufen lässt. Bevor ich Fragen stellen kann, halten wir vor einem Bogendurchgang an und er hämmert mit seiner Hand auf das Holz der Tür.

Sie öffnet sich und wir werden von einem Magier begrüßt, den ich nicht kenne—aber nun gut, ich habe bisher versucht, ihnen nicht zu viel Aufmerksamkeit zu schenken. Wie alle anderen trägt er auch das gebräuchliche Magiergewand. Sein weißes Haar ist kurz und nicht so zerzaust im Vergleich zu anderen Magiern. Er scheint in seinen Dreißigern zu sein und seine Haut ist gebräunt, als würde er zu viel Zeit draußen verbringen.

„Eure Hoheit." Er neigt seinen Kopf, behält mich aber im Auge.

Deimos tritt vor. „Ramond, erinnerst du dich an den Gefallen, den du mir schuldest? Ich fordere ihn ein."

Er wird blass und hält kurz inne, bevor er antwortet. „Sollten Sie nicht auf der Hochzeit sein?"

„Kannst du mir helfen oder nicht?" Deimos bleibt beharrlich.

Der Magier wird ganz steif. „Selbstverständlich, Eure Hoheit."

Ich sehe an ihm vorbei und dann in sein Zimmer, in dem ein einfaches, kleines Bett, ein Nachttisch und ein Kleiderschrank stehen. Fenster gibt es keine. Nur Kerzen.

Dieser Ort ist erdrückend und man bekommt das Gefühl, dass die Magier hier weggesperrt werden, außer Reichweite von allen, die sie fürchten könnten.

„Dachte ich es mir doch", antwortet Deimos. „Wir müssen in deinen Ritualraum."

Ramonds Stirn legt sich in Dutzende Falten der Verwunderung.

„Kannst du die Herkunft einer Person mit Magie bestimmen?", fragt mein Prinz.

Der Magier starrt mich an, begutachtet mich. Erkennt er mich als die Heilerin der Prinzen, wie die meisten am Hof? Ich frage mich, ob er mich genauso sehr hasst wie Jasion.

„Ich brauche Blutproben, eine von der Fee, die getestet werden soll, und eine von der betroffenen Blutlinie."

Seine Antwort lässt mich erstarren und Deimos blickt mich für einen Augenblick mit zusammengekniffenen Lippen an. Meine Mutter hat nichts davon gesagt, dass ich eine Probe der ursprünglichen Blutlinie brauche. Aber schließlich hat sie mich auch gedrängt, den Aschehof schnell zu verlassen.

„Es ist mein Blut, das wir mit dem Blut von König Tibout testen müssen", gebe ich zu. Innerlich zittere ich vor Sorge, dass sie keine Proben vom Blut des Königs haben. Besteht vielleicht die Möglichkeit, noch eine Probe von ihm zu bekommen, da er gerade erst gestorben ist? Mein Magen dreht sich von meinen Gedanken um und die Verzweiflung legt sich eng um mich. „Bitte, wir haben keine Zeit."

Der Blick des Magiers schmälert sich. „Worum geht es wirklich?"

„Hör zu, Ramond. Ich habe ein Gerücht gehört, dass

du Proben des Bluts verstorbener Königlicher aufbewahrst."

Mein Blick wandert zu Deimos, unsicher, ob er sich das ausdenkt oder ob es der Wahrheit entspricht. Wäre es Letzteres, stellt sich die Frage, warum?

„Mit wem hast du gesprochen?" Seine Lider sind halb geschlossen und Schatten verdunkeln seine Augen.

„Jasion", faucht Deimos.

„Verflucht soll er sein bis in die Sieben Höllen", knurrt Ramond.

Es ist interessant zu sehen, dass die anderen Magier Jasion genauso hassen.

„Hol was du brauchst; wir machen das jetzt", brummt Deimos. „Es ist mir egal, warum du das Blut hast, bringe uns verflucht nochmal einfach an den Ort, wo es ist."

Ramond nickt. „Eure Hoheit, es ist, um die Blutlinien im Laufe der Geschichte zu dokumentieren. Sie helfen uns herauszufinden, welche Stammbäume am nächsten mit der Königin der kleinen Feen und jenen der ersten Feen verwandt sind."

„Es ist mir scheißegal!", rastet Deimos aus und atmet dann tief aus. „Beweg deinen Arsch!"

Ramond nickt in Panik und tritt dann hastig von seinem Zimmer hinaus in den Flur.

„Hier entlang", weist er an.

Deimos nimmt meine Hand und wir rennen beinahe, um mit dem Magier Schritt zu halten, der eine Ecke nach der anderen umrundet, entlang Fluren, wo die Dunkelheit sich zu vermehren scheint. So viele Fragen ich auch haben mag, ich bleibe still, denn alles hier scheint ein Echo zu erzeugen.

Die Wände bestehen aus dunklem Stein und ganz anders als im Erdgeschoss gibt es hier keine Gemälde. Es

ist bedrückend hier unten, aber die Luft fühlt sich wie
geladen an und die Haare auf meinen Armen stellen
sich auf.

Am Ende des langen Korridors hält Ramond inne und
fummelt mit ein paar Metallschlüsseln, die an einer Kette
um seine Hüfte hängen, und sperrt dann damit eine
Tür auf.

Wir betreten den Raum und meine Neugier ist von
dem, was sich darin befindet, geweckt. Schwarze Wände,
die hauptsächlich mit Regalen über Regalen voller
Einmachgläser mit Pudern und Flüssigkeiten in allen
Farben übersät sind. Entlang der Mitte verläuft ein langer
Tisch, der sich nicht so sehr von jenen in meiner
Chemieklasse zuhause unterscheidet. Es riecht moderig
hier drinnen, als würde hier niemals frische Luft reinge-
lassen. Das einzige große Fenster an der hinteren Wand
ist mit einem Material verhangen, das bereits seit langer
Zeit gelblich ausgeblichen ist, und die Ecken der Decke
sind voller Spinnenweben.

Ramond befindet sich in der hinteren Ecke und öffnet
ein verstaubtes Schränkchen. Er schnaubt, während die
Gläser auf seiner Suche nach dem richtigen Blut aneinan-
derstoßen. Das vermute ich jedenfalls.

Deimos Hand drückt meine leicht, damit ich meine
Aufmerksamkeit auf ihn richte. Er wirft mir einen
Luftkuss zu und ich lehne mich gegen seine Seite. Wie
kann ich so ein Glück gehabt haben, dass sich diese
Prinzen in mich verliebt haben? Alles, was ich jetzt tue,
mache ich, um sie nicht zu verlieren.

„Ich habe es gefunden", ruft Ramond aus und stellt
eine schwarze Ampulle auf die Arbeitsfläche. Dann
wirbelt er herum und steuert auf die Wand zu, an der sich
von oben bis unten Regale befinden. Zwei Sekunden

später öffnet sich die ganze Wand, um einen geheimen Durchgang zu offenbaren.

Mein Mund steht offen und ich schaue hinein, aber mein Blick wird ausschließlich von der Dunkelheit erwidert. Ramond verschwindet darin.

„Wusstest du, dass es diesen geheimen Raum gibt?"

„Selbstverständlich." Deimos lässt meine Hand los und geht hinüber, um es sich anzusehen. Natürlich hatte er keine Ahnung.

Gerade als er seinen Kopf hineinsteckt taucht Ramond wieder auf und Deimos weicht zurück. Der Magier trägt einen Vogelkäfig, groß genug, dass darin ein Papagei Platz findet. Darin hält er allerdings eine kleine Fee gefangen.

Mein Magen zieht sich zusammen und ich trete einen Schritt näher, um mir die Kreatur anzusehen, die wie verrückt beim Versuch zu entfliehen herumflattert. Sie sieht nicht gut aus. Ihre Flügel sind waldgrün, aber die Haut auf ihrem Gesicht und Körper ist kränklich blass und überzogen von kirschroten Adern.

„Warum ist sie eingesperrt?", frage ich in dem Moment, als die kleine Fee sich gegen die Gitterstäbe wirft, mit roten Augen und weit offenstehendem Mund. Sie fletscht ihre rasiermesserscharfen Zähne und faucht mich an. Sie gleicht keiner der kleinen Feen, die ich zuvor gesehen habe.

„Mit ihr stimmt etwas nicht!" Mein Innerstes zieht sich beim Anblick dieser auf solche Art eingesperrten Kreatur zusammen.

Der Magier schwingt den Käfig von mir weg. „Sie wurde von einem Blutverfluchten gebissen. Trotzdem wohnt ihr noch genügend brauchbare Macht inne, besonders da es schwer ist, eine normale kleine Fee zu fangen.

Wenn wir ihr zwei Tropfen unterschiedlichen Blutes füttern, vereint mit ein paar Streuseln Magie, wird sie uns offenbaren, ob die Proben von derselben Familie stammen oder nicht."

„Nimm alles mit, wir müssen gehen. Jetzt!", sagt Deimos, während er den Raum durchquert, um sich an die Tür zu stellen. „Ich hoffe bloß, dass Luther die ganze Zeit die Hochzeit aufhalten konnte."

„Wir machen den Test bei der Trauung?", keuche ich in dem Moment, als Ramond mit allen Sachen an mir vorbeieilt.

„Der Rat und meine Mutter müssen die Beweise mit ihren eigenen Augen sehen."

Ich schließe mich ihnen rasch an, um den Flur entlang und die Stufen hinauf zu eilen. Meine Atmung wird schneller, als die Nerven in meinem Rückgrat zu zucken beginnen. Ich weiß, dass Deimos Recht hat, aber was, wenn etwas schiefläuft?

Im oberen Geschoss biegen wir in einen breiten Korridor ab, der durch Fenster auf der einen Seite erleuchtet wird. Weiter vorne gibt es zwei weiße Türen, so als wären wir kurz davor die Himmelspforte zu durchqueren. Wird dort die Trauungszeremonie abgehalten? Allein der Gedanke daran beschert mir eine Gänsehaut.

Ich greife genau in dem Moment nach Deimos, als mein Blick auf einen mir bekannten Mann fällt, der etwas entfernt im Flur steht und sich mit einigen Wachmännern unterhält. Um besser sehen zu können, kneife ich die Augen zusammen. Weißes Haar, der lange Mantel— ich schnappe nach Luft. Es ist das Arschloch aus dem Verließ, der sich mit Jasion verbündet hat, den König zu töten.

Meine Knie geben nach, als ich in der Angst ertrinke.

Deimos spürt, wie ich zurückfalle und dreht sich zu mir um. In sein Gesicht steht die Sorge geschrieben.

„Was ist los?", fragt er.

„Das ist er." Ich hasse es, dass ich versuche, mich selbst so klein wie möglich zu machen, um mich vor dem Mann zu verbergen.

Deimos folgt meinem Blick auf die ältere Fee, um dann zu mir zurückzuschauen. „Wer? Mein Vater?"

Seine Worte sind wie eine Klinge, die durch mein Innerstes schneidet. *Scheiße!* „Diese alte Fee ist dein leiblicher Vater?" Mir bleiben beinahe die Worte im Hals stecken. Dieses verdammte Arschloch, das Ahrens Flügel ausgerissen hat.

Als er nickt sauge ich einen abgehackten Atemzug ein. „Das ist der Mann, der Jasion dazu gebracht hat, König Tibout zu töten", flüstere ich. „Ich habe gehört, wie er Jasion dafür gelobt und gesagt hat, dass je größer sie sind, desto schneller fallen sie, und wie sie sich gegen Ahren verschworen haben, um Macht in diesem Königreich zu bekommen. Er plant auch, den Schattenhof umzusiedeln. " Ich versuche mich an alles zu erinnern, was ich noch gehört habe, während mein Puls voller Adrenalin pocht.

Deimos verspannt sich und seine Unterkiefer knirschen und zucken. „Bist du dir sicher?"

„Ja. Dieses Arschloch hat mich in die Hand gebissen." Panisch reiße ich den Ärmel meines Kleids hoch und zeige ihm hastig die Bisswunde. „Ich werde ihn nie vergessen."

Sein Gesicht ist knallrot, als stünde er kurz davor, zu explodieren. Mit geballten Fäusten wendet er sich von mir ab, aber ich springe ihm nach und schnappe nach seinem Mantel. „Nein. Nicht jetzt. Dafür haben wir jetzt keine Zeit."

Der Magier blickt uns perplex an und klammert sich an dem Käfig fest, in dem die kleine Fee zu kreischen beginnt und die Aufmerksamkeit aller auf uns zieht.

Deimos schüttelt mich ab und stürmt auf seinen Vater zu.

Mein Herz schlägt schneller denn das wird ganz und gar kein gutes Ende nehmen.

Ich tausche Blicke mit Ramond aus, der mit den Schultern zuckt, als wäre er es gewöhnt, solche Unruhen am Hof zu beobachten.

„Scheiße, wir müssen ihn aufhalten", sage ich.

Ich renne Deimos hinterher, aber noch bevor ich ihn erreichen kann, hat er sich schon auf seinen Vater gestürzt und reißt diesen von den Füßen. Beide liegen am Boden und mein Prinz landet einen Faustschlag nach dem anderem im Gesicht seines Vaters.

Eigentlich sollte ich erschaudern, jedoch jubele ich innerlich, denn sein Vater verdient das Schlimmste der Welt. Er wollte Macht, in diesem Königreich fußfassen, und er hat Jasion dazu gebracht, ein Leben zu nehmen. Brodelnd verkrampfe ich und genieße jeden Treffer, den Deimos landet.

Vier Wachmänner stehen für einige Augenblicke zusehend herum und sind sich wahrscheinlich nicht sicher, was sie tun sollen. Schließlich ist Deimos ein Prinz, *ihr* Prinz. Jemand, der sie einsperren lassen kann, wenn sie ihn verletzen.

Einige Moment später jedoch springen zwei der Wachleute nach vorne und wuchten den Prinzen von seinem Vater herunter. „Deimos", sage ich hinter ihm stehend. „Bitte, wir müssen gehen."

Er starrt mich an und die Wut steht ihm ins Gesicht geschrieben. Irgendwie vermute ich, dass sein Angriff viel mehr damit zu tun hat, wie er behandelt wurde, als er aufwuchs, als mit Rache für den kaltschnäuzigen Mord an König Tibout oder der Art, wie ich verletzt wurde.

Mit dem Handrücken wischt er sich über den Mund. „Du hast Recht." Er hebt sein Kinn kurz in Richtung des Wachmanns und blickt dann auf seinen Vater herab. „Bringt ihn ins Verließ und sperrt ihn ein."

Dann nimmt er mich am Ellbogen und führt mich um seinen Vater herum, der noch immer auf dem Fußboden liegt und zusammen mit Ramond laufen wir auf die weißen Türen zu.

„Stopp!", schreit eine männliche Stimme hinter uns und instinktiv blicken wir alle über unsere Schultern, genau als derselbe Wachmann uns entschlossen hinterher marschiert.

Deimos Vater steht auf. Er wird nicht festgenommen, sondern klopft seinen Mantel ab und grinst spöttisch in unsere Richtung.

„Fasst sie!", ächzt er. „Sie ist eine Assassine! Sie hat König Tibout getötet!" Sekunden später rennt er einen Flur entlang fort.

Was zur Hölle?

„Nein!", erwidere ich. „Das ist nicht wahr."

Als Deimos mich zur Seite drängt und einen Schritt vor mich macht, um mich zu beschützen, stolpere ich gegen den Magier und beide von uns kämpfen um unserer Gleichgewicht, während die kleine Fee im Käfig verrücktspielt. Ramond drückt mir den Vogelkäfig in die Hände und widmet sich dem Angriff. Ich kann jetzt schon das Prickeln von Magie in der Luft spüren.

Der Wachmann knallt gegen Deimos und Ramond und der Schwung schleudert sie alle gegen die weißen

Türen, was einen heftigen Knall erzeugt. Was denken diese Wachleute wer sie sind, einen Prinzen anzugreifen?

Ein gewaltiger Mann in Uniform renkt seinen Nacken ein, streicht seine Kleidung glatt und schlendert mit dem Versprechen von Vergeltung in meine Richtung.

Oh, scheiße!

Ein donnerndes Knallen dringt von den Türen, die in die Haupthalle führen, zu uns durch und unterbricht Luther in seinem lächerlichen Gesang. Ein Ritual, das aus den historischen Büchern stammt, sagt er. Ich bin mir nicht sicher, ob ich lachen oder ihn rauswerfen soll, weil er sich vor allen zum Narren macht.

Er klingt wie ein sterbendes Tier. Zumindest hat der Lärm uns eine Galgenfrist verschafft.

Der Knall ertönt aber nicht erneut. Deshalb gibt Luther eine weitere Darbietung zum Besten und steht dabei in der Mitte des Durchgangs, der die Gäste in zwei Gruppen aufteilt.

Mutter blickt mich an, schüttelt mit dem Kopf und ihr perfekt frisiertes, weißes Haar hüpft auf ihren Schultern. Es macht mich fertig, das Ausmaß der Qualen in ihrem verzerrten Gesichtsausdruck sehen zu müssen, ganz besonders vor unseren Gästen.

„Was macht er?", faucht sie.

Ich weiß, dass er Zeit schindet, aber ich weiß nicht mal ansatzweise, weshalb. Meine Zukünftige ist noch immer nicht eingetroffen und ich vermute, das ist auch Luthers Bemühungen geschuldet, das Unvermeidbare hinauszuzögern.

Die große Halle ist aufwendig für die größte Hochzeit des Jahrhunderts dekoriert. Blumengestecke zieren die weißen Wände, goldene Ranken schlängeln sich um die Marmorsäulen, während der makellos weiße Teppich, der durch den gesamten Raum verläuft, an der Stelle unter Luthers Füßen zusammengerafft ist, wo er wie ein Geisteskranker umherschlurft.

Die Ratsmitglieder sitzen wütend zu meiner Rechten und rutschen nervös umher, wohingegen die anderen Gäste eher geschockt als unterhalten sind. Das Sonnenlicht, das durch die Fenster einfällt, erleuchtet deutlich jedes einzelne verstimmte Gesicht... Hauptsächlich auf der Seite der Braut.

„Es reicht mit diesem Wahnsinn", knurrt Mutter in mein Ohr. „Beende das jetzt, bevor du die Lachnummer des Königreichs wirst."

Ich räuspere mich, erhebe mich von meinem Thron und marschiere auf meinen Bruder zu, der seine Hände wild bei einem Lied über ein Besäufnis vor einer Hochzeit schwingt. Er hat sogar einen der Wachmänner dazu bringen können, sich im anzuschließen, und dieser hält den Takt, indem er klatscht.

Wir haben eine grandiose Band talentierter Musiker in der Ecke, die nichts tun können, außer voller Fassungslosigkeit zuzusehen.

Von dem Plateau aus, auf dem meine Braut—sollte sie je eintreffen—sich mir anschließen wird, gehe ich auf meinen Bruder zu.

Er merkt, dass ich komme und dreht sich um, damit er mir in die Augen sehen kann. Der Blick, den er mir

zuwirft, ist einer, der darum fleht, sich zurückzuhalten.
Ich kann ihm ansehen, wie schwer das für ihn sein muss,
wie er tapfer durchhält, aber nicht für sich selbst... Das
muss bedeuten, es ist für Guendolyn.

Natürlich ist es das, worum es geht. Was zur Hölle
haben sie vor? Ich bin hin- und hergerissen, denn ich
möchte Luther noch etwas länger seinen Willen lassen,
um herauszufinden, wohin das führt, aber die Spannung
im Saal ist kurz davor zu explodieren.

Mit einem Mal fliegen die beiden Türen zum Flur auf
und eine der beiden wird aus den Scharnieren gerissen,
während Holz in alle Richtungen splittert.

Jemand schreit, als zwei blutüberströmte und verletzte
Wachmänner in den Saal rollen und vor der letzten
Sitzreihe liegenbleiben. Sie bewegen sich nicht.

Die Menge bricht in Hysterie aus und einige der
Frauen brüllen vor Schreck.

Deimos kommt mit einer blutigen Lippe in den Saal
gelaufen und seine Dublette mit doppelter Knopfreihe ist
am Hals zerrissen. Er hat noch nicht mal sein Hochzeits-
gewand an. Einer der Magier, die er kennt, Ramond, folgt
ihm. Er sieht auch verprügelt aus, mit zerzaustem Haar,
einem Veilchen und seine Halskette hängt ihm über die
Schulter.

Hinter ihnen tritt Guendolyn ein, die einen riesigen
Käfig mit einer kleinen Fee trägt, die wie verrückt darin
umherflattert. Sie blickt sich verlegen um und betrachtet
den gewaltigen Raum voller Leute. Als ich aus dem
Zimmer hinaus in den Flur schaue, kann ich weitere
Wachmänner auf dem Boden erkennen, blutend und
regungslos. Warum würde Deimos sich mit ihnen einen
Kampf liefern?

Ich schreite voran, mein Herzschlag hallt in meinen

Ohren wider und ich warte darauf, dass alles irgendwie einen Sinn ergibt. Soll dies ein weiterer Scherz sein, um die Trauung noch weiter hinauszuzögern? Wut steigt in meiner Brust auf. Diese Hochzeit ist auch so schon schlimm genug; ich will es hinter mich bringen. Dieser Irrsinn hat jetzt ein Ende.

„Was zur Hölle geht hier vor sich?", verlange ich zu wissen.

„Ist dies nicht länger eine Hochzeit, sondern ein durchgeknallter Zirkus?", ruft einer der älteren Ratsmitglieder hinter mir heraus.

Ich erstarre, als die Wachleute aus dem Saal Guendolyn und den Magier einkesseln. Dann fällt mein Blick auf meinen Vater, der hinter der Masse in den Saal schlüpft, als wäre er zu spät.

„Deimos, was zur Hölle machst du?", rufe ich, verwirrt und frustriert. Ich will zum Teufel keine Fremde heiraten, aber der Thron muss mir gehören, wenn ich unsere Familie retten will.

Meine Brüder wissen das.

„Ahren", beginnt Deimos und Luther tritt zur Seite. Wie es scheint ist seine lächerliche Darbietung zu Ende. „Bevor die Vermählung beginnt, müssen Informationen von höchster Wichtigkeit ans Licht gebracht werden." Er wischt sich das Blut von den Lippen. „König Tibout hat ein Kind, das der rechtmäßige Thronerbe ist."

Der gesamte Raum wird still und ich bin mir nicht sicher, ob ich ihn richtig verstanden habe. Ich verkrampfe und beuge mich leicht nach vorne. „Was möchtest du damit sagen, Bruder?", knurre ich. Was macht er?

Ich spanne mich an, als er Guendolyns Hand nimmt und sie nach vorne führt. Ramond nimmt ihr den Feenkäfig aus den Armen. Sie stolpert und steht nun vor

mir. Das Mädchen, das ich liebe, blickt mich voller
Unsicherheit und angsterfülltem Gesicht an. Mein Innerstes zieht sich zusammen. Sie ist alles, was ich will, mein
Traum, meine Fantasie, meine Zukunft… Aber nicht in
diesem Leben, wenn man dem Schicksal glauben darf.
Mit mir passiert in ihrer Nähe etwas, bricht mich immer
und immer wieder, bis hin zu dem Punkt, an dem ich
nicht länger weiß, wie ich die Fee sein soll, die ich
einst war.

„Was um alles in der Welt geht hier vor sich?", fragt
meine Mutter, während sich ihre Schritte hinter mir
nähern.

„Es ist wahr", antwortet Guendolyn und hebt ihre
Stimme, um sicherzustellen, dass sie alle hören können.
„König Tibout war mein Vater. Es tut mir leid, dies vor
allen zu verkünden, aber der König hatte eine Affäre mit
der Königin des Aschehofs, meiner Mutter."

Im Raum entbrennt ein Feuer des Keuchens und des
Geflüsters. Meine Mutter bleibt an meiner Seite stehen.
Ich bin durcheinander.

„Ist das ein Scherz?", ächze ich.

„Bruder." Luther macht einen Schritt nach vorne.
„Hör ihr zu."

Ich wende mich meiner Mutter zu, deren Gesicht
blass wird, während sie die Tränen aus ihren Augen
versucht fortzublinzeln. Ich lege einen Arm um ihren
Rücken. „Komm, ich bringe dich zurück zu deinem Stuhl.
"

Sie stößt mich weg und flüstert: „Ich habe immer
gewusst, dass er diese Fee trifft, und auch von dem Kind
wusste ich, aber ich habe es wegen euch drei akzeptiert,
damit ihr ein Zuhause und eine Zukunft habt. Man sagte

mir, sie sei fort und würde nie in dieses Königreich zurückkehren."

Mein Hals schwillt zu und ihre Qualen brechen mir das Herz. Mit solch einem Wissen zu leben, hat sie sicherlich innerlich zerrissen, aber sie hat es trotzdem getan.

Und das bedeutet, dass ich heute nicht den Thron besteigen werde.

„Wir haben uns trotzdem geliebt", sagt sie. „Auf unsere eigene Weise. Manchmal machst du Dinge im Leben, die du nicht tun willst, um einer größeren Sache zu dienen." Sie sieht mich an und meint damit deutlich mich, der die Prinzessin aus dem östlichen Königreich heiraten soll.

Als ich Guendolyn und meine Brüder anstarre, entbrennt in mir eine knisternde Flamme des Zorns. „Ihr musstet bis jetzt warten, um mir das zu erzählen? Scheiße, jetzt?" Warum hat sie es mir nicht früher gesagt? Wenn es wahr ist, hätte ich heute sie zur Frau nehmen können und all das hier vermieden.

Das Gefühl, betrogen worden zu sein, ergreift Besitz von mir, denn wenn sie Gefühle für mich hegen würde, dann hätte sie mir bereits davon erzählt. Ich kann es nicht verstehen… Will sie den Thron ganz für sich alleine haben?

Alle Augen ruhen auf uns und jedes Ohr lauscht dem Drama, das diesem Königreich bis in alle Ewigkeit anhaften wird.

„Es gibt Beweise dafür", verkündet der Magier, der mit ihnen gekommen ist. „Nun, es wird sie geben, sobald wir einen Test durchführen, um zu bestätigen, dass dieses Mädchen in der Tat König Tibouts Tochter ist."

Das Gemurmel in der Menschenmasse verstummt und es fühlt sich fast so an, als würden sich alle nach vorne lehnen, um zuzuhören. Mutter hat Recht. Wir werden Witzfiguren sein.

Wenn Guendolyn aber die Tochter des Königs ist, dann hat sie das Recht, den Thron zu beanspruchen, bevor ich mich vermähle. Obwohl sie ihn nicht besteigen kann, ohne selbst jemanden zu heiraten.

Dies ist der Grund, warum sich Luther zum Idioten gemacht hat, oder? Um ihr dabei zu helfen, den Thron zu bekommen... hat er vor, sie zu heiraten?

Hunderte Fragen strömen durch meinen Verstand und fördern meine Verwirrung noch mehr.

Der Ärger in mir aber wächst und knurrt, während lähmender Herzschmerz durch meine Brust zieht. Ich kann nicht glauben, dass Guendolyn und meine Brüder mir das vorenthalten wollten. Ich war immer für sie da und habe getan, was ich für richtig gehalten habe. Ich verbrenne förmlich und möchte danach verlangen, dass man mir die Wahrheit sagt.

„Das ist absurd“, ertönt Jasions Stimme quer durch den großen Saal und reißt mich aus meinen Gedanken. Er marschiert von der Seite des Raums auf uns zu und sein Kiefer ist fest zusammengebissen. Wut steht ihm ins Gesicht geschrieben Was zur Hölle jetzt?

Sekunden später ist er an meiner Seite und seine Atmung ist schnell. „Du darfst ihr nicht gestattet, diese heiligste aller Zeremonien zu einem Schauspiel zu machen. Wenn du die Wahrheit wissen willst, dann lautet sie, dass Guendolyn eine Spionin in unserem Königreich ist. Ich habe solide Beweise, dass sie König Tibout getötet hat.“

„Das ist eine Lüge. Jasion hat den König getötet und sich mit eurem leiblichen Vater dazu verschworen“, ruft sie.

Die Erschütterung über ihre Worte macht mich sprachlos. Ich habe begonnen, Zweifel an Jasion zu hegen... aber einen König zu töten?

Deimos stürzt sich auf Jasion und seine fliegende Faust eilt ihm voraus. Sie erwischt den Magier direkt an der Nase und lässt ihn mit Schwung zu Boden gehen.

„Was zur Hölle?" Ich schnappe mir das Rückenteil der Dublette meines Bruders und zerre ihn weg von dem Magier.

„Sind alle verrückt geworden?", rufe ich, was aber nicht hilft, um das Geflüster, das sich wie ein Lauffeuer im Raum ausbreitet, zum Schweigen zu bringen. Dies ist nicht der richtige Ort, an dem Geheimnisse verraten oder Beschuldigungen gemacht werden sollten.

Jasion richtet sich auf und Blut tropft ihm aus der Nase. Auf gar keinen Fall würde Guendolyn den König töten... Sie war bei uns, als es passiert ist. Alleine das beweist, dass Jasion lügt. Versucht er seine Schuldgefühle wegen des Tods des Königs zu verbergen? Ich lasse meinen Blick über die Menge gleiten, dorthin, wo mein Vater an der Seite sitzt und ich kann das Vergnügen in seinem Gesicht erkennen. Wenn es je ein schuldiges Gesicht gab, dann dieses.

Ein Inferno der Wut entfacht in mir beim Gedanken daran, dass er etwas mit dem Tod des Königs zu tun hat.

Guendolyn kommt auf mich zu, aber ich zittere vor Rage. Die Auswirkungen hiervon werden enorm sein. Ganz abgesehen davon, das alles heute an die Lords des Königreich, meinen Vater inbegriffen, der außer sich vor Freude sein muss, uns so aus den Reihen der Zuschauer zu beobachten, heranzutragen. So wie die Ratgeber der Braut mich ansehen, bezweifele ich, dass diese Vereinigung heute stattfinden wird. Sie und ihre Eltern sind in einem

Zimmer und warten, zur Vermählung hereingerufen zu werden. Und natürlich ist da noch die Schwester des Königs, die auch zwischen den Gästen sitzt, und wie ein Bussard darauf wartet, sich auf den Thron zu stürzen. Ich blicke zu ihr herüber und sehe, dass sie vor sich hinlächelt.

Mein Blut kocht, aber ich darf die Beherrschung nicht verlieren. Das ist, was alle erwarten. Was ich tun muss, ist, in Erfahrung bringen, was Guendolyn über den Mord weiß und wie mein Vater und Jasion darin verstrickt sind.

„Können wir uns auf eins nach dem anderen konzentrieren? Wenn der König ein Kind hat, brauchen wir einen Beweis", ruft eines der Ratsmitglieder hinter mir aus. „Denn brauchen wir die Belege, wer den König getötet hat."

Ein Schmerz bildet sich in meinem Hinterkopf und strahlt rasch aus. Der Stress nimmt sekündlich zu.

Ich wende mich dem Magier zu, der sich an den Käfig mit der kleinen Fee klammert. „Zeig uns die Beweise. Und beeil dich. Mein Geduldsfaden reißt bald."

„Eure Hoheit", mischt sich Jasion mit lauter und abgehackter Stimme ein. „Sie möchten sich das nicht ernsthaft ansehen. Sie hat König Tibout ermordet."

Ich wirbele herum und kralle ihn mir am Hals, um ihn zu mir zu ziehen. Geradeso klammere ich mich an etwas, das der Vernunft gleicht, und dieses Arschloch reizt mich damit, indem er sich darauf verlässt, dass ich seine Lügen nicht erkenne.

„Sei sehr vorsichtig mit dem was du sagst, wenn ich weiß, dass du lügst", knurre ich.

Sein Gesicht wird weiß wie Schnee, aber dann werde ich Zeuge davon, wie sich sein Ausdruck sekündlich in einen voller Zuversicht verwandelt, als ob das alles wäre, was nötig ist, um seine Geschichte zu rekonstruieren. Ich dachte immer, er sei mein Freund, aber da habe ich mich gehörig geirrt. Das erkenne ich jetzt. Ich lasse von ihm ab und er stolpert. Sobald das alles vorbei ist, werde ich ihn persönlich verhören. Ich blicke hinüber zu meinen Wachmännern, um sie herzurufen, als Jasions Stimme laut im Raum erklingt, um sicherzustellen, dass er von allen gehört wird.

„Eure Hoheit", fährt er fort und meine Finger zucken, um sich zu Fäusten zu formen. „Mit Sicherheit sind Sie darüber informiert, dass es Konsequenzen hat, jemandem zu erlauben, das Anrecht auf den Thron anzufechten. Wenn dieses Mädchen, *diese Meuchelmörderin,* nicht beweisen kann, dass sie die rechtmäßige Erbin ist, dann droht ihr die Todessstrafe aufgrund ihres Versuchs, den Thron an sich zu reißen."

Ich hole mit fest geballter Faust gegen ihn aus. Seine Worte sind ein Schlag in die Magengrube. Ich starre ihn zornig an und stelle mir vor, wie ich ihn zerstören werde. „Du bist nicht—"

„Einverstanden", ruft meine Mutter hinter mir. „Bringen wir diesen Unsinn hinter uns, dann kann jeder, der diese Zeremonie gestört hat, verhört werden und die härtesten aller Strafen erhalten. Es ist genug!"

Die Masse jubelt in einer Art von verrücktmachender Zustimmung. Ich sehe meine Mutter an und bin aufgebracht, dass sie sich auf Jasions Seite stellt. Gleichzeitig kann ich mir aber auch vorstellen, wie schwer das für sie sein muss. Einen Ehemann zu verlieren, von dem sie wusste, dass er sie betrügt, und dann erscheint sein Kind, um mir den Thron zu entreißen. An seine Treuelosigkeit erinnert zu werden.

„Wachen", brülle ich. „Nehmt Jasion fest und kerkert ihn im Verließ ein."

Der Magier macht ein langes Gesicht, als zwei der Wachmänner, die an den Seiten des Raums positioniert sind, meinen Befehl ausführen. Wut lässt Jasions Gesicht sich verziehen, Hass entströmt ihm, aber ich kann seinen Anblick nicht einen Augenblick länger ertragen. Leise vor mich hin flüsternd verfluche ich ihn und gelobe, dass sobald alles vorbei ist, er, wenn es nach mir geht, den Blutverfluchten zum Fraß vorgeworfen wird. Ohne Verhör—sein Schicksal am Schattenhof ist besiegelt.

Ich schaue zu Guendolyn, die auf ihrer Unterlippe kaut, und in ihren Augen kann ich die Angst erkennen. Sie erwidert meinen Blick und mein erster Instinkt ist es, sie in meine Arme zu ziehen, sie von hier fortzubringen und mir alles zu erzählen. Aber ich bewege mich nicht, denn das wird nicht funktionieren. Nicht, wenn Hunderte Feen in diesen Skandal involviert sind. Der einzige Weg, die Flammen zu ersticken, ist die öffentliche Schaustellung der Wahrheit.

Mein Verstand ist vernebelt, während ich versuche herauszufinden, was Guendolyns Absichten, den Thron als Königin zu besteigen, sein könnten. Ich werde es nicht leugnen, in meinem Hinterkopf stelle ich mir selbst die Frage, ob ein Teil ihres Motivs ist, mich leiden zu lassen, nachdem ich sie weggestoßen habe. Um mir die eine Sache zu nehmen, die ich ihr vorgezogen habe...

Ich schüttele meinen Kopf. Das würde sie nicht tun.

Meine Gedanken drehen sich um das letzte Mal, als wir zusammen auf dem Balkon waren und sie meine Flügel geheilt hat. Um ihren verletzten Gesichtsausdruck, als ich sie abgewiesen habe.

Warum hat sie mir nicht zuvor von ihrer Abstammung erzählt?

Ein lautes Klatschen lenkt meine Aufmerksamkeit auf meine Mutter. „Führt den Test aus, damit es alle hier sehen können." Sie ist rasend vor Wut und schaut mich nicht mal an. Sie befürchtet, dass wir unser Zuhause verlieren, sollte der Test sich als wahr erweisen, ganz zu schweigen von den Wölfen in der Menge, die darauf warten, zuzuschlagen.

Der Magier trägt den Käfig die Stufen hinauf und stellt sich in die Mitte der Bühne, nach vorne auf meine Mutter und den Rat blickend. Ich bewege mich, um mich neben sie zu setzen, während meine Brüder mir folgen, um sich an unsere Seiten zu stellen.

Guendolyn kommt mit erhobenem Kopf die Treppe hinauf. Um ihretwillen bete ich, dass der Test den Beweis bringt, dass sie ist, wer sie vorgibt zu sein. Nicht mit ihr zusammen zu sein ist die eine Sache, aber ihre Hinrichtung würde mir den Rest geben. Meine Magenschmerzen kehren zurück und die Muskeln zwischen meinen Schulterblättern schmerzen vor Anspannung. Es ist wie eine Lawine und jeder Atemzug strömt abgehackt hinaus.

Ich nehme neben meiner Mutter Platz. Mein ganzer Körper ist höllisch gespannt und ich warte. Guendolyn sieht so nervös aus. Es ist schwer, sie so sehen zu müssen, wenn ich sie doch vor allem beschützen möchte—jedoch legt sie es ja darauf an, an der Spitze von allem zu sein.

Sie hat ihr Geheimnis vor mir verborgen. So hätte es nicht enden müssen.

„Ramond, beginne", weist Deimos ihn an.

Der Magier nickt einmal und stellt den Käfig neben seinen Füßen auf dem Boden ab. „Ich habe kein Messer bei mir", sagt er. „Ich brauche einige Tropfen Blut von…"

Er blickt Guendolyn an und kennt offensichtlich nicht ihren Namen.

„G-Guendolyn", sagt sie mit sanfter Stimme. Ihr Blick fällt auf uns, bevor er sich wieder auf den Magier richtet. Im Raum kann man hören, wie die Leute einatmen, sogar der Atem meiner Mutter stockt, als sie erfährt, wer vor ihr steht. Das verfluchte Mädchen aus unserem Königreich.

Der Magier scheint nicht mit der Wimper zu zucken und zieht eine kleine hölzerne Schüssel in der Größe einer Handfläche aus der Tasche seines Hosenrocks hervor.

Ich stehe auf und ziehe eine Klinge aus meinem Gürtel, um damit auf sie zuzugehen. Zimperlich streckt sie mir ihre Hand mit nach oben ausgestreckter Handfläche aus und der Magier hält die Schüssel griffbereit, um das Blut aufzufangen.

Sie fühlt sich weich an und ich kann spüren, wie sie zittert. „Es wird nur ganz kurz wehtun", flüstere ich.

„Es ist in Ordnung", versichert sie mir. Als würde ich Trost brauchen, wenn sie ihr Leben riskiert. Ich bin mir nicht mal sicher, ob ich ihr helfen kann, wenn sie des Verrats angeklagt und zum Tode verurteilt wird. Und bei dem Gedanken daran fällt es mir schwer zu atmen.

„Bist du dir sicher, dass es das ist, was du willst?" Ich zögere etwas und spreche leise, damit die anderen es nicht hören können.

Sie blinzelt mit demselben Herzschmerz in ihren Augen zu mir hoch, den ich auch auf dem Balkon gesehen habe. „Ich möchte nichts mehr, als mit dir zusammen zu sein."

Der Magier neben uns räuspert sich, bleibt aber mit seiner Schüssel auf der Stelle stehen. Mein Atem stockt und all die Emotionen, die ich verdrängt habe, sind dabei, an die Oberfläche zu drängen. Jene, die darauf bestanden, dass ich alles hinter mir lasse und meinem Herzen folge. Das Mädchen vor mir zu beanspruchen und einmal in meinem verdammt erbärmlichen Leben glücklich zu sein.

In diesem Moment wird mir klar, dass sie den Thron nicht für sich möchte, sondern um sicherzustellen, dass ich ihn mit ihr einnehme.

Mein Hals schwillt zu und ich rühre mich nicht. Nicht, als ich erkenne, was sie alles für mich durchmacht.

„Mach schon", flüstert sie. „Bitte. Schneide mich einfach."

Stille erstickt den Saal und alle scheinen mit angehaltenem Atem warten.

So viel hängt hiervon ab, so viele Leben und Zukunftspläne.

„Ich hoffe, dass du Recht hast." Mit schneller Bewegung lasse ich die Klinge über den fleischigen Teil ihrer Handfläche gleiten und sie vergräbt sich darin. Blut strömt entlang des Schnitts heraus. Sie dreht ihre Hand zur Seite und rote Tropfen laufen entlang ihrer Hand, um in die Schüssel zu fallen.

Als sich eine kleine Pfütze gesammelt hat, sagt der Magier: „Das ist genug."

Guendolyn weicht zurück und ich reiche ihr ein Taschentuch aus meiner Hosentasche. Dann stecke ich die Klinge weg und setze mich wieder auf meinen Stuhl. Mein Innerstes zieht sich zusammen und mit jedem Moment, der vergeht, nimmt das Unbehagen zu. Ich habe das Gefühl, als würde ich mir gleich das größte Desaster der Welt ansehen, und ich tue nichts dagegen, um es zu verhindern.

Ich schaue zu Luther hinüber, der mir einen

aufbauenden Blick zuwirft, als würden wir das Richtige tun. Wie kann er so sicher sein?

Der Magier holt ein kleines schwarzes Glasfläschchen aus seiner Tasche, entfernt den Korken und beginnt etwas, das wie das Blut von jemand anderem aussieht, mit Guendolyns zu vermischen. „Dies ist das Blut von König Tibout", verkündet er.

In dem überfüllten Raum kann man nicht ein einziges Wort vernehmen. Die Stille raubt mir die Luft zum Atmen.

Sobald er die Phiole wieder verschlossen und in seiner Tasche verstaut hat, kniet er neben dem Käfig nieder.

Die kleine Fee darin sitzt an der Rückwand, ruhig, ihn mit großen Augen beobachtend. Er öffnet eine kleine Luke an der Seite und schiebt schnell die Schüssel in den Käfig, um dann rasch seine Hand herauszuziehen. Ein hellblauer Energiefaden zieht sich von seinen Fingern zur Schüssel und verschwindet wieder genauso schnell, wie er erschienen ist.

Er hebt den Käfig hoch und wendet sich uns zu. „Diese kleine Fee wurde von einem Blutverfluchten gebissen und mit meiner Magie wird sie, wenn sie das Blut trinkt, eine von zwei Reaktionen zeigen. Entweder wird sie still dasitzen, was uns verrät, dass das Blut von einer Blutlinie stammt. Oder sie wird ausrasten, gegen die Gitterstäbe knallen beim Versuch zu entfliehen, da sie sofort von dem gemischten Blut vergiftet wird."

Guendolyn steht in der Nähe, presst das Taschentuch auf den Schnitt und, wie bei allen anderen auch, sind ihre Augen auf den Käfig gerichtet.

Die kleine Fee läuft zur Schüssel, wo sie sich auf die

Knie fallen lässt. In der Stille des Saals ist die kleine Fee, die das Blut aufleckt, alles, was man hören kann.

Einen Augenblick später reißt sie ihren Kopf nach oben.

Guendolyn legt ihre Arme um sich und ich kann mich nicht bewegen. Ich bin wie erstarrt auf meinem Stuhl, warte und bin verzweifelt zu sehen, dass wir Erfolg haben. *Bitte, lasst das funktionieren.*

Die plötzliche Explosion der Flügel der kleinen Fee, die rechts und links von ihr nach außen schießen, grün wie Moos und panisch flattern, lässt mein Herz rasen und ein schrecklicher Schmerz durchfährt meinen Bauch.

Die kleine Fee beginnt sich mitten im Käfig in der Luft zu drehen, schneller und schneller. Sie hüpft nicht wie verrückt herum, sondern wirbelt im Kreis.

„Was bedeutet das?", will ich wissen.

Der Magier leckt seine trockenen Lippen und wirft mir einen Blick zu. „Das habe ich vorher noch nie gesehen."

Ein Keuchen kommt Guendolyn über die Lippen und der ganze Saal wird laut. Es dauert nicht lange, bevor einige ihren Tod fordern.

19

GUENDOLYN

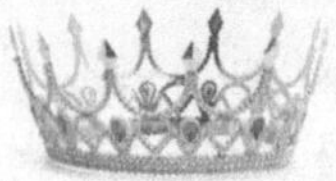

Mein Herz klopft wie wild und ich versuche mich kleinzumachen, um hier und jetzt zu verschwinden. Mein Blick wandert zwischen der sich drehenden Fee im Käfig und dem verblüfften Magier umher, als die Sprechchöre, die meinen Tod fordern, eskalieren.

Diese Feen kennen mich nicht mal, wollen mich aber trotzdem tot sehen? Wie um alles in der Welt sollen sie mich als ihre Königin annehmen, wenn sie mich so eilig loswerden wollen?

Meine Kräfte strömen meinen Arm herab. Ich komme zu dem Punkt, an dem mir der Thron egal ist; nichts kümmert mich mehr, außer zu versuchen, mit meinen Prinzen zusammen zu sein. Vielleicht ist die Antwort, alle drei mit mir zur Erde mitzunehmen und es dort zu versuchen. Aber das wäre einem Wegrennen vor meinen Problemen gleichzusetzen, nicht wahr?

Ich gehe auf Ramond zu und flüstere: „Können wir es noch einmal probieren, bitte?"

Er sieht mich mitleidig an und nickt. Ramond ist, zum Glück, nicht wie Jasion.

Luther und Deimos treten vor, während ich Ahren weiter in die Augen blicke. Sie unterstützen mich, aber Ahren muss daran zweifeln, dass ich die Wahrheit sage— warum sonst zögert er?

Ich versuche mich zu erinnern, ob meine Mutter sonst noch etwas darüber gesagt hat, wie wir das machen sollen, irgendetwas, das wir beim ersten Mal verpasst haben. Ich kann nicht aufhören zu zittern und habe Angst vor dem, was als Nächstes kommt.

Luther kommt zu mir und beugt sich hinunter, um mir ins Ohr zu flüstern. „Lass Deimos und mich dich sicher von hier fortbringen."

Ich hebe meinen Kopf und blicke in seine Augen. „Du glaubst mir doch, oder?"

„Ja, aber es geht nicht um uns, kleiner Wolf. Jetzt gerade bist du in Gefahr. Bitte", flüstert er mit bebender Stimme.

Ein schepperndes Geräusch lenkt meine Aufmerksamkeit auf Ramond, der die kleine Schale aus dem Käfig der kleinen Fee holt. Im selben Moment bricht die kleine Fee auf dem Boden zusammen. Sie kriecht auf die mir zugewandte Seite ihres Gefängnisses zu, klammert sich an die Metallstäbe und schaut mich mit tiefempfundenem Blick an. Sie sieht nicht mehr wild und dazu bereit, alle, die ihr zu nahe kommen, in Stücke zu reißen, aus. Sie ist ruhiger und alles, was ich für das kleine Ding empfinden kann, ist Mitleid.

„Guendolyn", haucht Luther mir beharrlich ins Ohr.

Ich wende mich ihm zu. „Bitte, lass mich es ein weiteres Mal versuchen. Das schuldest du mir."

Es gibt kein Zögern. Er nickt und ich muss dem Drang, ihm um den Hals zu fallen, widerstehen. Ich muss stark sein und wirken, als hätte ich alles unter Kontrolle, auch wenn ich innerlich voller Unruhe bin.

Luther richtet sich an die Königlichen und den Rat. „Jetzt da unser vorläufiger Testlauf vollendet ist, werden wir uns dem eigentlichen Test zuwenden."

Jasion ächzt laut. „Sie ist eine Verräterin und ihr lasst öffentlich zu, dass sie euch betrügt." Warum zur Hölle ist er nicht im Verließ, so wie Ahren es angeordnet hat? Einige andere in der Menge beginnen seine Worte nachzusprechen, was genau seine Absicht war.

„Luther", warnt die Königin ihn.

Der Prinz wendet sich an alle im Saal. „Ich weiß nicht, wie es um euch alle steht, aber wenn jemand angibt, ein verlorener Erbe zu sein, dann ist es unsere Pflicht, ihm jede Chance zu geben, seine Herkunft zu beweisen. Wenn König Tibout noch am Leben wäre, würde er zustimmen, und jeder hier weiß das." Er dreht sich zu einem Wachmann um.

„Sie hat den Prinz verzaubert. Ihr alle habt gesehen, dass sie den Test nicht bestanden hat. Wir brauchen keine weiteren Beweise. Sie hat den König getötet und versucht jetzt, sich den Thron zu holen."

„Knebelt und fesselt Jasion, jetzt!", brüllt er.

Ein Wachmann schnappt sich Jasion, zwängt ihn auf einen Stuhl, bindet ihn fest und verpasst ihm eine Maulsperre.

„Meine Königin, das geht nun zu weit. Bitte, ich bitte Sie inständig, dass wir mit den Zeremonien fortfahren", stimmt ein Mann hinter mir ein. Es ist einer der Ratsmitglieder, eine alte, biedere Fee. Die anderen um ihn herum nicken mit ihren Köpfen.

Überall beginnen sich die Stimmen zu erheben, da sich alle untereinander unterhalten. Schweißtropfen rollen meinen Rücken herab und ich muss laut schlucken. Die Ratsmänner fangen an zu diskutieren und mir wird bewusst, wie furchtbar dies werden wird.

Ich schaue zurück auf die kleine Fee und streichle ihren Flügel im Käfig. Sie sieht nicht mehr verrückt aus, sondern eher wie eine kleine Fee, die verloren ist, und ich frage mich, ob die Fütterung mit meinem Blut diese Folgen hervorgerufen hat.

„Lass sie raus", sage ich zu Ramond, aber er scheint mir nicht zuzuhören und starrt mit weitaufgerissenen Augen auf den Eingang zum Saal.

Eine Explosion aus panischen Stimmen donnert durch die Masse, während die Besucher von ihren Plätzen aufspringen und sich im Raum verteilen.

Durch den Türdurchgang tritt meine Mutter ein. Mein Mund steht offen. Sie trägt ein blassblaues Gewand, das vor Diamanten nur so funkelt, ihre Haare sind ihr mit einer glitzernden Krone aus dem Gesicht gesteckt und ihre Lippen rosig und glänzend. Verblüfft ist eine Untertreibung dessen, was ich fühle. Was macht sie hier?

Hinter ihr marschieren ein halbes Dutzend Wach-männer in den dunklen Uniformen des Aschehofs in dichter Formation.

„Mutter!", rufe ich aus, was mir die Blicke aller einbringt. Die Art, wie Ahren mich erschrocken anstarrt, gleicht den Blicken seiner Brüder, als sie versuchten zu begreifen, wer genau ich bin. Das erinnert mich daran, dass Ahren diesen Teil meiner Geschichte noch nicht gehört hat.

In Wirklichkeit sehen mich alle so an. Unglaube und

Verwirrung, wie ich die Tochter einer Seelie sowie auch einer Unseelie sein kann, breiten sich aus.

Sie lächelt mich an, doch bevor ich etwas sagen kann, tritt jemand anderes nach vorne.

„Sohn." Ahrens Vater taucht aus der kauernden Masse auf. „Ich kann mich nicht länger zurücklehnen und diese Schande mitansehen. Du hast zu viel vor der Brust. Es ist offensichtlich, dass diese Hexe den Feind an unseren Hof eingeladen hat, und trotzdem hast du noch immer nicht ihre Verhaftung angeordnet? Hat sie dich mit einem Zauber belegt oder ist ihre Muschi wahrlich aus Gold?"

Deimos wirft sich selbst von der Bühne, um sich auf seinen Vater zu stürzen, brüllt dabei wie eine Bestie und sein Gesicht wird von seiner Wut entstellt. Luther und Ahren springen auf, schnappen ihn an den Armen, um ihn zurückzuhalten. Von dem tobenden Zorn ausgehend, der ihre Gesichtsausdrücke verzerrt, kann ich zu Anfang nicht ausmachen, ob sie Deimos aufhalten wollen, damit sie ihren Vater zuerst erreichen und ihn höllisch verprügeln können.

„Fick dich!", speit Luther und erntet keuchende Verwunderung von den Gästen.

Alles entwickelt sich zu einem Schauspiel und ihr dämliches Arschloch eines Vaters muss eine Show abziehen, oder? Ich spanne meinen Körper an, betrachte ihn und meine Hände ballen sich zu Fäusten. Seine Worte machen mich so wütend, aber gleichzeitig mache ich mir Sorgen über die steigende Spannung im Saal.

„Ergreift die Königin!", brüllt Ahrens Mutter, springt von ihrem Thron auf und entschärft die dicke Luft ein wenig.

„Nein!", schreie ich auf und mache einen Satz in Richtung der Stufen, um meiner Mutter zu Seite zu eilen.

„Ist das die Begrüßung, die ich bekomme, nachdem ich meinen Magier gebeten habe, den Fluch über euer Königreich aufzuheben, unter Zwang, darf ich hinzufügen? Die Kreaturen werden nicht länger zu eurem Königreich gelockt. Es gibt sie noch, sie ganz auszurotten ist viel komplizierter, aber der Magier war mit seinem letzten Atemzug dazu in der Lage, ihre Bisse daran zu hindern, irgendjemanden in einen Blutverfluchten zu verwandeln." Meine Mutter hebt die Augenbrauen und der ganze Raum schnappt nach Luft. Diese Monster haben unsere Ländereien für eine lange Zeit heimgesucht, haben mir meine Prinzen erzählt, daher sind das fantastische Neuigkeiten. „Ich habe dies für meine Tochter getan, damit euer Königreich sie annimmt und ich habe alles dafür riskiert, damit das funktioniert."

Jemand im Gedränge beginnt zu klatschen und weitere folgen, stehen auf, weil sie ein gewaltiges Problem gelöst hat.

Aber als plötzlich zu unserer Rechten im Saal ein Funke donnert, zucken alle voller Furcht zusammen. Ich rieche Elektrizität in der Luft. Magie, um genau zu sein.

Die Wachleute des Schattenhofs ziehen gleichzeitig ihre Schwerter und ich erschaudere wegen des unerwarteten, rasselnden Geräuschs. Sie scheinen steif zu sein, mit blassen Augen, glasig wie die von Zombies... als würden sie kontrolliert.

„Ahren, Sohn, du musst doch ihre List, dir den Thron wegzunehmen, durchschauen. König Tibout ist tot, daher kann er es nicht anfechten. Aber sogar ich kann klar und deutlich erkennen, was hier vor sich geht."

„Das hat nichts mit dir zu tun, Vater", knurrt Ahren.

Einer der Wachmänner durchtrennt die Seile, die Jasions Handgelenke fesseln und seinen Knebel. Er springt auf und stellt sich zum Vater der Prinzen. Sie lächeln spöttisch, während sie mich ansehen. „Planänderung", erklärt Jasion, als weitere Wachleute vom Flur in den Ballsaal strömen und alle anderen daran hindern, diesen zu verlassen. Und in diesem Moment wird mir bewusst, was Jasion vorhat und warum die Wachen ihn nicht festnehmen. Er hat das alles von Anfang an geplant.

„Wachen, tretet weg", kommandiert Ahren. Deimos und Luther eilen ihm zur Seite und ziehen ihre Klingen. Ihre Mutter und die Ratsmitglieder ziehen sich zur Rückseite der Bühne zurück. Aber niemand folgt dem Befehl... Sie werden nun von Jasion kontrolliert.

Angst lässt sich die Haare auf meinen Armen aufstellen. Dies wird sich zu einem Blutbad entwickeln.

„Es muss nicht so kommen", sagt sein Vater. „Aber vielleicht ist es das, was dieses Königreich braucht. Einen sauberen Schnitt und einen neuen Anfang. Einen neuen König in der Verantwortung."

„Vater! Es hat nichts mit dir zu tun", stößt Ahren wütend hervor.

Mit einem einzigen Pfiff von Jasion aber stürzen die Wachleute vor und greifen alle an, die ihnen im Weg stehen—sowohl Mitglieder vom Aschehof als auch vom Schattenhof—während sie sich ihren Weg in unsere Richtung freischlagen.

Die Schreie sind ohrenbetäubend und die Furcht ergreift tief in meinem Innersten von mir Besitz. Instinkt und Panik gewinnen die Überhand und ich renne den Gang entlang auf meine Mutter zu, als auch sie sich ihren Weg zu mir bahnt. Angst lässt ihr Gesicht verkrampfen, als sie ihren Arm zur Seite schleudert und ein Stoß ihrer Energie gegen einen Wachmann, der sie angreift, knallt und ihn in eine Horde Soldaten katapultiert. Sie schnappt nach Luft und wird plötzlich langsamer. Ich nehme ihren Arm.

„Ich bin nicht so stark wie früher", gibt sie mitten im Chaos von sich.

„Wir müssen hier raus", rufe ich und greife nach der Hand meiner Mutter, um sie in Richtung der Bühne zu ziehen, während meine drei Prinzen und Michae sich an der Seite der Wachmänner vom Aschehof in die Schlacht stürzen.

Schreie und Durcheinander breiten sich wie ein Buschfeuer aus. Der Klang von Metall hallt nach und Angst zerquetscht mein Herz.

Und da ist es. Sobald etwas Gutes kurz davor ist zu geschehen, sagt das Universum: *Fick dich!*

Die Luft wird so schnell von Hass und Tod erfüllt, dass mir schwindelig wird.

„Eure Majestät", spreche ich die Mutter der Prinzen an. „Bleiben Sie dicht bei mir. Ich werde Sie beide hier rausholen."

Ich zittere aufgebracht, als ich die Macht in mir rufe und auf meine Handfläche mit den Rubinsplittern darin blicke. *Bitte, lass es klappen.*

„Ich bin Königin Sarey", sagt meine Mutter zu der Königin, die hin- und hergerissen aussieht. Tränen funkeln in ihren Augen. „Dies sind nicht die besten Umstände, einander kennenzulernen, aber Sie müssen wissen, dass ich immer den größten Respekt vor Ihnen hatte."

„Ach? Haben Sie mich respektiert, als Sie mit meinem Ehemann geschlafen haben?", platzt es aus ihr heraus, während immer mehr weinende Leute auf die Bühne strömen.

Scheiße, dies ist nicht der richtige Zeitpunkt dafür.

„Nachdem ich mit Guendolyn schwanger wurde, haben wir uns nicht mehr gesehen. Er hat Sie von Herzen geliebt", erklärt meine Mutter und reicht der Königin ihre Hände. „Ich wünschte, ich wäre eher gekommen, um alles zu erklären."

Dafür habe ich jetzt aber keine Zeit.

Gerade als mir klar wird, dass ich meine Prinzen im Kampf aus den Augen verloren habe, wird Luther über den Boden geschleudert und Blut läuft ihm über die Wange. Jasion feuert den Wachen, die sich ihm in den Weg gestellt haben, einen Energieball entgegen, während der Vater der Prinzen eine Frau zur Seite stößt, damit er die Bühne schneller erreichen kann.

Mein Puls rast wie ein Sturm. Ramond steht auf der Kante der Bühne und sieht aus, als denke er darüber nach, die Schlacht mit einem Zauber zu belegen, aber Magier brauchen die richtigen Zutaten, um ihre Magie zu verstärken. Was auch er immer wirken würde, es wäre schwach, aber zumindest versucht er es. In seiner Nähe sitzt die kleine Fee im Käfig. Und mir kommt eine bessere Idee.

Ich hechte in Richtung des Käfigs, fummele an der Tür und öffne sie. Die kleine Fee flattert sofort heraus. Ihre Flügel sind weit aufgespannt und wunderschön.

„Bitte, wirst du mir helfen?", schluchze ich und strecke meine Hand, in der der Rubin eingewachsen ist, aus.

Als könne sie mich verstehen, fliegt sie zu mir und landet auf meinem Handgelenk.

Die Mutter der Prinzen schnappt hinter mir nach Luft. „Du hast die Macht über die kleinen Feen?"

„Ja", erklärt meine Mutter. „Genau wie meine Vorfahren. Das ist der Grund, warum sie nicht nur die rechtmäßige Erbin des Schattenhofthrons, sondern auch des Aschehofthrons ist. Es muss Ihnen nicht gefallen, aber tief im Innersten wissen Sie, dass es die Wahrheit ist. "

Der Vater der Prinzen schießt auf die Bühne, drängt andere zur Seite und greift mich mit solch einer Geschwindigkeit an, dass ich nicht schnell genug reagieren kann. Seine Faust gräbt sich in die Seite meines Gesichts und alles, was ich sehen kann, sind Sterne, als ich rückwärts nach hinten knalle.

Flügel flattern um mein Gesicht und ein Fauchen erklingt in meinen Ohren.

„Du wirst alles ruinieren", stößt er wütend hervor. Sein Schatten überragt mich und ich öffne meine Augen, als die kleine Fee sich in sein Gesicht stürzt, ihn kratzt und beißt. Er schlägt wie ein Wahnsinniger wild mit seinen Armen um sich.

Meine Mutter hebt ihre Hand in seine Richtung und die kleine Fee fliegt im selben Moment von ihm fort.

Eine Explosion aus Luft trifft die alte Fee vor die Brust und er wird durch den Raum geschleudert, wo er gegen eine Säule knallt. Er ächzt und sinkt zu Boden. Innerlich muss ich ein wenig jubeln.

Königin Sarey stolpert umher, als wäre sie plötzlich erschöpft und kaum in der Lage, um Luft zu ringen. Die Königin des Schattenhofs fängt sie an den Hüften auf. „Ich habe Sie."

Schnell raffe ich mich auf und gebe mein Bestes, den Schmerz, der kribbelnd an meinem Gesicht herabströmt, als würde es brennen, zu ignorieren und versuche mich stattdessen zu konzentrieren.

„Bringt alle soweit wie möglich nach hinten in die

Ecke." Ich gestikuliere den Königinnen in Richtung des Teils der Bühne, wo sich die rückgratlosen Ratsmänner wie Ratten verstecken. Meiner Mutter hilft, all hinter mir zu halten, so weit von der Gefahr weg wie möglich.

Die kleine Fee kehrt erneut auf mein ausgestrecktes Handgelenk zurück. Die Schlacht tobt zu meiner Linken, Wachmänner gegen Wachmänner, Prinzen und einige der Gäste, die ihre Messer gezogen haben, um gegen die besessenen Soldaten zu kämpfen.

Nirgendwo kann ich Jasion sehen, aber dafür habe ich gerade keine Zeit.

Energie saust an meinen Armen herab und ich hebe die kleine Fee näher an mein Gesicht hoch. Sie ahmt mich nach und wir pusten beide einen Atemzug auf unsere Handflächen. Blauer Nebel steigt mir über die Lippen.

„Kleine Feen", flüstere ich und meine kleine Freundin macht ein Geräusch, dass sich fast wie *Eirian* anhört.

Binnen Sekunden öffnet sich ein schwarzes Portal vor mir und wird immer größer. Von der Macht bekomme ich eine Gänsehaut. Der Klang der Schlacht und der Schreie umgibt mich, aber ich versuche mich auf das, was ich geöffnet habe, zu konzentrieren und bete, dass es funktioniert. Meine kleine Fee fliegt los und verschwindet direkt in dem Portal. Oh, scheiße. Das war nicht mein Plan. Vielleicht kann ich alle Gäste dazu bewegen, es ihr gleichzutun.

Ein plötzlicher Schlag ins Kreuz trifft mich so hart, dass die Luft aus meinen Lungen gepresst wird und meine Knie unter mir nachgeben. Ich sinke zu Boden, um Luft ringend buckle ich meinen Rücken wegen des Schmerzes, der zickzack meine Wirbelsäule hinaufkriecht.

Ein Arm legt sich um meinen Hals, zerrt mich auf die

Füße und gegen eine harte Brust. „Habe ich dich, du Schlampe!", zischt Jasion mir ins Ohr, während er mich würgt.

Ich wehre mich gegen ihn, ramme ihm meinen Ellbogen in den Bauch und trete ihm mit der Ferse gegen sein Schienbein. „Lass mich los!"

Sein Griff festigt sich. „Heute wirst du sterben!"

Angst durchfährt mich.

„Das ist etwas, was ich schon vor langer Zeit hätte tun sollen." Er hebt eine Klinge über meine Brust.

Mein Leben zieht vor meinem inneren Auge an mir vorbei und mit sich bringt es Visionen, von allem, was mir genommen worden ist. Dieser Drecksack wird die Männer, die mir alles bedeuten, töten und mir nehmen, für was ich mein ganzes Leben gekämpft habe—meine Familie und meine Glückseligkeit.

Als mir Ahren ins Auge fällt, der von zwei Wachmännern auf den Boden gedrückt wird, Deimos, der von drei weiteren eingekesselt wird, und Luther, der gegen eine Wand geschleudert wird, blutet mir das Herz.

Ich mobilisiere das letzte bisschen Kraft in mir und beschwöre sie an die Oberfläche, genau wie ich es damals am Aschehof getan habe.

Ein Energieschwall schießt mir aus so gewaltig aus den Händen, dass ich plötzlich zurück gegen Jasion gedonnert werde und wir beide stolpern. Sein Griff lockert sich und ich mache auf dem Absatz kehrt und ramme meine Handflächen gegen seine Brust. All die Macht in mir strömt ihm entgegen.

Er wird zurückgeworfen und landet sofort auf dem Rücken.

Seine Augen werden zu großen Kugeln, die Klinge rutscht ihm aus den Händen und ich blicke herab auf seine Brust. Blut tritt aus der Stelle, wo meine Energie ihn getroffen hat, aus. Ein verstörender Schrei kommt ihm über die Lippen und panisch wischt er über die Wunde, aber immer mehr Blut sprudelt aus seinen Poren.

Ein explosives Zucken der Luft weht direkt an beiden Seiten an mir vorbei.

Flügel sind zuerst alles, was ich erkennen kann. Violette, grüne, purpurfarbene, dann erkenne ich die Dutzende kleiner Feen—nein, Hunderte kleiner Feen— die durch den großen Saal schwärmen.

Ich jauchze vor Freude, als ich sie sehe—sie sind der wunderbarste Anblick.

Eine Gruppe eilt herbei, greift Jasion an und umzingelt ihn, bis sie seinen gesamten Körper bedecken. Ich kann nur seine Schreie hören, während die Flügel um ihn herum schlagen.

Vielleicht sollte ich Mitleid empfinden, aber die Rechtfertigung, ihm genau das zu geben, was er verdient, ist die süßeste Genugtuung überhaupt. Nach einigen Minuten lösen sie ihren Angriff auf und zurück bleiben nur klirrende Knochen, die zu Boden fallen. Kleidung. Haar. Und ein paar Flecken Blut.

Das ist alles, was von diesem verfickten Arschloch eines Magiers übrig ist, und sogar das ist noch zu viel. Ich werde sicherstellen, dass auch der letzte Rest von ihm zu Asche verbrannt wird.

Die Gäste am weiter entfernten Ende der Bühne schreien auf, ducken sich vor den kleinen Feen, die sie nicht mal berühren. Meine Mutter steht vor ihnen und betrachtet mich mit einem breiten, wohlwollenden Grinsen. „Beende es", sagt sie.

Eine kleine Fee mit glitzernden, blauen Flügeln flattert mir vor die Nase und winkt.

Ich blinzele, bis ich klarsehen kann, und mein Herz hüpft vor Freude. „Fauchi!" Ich kann nicht aufhören, zu lächeln, denn dieses kleine Vieh ist genau das, was ich gehofft habe, zu rufen. „Du bist gekommen!"

Eirian. Das Wort erscheint in meinen Gedanken. Sie wirbelt herum, faucht und zeigt aufs Chaos.

Ich wende mich dem Flur zu, wo die Wachen des Schattenhofs nicht mehr kämpfen, sondern sich ducken und vor ihren Prinzen mit Bedauern und Verwirrung auf die Knie fallen. Das ist die Bestätigung, dass Jasion sie in der Tat verhext hat.

Tote Körper übersehen den Fußboden, Feen, die ihr Leben wegen zweier geiziger Bastarde verloren haben. Mein Blick richtet sich auf dem Vater der Prinzen, der sich wie die Schlange, die er ist, aus dem Raum schleichen und weglaufen will. „Fauchi, bringe ihn zu mir."

Sie schießt wie ein Torpedo durch den Saal und eine Schar kleiner Feen ist direkt hinter ihr.

Sie stoßen mit ihm zusammen. Damit hat er nicht gerechnet.

Er wirbelt herum und sein Gesicht ist von Panik gezeichnet, als er realisiert, was auf ihn zukommt. Seine Schreie sind Musik in meinen Ohren.

Diese wundervollen kleinen Kreaturen umschwärmen ihn, während er sich gegen sie wehrt und mit seinen Armen um sich schlägt, aber binnen Sekunden verliert er den Boden unter den Füßen. Sie tragen ihn zu mir herüber und setzen ihn ab, wo er vor den Stufen vor mir auf die Knie fällt.

Meine drei Prinzen gehen auf ihren Vater zu, genau wie seine Exfrau. Meine Mutter ist an meiner Seite.

„Ahren", fleht er. „Wirst du ihr erlauben, mich zu verletzen? Ich bin dein Vater, dein Fleisch und Blut."

Mein Prinz tritt vor seinen Vater und sein Gesichtsausdruck ist einer puren Hasses und Wut. Er hebt seine Faust und rammt sie seinem Vater ins Gesicht, was ihn zurück zu Boden auf seinen Rücken fallen lässt. „Ich habe keinen Vater mehr."

Ahren knöpft dann seine Jacke auf und lässt sie hinter sich auf den Fußboden gleiten, gefolgt von seinem Oberteil, das er nach oben und über seinen Kopf auszieht.

Die Königin auf der Bühne atmet hörbar ein, ich aber weiß genau, was er vorhat, und liebe ihn dafür.

Er zieht seine Schultern nach vorne, als die Rückseite seiner Schulterblätter nach unten hin aufreißt. Flügel drücken sich aus seinem Rücken hinaus und klingen wie Leder, das aneinander reibt. Sie breiten sich rechts und links in prächtigen Blau-, Lila- und Weißtönen von ihm aus. Ausgebreitet nehmen sie einen großen Teil der Breite des Saals ein. Mein Prinz hebt sein Kinn. Er schämt sich nicht für das, was sein Vater als falsch bezeichnet hat, und ich bin so verdammt stolz auf Ahren.

Der ganze Raum ist in Staunen versetzt, da ihr Prinz die wundervollsten Flügel hat, die, wie ich denke, selten sind.

Er blickt auf seinen Vater hinab und sagt: „Du hast versucht, mich zu brechen, aber es hat nicht funktioniert. Fick dich!"

Dann schaut er mich an und nickt mir zustimmend zu, genau wie Deimos und Luther. Ich sehe zu ihrer Mutter hinüber, deren Gesicht rot vor Wut ist. „Töte ihn!", fordert sie.

Ich lächele, während der Wurm sich krümmt und um Rettung weint.

„Er gehört dir, Fauchi." Ich zeige auf ihn und die kleinen Feen fallen augenblicklich über die alte Fee her.

Sie sind unbarmherzig. Sie beißen, reißen an der Haut und bohren Löcher in sein Gesicht und seinen Körper. Ich weigere mich, wegzusehen, denn wenn ich vorhabe, meinen Platz in diesem Königreich einzunehmen, muss ich Stärke beweisen.

Meine Prinzen warten ab und betrachten, wie der Mann, der so viel Leid über ihre Leben gebracht hat, endlich bekommt, was er verdient. Um ehrlich zu sein finde ich aber, dass sie ihn ein wenig zu schnell töten. Es sollte gestreckt werden, etwas mehr herausgezögert werden.

Die schlürfenden und kauenden Geräusche werden von den verängstigten Klängen der Gäste gedämmt. Ja, dies ist definitiv nicht die Hochzeit, die geplant war. Irgendwie bezweifele ich, dass ich den heutigen Tag je vergessen werde. Ahren zieht seine Flügel ein, zieht sich an und ich kann ein Grinsen auf seinem Gesicht erkennen. Das war etwas, das für ihn lange überfällig war.

Der Großteil des Publikums weiß nicht, wo es hinblicken soll... auf ihn oder das skrupellose Ende einer furchtbaren Fee.

Meine Mutter eilt mit Ramond an meine Seite und trägt seine Schüssel mit dem Blut.

„Es ist an der Zeit, dass sie die Wahrheit erkennen, damit du deinen rechtmäßigen Platz einnehmen kannst", erinnert mich meine Mutter. Sie greift nach einer Klinge und fährt mit der scharfen Seite mit einem schnellen Schnitt über ihre Handfläche. Sie neigt die Hand zur Seite und lässt das Blut in die Schüssel tropfen, in dem noch immer das Blut von König Tibout und mir ist.

Ramond lässt seine Hand über die Flüssigkeit kreisen und blaue Energie bedeckt die Oberfläche. Dann bietet er

Fauchi die Schüssel an. „Es wird mit jeder kleinen Fee funktionieren", versichert er mir.

Fauchi sieht mich an, ich nicke und bete, dass es dieses Mal besser klappt als beim letzten Mal.

Mein Herz schlägt panisch. Die Nerven in meinem Rückenmark zucken voller Sorge, dass es schiefgehen wird.

Ich erinnere mich, als ich klein war, musste ich einmal auf die Resultate eines Bluttests warten, da sie befürchteten, ich könnte Epilepsie haben. Das Warten war kaum auszuhalten, aber nichts im Vergleich zu heute. Das ist hundert Mal schlimmer.

Ahrens Gesicht ist stoisch, seine Augen auf Fauchi gerichtet, die auf dem Arm des Magiers landet und von dem Blut probiert. Sekunden später leckt sie fieberhaft die Gabe auf.

Plötzlich reißt sie ihren Kopf hoch und ihr Mund ist vom Blut verschmiert, während ihr einige Tropfen vom Kinn fallen. Ihre Augen sind weit aufgerissen, als hätte sie einen Trip auf einem richtig guten Stoff.

Ich möchte meine Augen schließen und mich abwenden, damit ich das nicht mitansehen muss. Alles, was ich mir vorstellen kann, ist, wie es sie wild zerreißen wird. Kälte überkommt mich und sie lässt mein Innerstes gefrieren. Meine Knie zittern.

Die kleine Fee taucht ihr Gesicht zurück in die Schüssel und genießt jeden Tropfen.

Meine Mutter nimmt meine Hand und beugt sich herüber. „Du musst dich vor nichts fürchten. Nie wieder."

Mit einem Mal reißt das kleine Viech den Kopf hoch und einige der Leute im Raum schnappen erwartungsvoll nach Luft.

Ich halte meinen Atem an und beobachte, wie sie ich

zu einem schwerfälligen Flug in meine Richtung erhebt. Sie breitet ihre Flügel aus und zuckt. Je mehr ich sie anblicke, desto mehr erwarte ich, dass sie augenblicklich jetzt in Rage geraten wird.

Meine Mutter klammert sich an meinen Arm.

Und ich halte die Luft an, während wir warten.

20

AHREN

*J*ede Faser meines Körpers schmerzt, auch dort, wo ich von einem verfluchten Wachmann in die Eier getreten worden bin. Jetzt aber kann ich mich nicht bewegen, während ich jeder steifen, hervorspringenden Bewegung folge, die die kleine Fee macht.

Dieser Tag wird in die Geschichte eingehen—das gesamte Königreich wird darüber sprechen—aber alles, worum es mir geht, ist Guendolyn in Sicherheit zu wissen. Wenn sie mich haben will, werde ich meinen Platz an ihrer Seite einnehmen.

Plötzlich sackt die kleine Fee ab und landet tollpatschig auf Guendolyns Schulter. Sie findet ihre Balance und sinkt auf ihre Knie. Ihr Kopf ist nach unten geneigt und sie beginnt leise zu schnarchen. Guendolyn nimmt sie in ihre Arme, während der Rest der kleinen Feen uns umkreist und uns betrachtet.

„Es stimmt überein", gibt Ramond laut von sich und alle zucken zusammen. „Guendolyn ist die Tochter von König Tibout vom Schattenhof und Königin Sarey vom

Aschehof. Sie ist die rechtmäßige Thronfolgerin beider Königreiche."

Niemand wagt zu sprechen oder sich gar auf Grund der Verkündung zu bewegen und ich sprudele innerlich vor Freude. Ich wünsche mir dies für sie mehr, als ich es mir je erträumt hätte. „Oh Guendolyn", sage ich und gehe hastig auf sie zu. „Das ist alles und mehr, als du verdienst. "

Guendolyn schnappt nach Luft, ihr Gesichtsausdruck ist von Schock erfüllt, als könne sie ihren Ohren nicht trauen. Mit Tränen in den Augen schlingt sie ihre Arme um meinen Bauch und ich umarme sie, küsse ihre Stirn.

Meine Mutter wirft mir einen seltsamen Blick zu.

„Sie ist die Person, die ich heiraten möchte", erkläre ich lautstark, damit es alle hören können. „Wenn sie und die Königin vom Aschehof mich annehmen."

„Ja", antwortet sie. „Ich möchte euch alle drei heiraten. "

In der Menge wird laut nach Luft geschnappt, aber es ist nicht ungewöhnlich, dass eine Königin oder ein König mehr als einen Partner nimmt, um gemeinsam zu regieren. Meine Brüder schließen sich uns an und noch nie war ich so glücklich. Zwischen dem ganzen Sterben hätte ich nicht damit gerechnet, solch eine Freude zu finden, nie erwartet, dass ich einen Weg aus der Ecke, in die ich gedrängt wurde, finden würde.

Ich sehe mich in die Richtung um, wo sich die Gäste wieder im Saal verteilen und einer der Ratgeber des Königreichs östlich von uns fällt mir ins Auge. Es war vorgesehen, dass ich ihre Prinzessin heirate, daher starrt er mich mit einem Blick an, der vor Wut brennt. Meine erste Handlung wird sein, dies ihnen gegenüber anzusprechen und mich für den Verlauf des heutigen Tages zu entschuldigen. Ich winke meinen Ratgeber, Mael, zu mir und weise ihn an, unsere Gäste aus dem Osten dorthin zu führen, wo Königin Titania, ihr Ehemann und ihre Tochter im Schloss warten. „Es wird nicht lange dauern. Lass sie nicht gehen." Es wird eine schwere Unterhaltung werden und ich hoffe, dass ich die Wogen unserer Beziehungen wegen glätten kann.

„Selbstverständlich." Er neigt seinen Kopf und eilt davon. Ich hasse, dass sie in diese Situation gebracht worden sind, aber zur Abwechslung bekomme ich endlich, was ich wollte.

Die Königin vom Aschehof sagt: „Dieser Test bestätigt Guendolyns wahres Erbe als ein Nachkomme zweier königlicher Blutlinien. Und wenn ich mir unsere geflügelten Freunde so anschaue, hat mein kleines Mädchen auch die Macht der Königin der kleinen Feen." Sie räuspert sich und blickt zu meiner Mutter herüber, bevor sie die Ratsmitglieder, die zusammengekauert und absolut geschockt zwischen den Gästen stehen, beäugt.

Ich verarbeite noch immer, dass Guendolyn die Prinzessin sowohl vom Schattenhof als auch vom Aschehof ist... und jetzt kommt noch dazu, dass sie auch die Königin der kleinen Feen ist. Mein Verstand kann kaum erfassen, wie die Dinge sich entwickelt haben. Wenn das jemand verdient, dann ist es meine Guendolyn.

„Da ist noch mehr", sagt die Königin. „Viele von euch kennen meine Tochter als das verfluchte Mädchen in unserem Königreich, aber nur wenige wissen, dass sie als Kleinkind von meiner Schwiegermutter und meinem Ehemann mit dem Fluch belegt wurde, damit sie nie in unser Königreich zurückkehren kann, um ihre Ansprüche auf die Throne geltend zu machen und unsere Königreiche miteinander zu vereinen. Mir wurde nie eine Wahl gegeben und ich tat was ich konnte, um mein Mädchen zu beschützen, was auch der Grund ist, warum ich sie zwischen den Menschen im irdischen Königreich versteckt habe. Aber jetzt, da sie zurück ist, möchte ich ihr ein Geschenk wegen all dem Leid, das ihr angetan wurde, machen. Um die Dinge zurechtzurücken."

Sie macht eine Bewegung, um die Hand ihrer Tochter zu nehmen. „Meine Blutlinie ist die der ursprünglichen Familie, die von der Königin der kleinen Feen selbst abstammt. Ich wurde zu einer lieblosen Ehe gezwungen. Jetzt werde ich nicht länger schweigen und ein Zeichen setzen. Ich danke offiziell als Königin vom Aschehof ab. Es steht einem Familienmitglied frei, den Thron zu beanspruchen, da ich zurückgetreten bin. Und mein Ehemann kann nichts dagegen tun, da du deines Blutes wegen die Erbin bist." Sie blickt zu Guendolyn hinüber, die mit Freudentränen überströmt ist.

Mein Magen verkrampft sich, denn so etwas gab es noch nie. Noch nie zuvor hat ein Königlicher seinen Thron geräumt. Deimos Mund steht offen, während Luther ungläubig blinzelt.

„Mutter", flüstert Guendolyn mit zittriger Stimme. Sie löst sich von mir und läuft ihr in die Arme.

Mir wird es warm ums Herz, endlich mitanzusehen, wie Guendolyn ihre Familie gefunden hat und weiß, wo sie hingehört. Ich wuchs auf, verabscheuend, was mein Vater mir antat, und war so darauf fokussiert, ein besserer König zu werden, darauf, welche Veränderungen getroffen werden müssen, um so etwas wie eine glückliche Zukunft zu haben, dass ich nicht gesehen habe, dass ich bereits alles habe, was ich brauche. Es brauchte etwas Zeit mit Guendolyn, aber wir haben es geschafft. Und es gibt nichts, was ich je ändern würde... Obwohl ich mir wünsche, dass der Weg hierher nicht so heimtückisch und herzzerbrechend gewesen wäre.

Ich wende mich meiner Mutter zu und nehme sie in die Arme, genau wie meine Brüder.

„Es scheint, als müssten wir noch eine Hochzeit planen?", sagt sie und die Tränen steigen ihr in die Augen, die zu mir hinaufblicken. Ihre Augen lächeln wie früher, als das Leben noch einfacher war.

„Und du bist mit der Vereinigung zwischen den Königreichen einverstanden, und damit, dass wir drei sie heiraten?", frage ich.

„Aber natürlich. Zu lange schon lebe ich mit dem Hass; jetzt wünsche ich mir Frieden und Enkelkinder. Und wenn der heutige Tag meinen drei Jungs das schenkt, was ich nicht haben konnte, dann habt ihr meinen Segen."

„Na endlich!", ruft Deimos und zieht so die Aufmerksamkeit aller auf sich.

Guendolyn schaut herüber und lacht, als könne sie nicht glauben, dass das wirklich geschieht. Der Rest der Gäste und Ratsmitglieder ist still und ihnen fehlen ganz klar die Worte.

Ich lasse meine Familie stehen und knie vor meiner Königin nieder. Meine Brüder folgen meinem Beispiel.

„Guendolyn, um es offiziell zu machen, willst du uns drei zu deinen Ehemännern nehmen, um die Throne zu beanspruchen?", frage ich und wünschte, ich hätte einen Ring, den ich ihr darbieten könnte.

Es ist herzerwärmend, wie sie uns anblickt. Eine Träne läuft ihr über die Wange. „Aber natürlich. Das ist der Grund, warum wir das alles getan haben. Damit wir endlich alle zusammen sein können."

Im selben Moment stimmen die kleinen Feen ein

wunderschönes Lied an und beginnen im Saal einen prächtigen Tanz zu vollführen.

Mein Herz klopft und das Adrenalin rast durch meine Adern. Wir haben unsere Königin gefunden. Heute ist der Tag, von dem ich geträumt habe... zu bekommen, was ich die ganze Zeit wollte. Nie habe ich geglaubt, dass es passieren würde, aber jetzt, da es eingetreten ist, werde ich bis zum bitteren Ende kämpfen, um sicherzustellen, dass es bleibt. Wir werden uns ihr beweisen.

Ich neige meinen Kopf, als sie vor uns niederkniet und uns alle in die Arme schließt. „Bitte sagt mir, dass es kein Traum ist?"

Wir alle beginnen zu lachen und ich beuge mich vor, um meine Lippen auf ihre zu drücken. Ich versuche locker zu bleiben, vorzugeben, dass mein Herz nicht in meiner Brust hämmert, und dass ich lauthals herausbrüllen möchte, dass sie mir gehört. Stattdessen flüstere ich nur: „Das ist nur der Anfang deines neuen Lebens."

21

GUENDOLYN

Einen Tag später

Ich bin in meinem Zimmer im Herrenhaus und starre aus dem Fenster auf die Landschaft. Die sanft geschwungenen Berge und die Wälder sind mit Schnee bedeckt und das großartige Sonnenlicht erhellt den blauen Himmel und die Gegend, über die ich herrsche. Ich, das verlorene Mädchen, das immer nur ihre Familie finden wollte und stattdessen etwas weitaus Großartigeres gefunden hat, als sie es je für möglich gehalten hat.

Die Vorstellung dessen, wer ich wirklich bin und was das bedeutet, fühlt sich noch immer nicht real an, aber ich konnte nicht aufhören, zu lächeln oder mich auf der Stelle zu drehen, jedes Mal, wenn ich daran denke, wie sich die Dinge jetzt entwickelt haben.

Ich erinnere mich an ein abgedroschenes Sprichwort darüber, dass wenn das Leben dir Zitronen gibt, gibst du ihm Limonade zurück. Nun, ich habe gerade so etwas wie goldenes Ambrosia, dem Getränk der Götter, aus meinen Zitronen gepresst.

Versteht mich nicht falsch... Ich bin nervös ohne Ende, eine Königin zu werden. Aber es steht nun außer Frage, dass ich mit meinen Prinzen zusammen sein kann, und das ist alles, was mir wirklich wichtig ist.

Die gestrigen Ereignisse bei Ahrens Vermählung mit einer Prinzessin haben sich zu einem Wirbelsturm entwickelt. Jeder erzählt mir, dass dieser Tag in die Geschichte eingehen, über ihn im ganzen Königreich gesprochen werden wird, und dass sie meinen Namen auf ihren Lippen tragen werden. Das verfluchte Mädchen, das Königin werden wird. Lieder werden über mich geschrieben werden und in Wirklichkeit amüsiert mich das, denn das bin nicht ich, über die sie sprechen.

Die Prinzen haben mich bestärkt, sie sind an meiner Seite und ich werde eine starke Anführerin werden. Obwohl ich ihnen glaube, zieht die Ängstlichkeit, alle zu enttäuschen, durch mich hindurch.

Nach allem was vorgefallen ist, haben die Prinzen sich mit den Gästen, die aus weitentfernten Königreichen für eine Hochzeit, die nie stattgefunden hat, an unseren Hof angereist sind, ganz zu schweigen von der Prinzessin und ihrer Familie, herumgeschlagen. Allen haben wir angeboten, ein paar Tage länger zu bleiben, damit sie an der richtigen Hochzeit teilnehmen können.

Es läuft mir kalt den Rücken hinunter beim Gedanken an meine Vermählung und durch meinen Bauch flattern die Schmetterlinge. Es passiert.

Es geschieht wirklich.

Ich bekomme eine Gänsehaut vor lauter Begeisterung.

Ein Klopfen an der Tür lässt mich herumwirbeln und

ich erkenne Michae mit steif an seinen Seiten angelegten Armen und einem entspannten Gesichtsausdruck im Türrahmen. „Prinz Ahren verlangt nach Ihrer Anwesenheit." Er verneigt sich mit gesenktem Kopf. „Er muss Ihnen etwas zeigen."

„Mir?" Meine Nerven beginnen unter meiner Haut zu zucken.

Michae lächelt sanft und bestärkt mich. Dann grinst er mich frech an. „Können wir gehen, meine Dame?"

Ich folge ihm hinaus in den Flur, wo es still ist. Der Großteil der Bediensteten ist im Palast, um die Reste des gestrigen Tags wegzuräumen. Andere helfen bei meiner Hochzeit. Wie es scheint, habe ich bei allem kein Mitspracherecht. Nach Feenbräuchen gebührt die Aufgabe, das ganze Ereignis zu planen, den Müttern der Braut und des Bräutigams. Ich hoffe, dass dies bedeutet, dass sich meine Mutter und die der Prinzen verstehen werden.

Michae führt mich durch das Herrenhaus, über die Brücke und schon bald erreichen wir einen kleinen eingezäunten Hof mit freier Sicht auf den Himmel. Die Schlosswände umgeben die Gärten an allen vier Seiten. Rosa und weiß blühende Bäume zieren die Gegend. Dazwischen blitzen Rosen und Blumen hervor, zusammen mit ein paar Büschen. Zu meiner Rechten befindet sich ein kleiner Gemüsegarten und sogar eine runde Marmorfontäne, aus der das Wasser sprudelt. Es handelt sich um ein Gewächshaus und es ist atemberaubend.

Ein halbes Dutzend Schmetterlinge flattert durch die Luft und ich möchte mein Bett direkt hier hinstellen.

„Folgen Sie dem Pfad", weist Michae mich an und als

ich mich ihm zuwende, zieht er sich bereits zurück und schließt die Tür.

In meinen Adern fließt ausschließlich Heiterkeit. Die beiden Feen vom Hof, die meinen Tod wollten, sind fort, und ich bezweifele, dass Michae mich Gefahr aussetzen würde, nach allem, was wir kürzlich durchgemacht haben.

Ich mache einen Schritt nach vorne und einen weiteren über die Pflastersteine, die den Boden zieren, während Blüten in allen Farben mich umgeben und Schmetterlinge ihre Kreise ziehen. Ich gehe vorbei an Bäumen mit goldenen und roten Kugeln, die Äpfeln gleichen. Die Luft duftet schwer nach Flieder und Vanille. Ich fühle mich wie Alice im Wunderland und mein Magen ist flau vom Adrenalin wegen der Neugier, was ich vorfinden werde. Und warum hat man mich noch nie vorher in diesen Garten gebracht? Sobald ich einen großen Weidenbaum umrunde, erblicke ich eine Hütte mit Spitzdach. Keine Fenster, aber die Tür steht offen.

Die Neugier lässt mich das tiefrote Kleid, das um meine Knöchel schwingt, hochraffen und ich renne voran.

Als ich durch den Türdurchgang schreite, treffe ich drinnen auf Ahren, der auf einer Chaiselongue aus schwarzem Leder sitzt, die eher so aussieht, als gehöre sie in den Thronsaal, anstatt als Gartenmöbel herzuhalten. Bei meinem Eintreten steht mein Prinz auf und sein Lächeln ist fesselnd. Sein langes, weißes Haar ist zurückgekämmt und sein Scheitel sitzt genau über seiner Schläfe. Volle Lippen verformen sich zu einem verschlagenen Grinsen und diese juwelengleichen, grünen Augen ziehen mich in ihren Bann. Irgendetwas ist heute anders an ihm. Der Kummer und die Wut sind aus seinem Gesicht gewichen, denn jetzt weiß er, dass er keine andere heiraten muss. Die Erinnerung daran nagt an mir mit einer Welle der Verzweiflung beim Gedanken daran, wie nahe wir dran waren, unser beider Leben zu ruinieren. Aber das liegt nun in der Vergangenheit und ich weigere mich, länger darüber nachzudenken.

„Ist das dein Geheimversteck?", frage ich und trete näher, während ich die klaren Leuchtkugeln betrachte, die voller Licht an den Wänden hängen und dem Raum etwas Magisches verleihen.

Ahren kommt auf mich zu, nimmt meine Hand und zieht mich sofort in seine Arme. Die magnetische Anziehungskraft zwischen uns ist direkt offensichtlich, als ich mich auf Zehenspitzen stelle und unsere Lippen aufeinander treffen. Sein Kuss ist hungrig, so als hätten wir uns monatelang nicht gesehen. Ich erwidere die Leidenschaft, klammere mich an seinen Schultern fest und drücke ihm meine Brüste entgegen.

Starke Hände schlingen sich um meinen Rücken, gleiten nach unten und umfassen meinen Hintern.

Ich kann kaum atmen, so sehr will ich ihn. Mein Mund liegt auf seinem und unsere Körper sind gegeneinander gequetscht. Dann wird mir klar, wie viel ich verloren hätte, wenn er jemand anderes geheiratet hätte. Nie mehr seine Berührung, seine Lippen, seinen Körper zu spüren, hätte mich umgebracht.

„Ich habe gedacht, dass ich nie wieder mit dir zusammen sein würde", haucht er mir entgegen. Seine Lippen gleiten über meinen Hals und sein Lecken und das Knabbern lässt mich erschaudern.

Seine Worte hüllen mich ein, genau wie seine Angst, mich zu verlieren. Der Atemzug, den ich einsauge, stockt und spiegelt meine eigene Furcht wider. Ich wusste das bereits, aber es von ihm zu hören, bedeutet mir alles.

Ich lege meine Hände um sein Gesicht und flüstere: „Wir werden nie wieder voneinander getrennt sein." Dann küsse ich ihn in süchtig machendem Fieber und er antwortet mit einem rauen, animalischen Brummen, während er seine Finger in meinen unteren Rücken bohrt. Ich stöhne leicht, als er sich an mein Kleid klammert und es zu meinen Hüften heraufzieht. Plötzlich löst er sich von mir und fällt vor mir auf die Knie.

Mein Brustkorb hebt und senkt sich mit jedem Atemzug, als ich darauf warte, was er tun wird.

Seine Finger schlingen sich um den Saum meiner Unterwäsche und ziehen sie an meinen Knöcheln herab. Ich steige aus ihr heraus. Seine Hand berührt federleicht den Scheitelpunkt meiner Oberschenkel und fährt über das kleine Haarbüschel, während er mein Kleid weiter nach oben hält. Ahren betrachtet meine Muschi einfach nur, als hätte er sie eine Weile nicht gesehen, und dann küsst er mich dort so zärtlich, dass mein Herz flattert. Jetzt stöhnt er besessen von einem Hunger, der mich vor Lust verrückt macht.

In Sekundenschnelle springt er auf, legt eine Hand hinter meinen Kopf und zieht mich zu sich. Wir küssen uns wieder und seine andere Hand schiebt den Stoff so eilig an meinen Schultern herab, dass mein ganzer Körper zittert. Aber das ist mir egal, da ich diese Fee so sehr verlange.

Meine Brüste fallen heraus und er senkt seinen Kopf, um an meinen aufgerichteten Brustwarzen zu saugen.

„Ich will, dass es wehtut", bitte ich ihn.

Sein Blick erhebt sich und er lächelt. Dann knabbert er noch fester an meinem Nippel, während seine andere Hand wieder die Hitze zwischen meinen Beinen sucht.

Seine Finger gleiten zwischen meine feuchten Lippen und zwei von ihnen presst er ungezwungen in mich.

Ich werfe meinen Kopf zurück, ächze und gebe mich selbst dieser Fee hin. Er gleitet mit seinem Mund über meine Schlüsselbeine und meinen Hals, um mich dann zu küssen und meine Lippen zu quetschen.

Alles an ihm zieht mich an.

Meine Hände fahren durch sein Haar und halten sich an ihm fest, als er seine Finger aus mir herauszieht.

„Fick mich, Ahren", gurre ich.

Sein Lächeln ist gefährlich und ich presse meine Oberschenkel aneinander, während mein Kitzler wegen der Art, wie er mich anstarrt, als würde er augenblicklich über mich herfallen, pocht. Er öffnet seinen Gürtel und seine Hose und lässt sie so rasch zu Boden gleiten, dass er binnen Sekunden von der Hüfte abwärts nackt ist. Sein dicker Schwanz ist hart und feucht an der Spitze. Gott, er ist so groß und ich will ihn in mir spüren.

„Komm her, meine Schöne. Ich war nicht in der Lage aufzuhören, an deine saftige kleine Muschi und daran, wie sehr ich dich ficken werde, zu denken."

Meine Eierstöcke stimmen mehr als zu und mein ganzer Körper zieht sich von der Sinnlichkeit in seinen Worten zusammen. Ich schnappe mir sein schwarzes Oberteil, um ihn zu mir zu ziehen, aber er packt mich an den Hüften und hebt mich von den Füßen. Rasch schlinge ich meine Beine um seine Taille und hebe eilig mit einer Hand den Rock meines Kleids zwischen uns hoch.

„Nimm mich", fordere ich. „Zeig mir, wie sehr du mich vermisst hast."

„Wenn ich mit dir fertig bin, wird das ganze Königreich atemlos sein."

Ein Schaudern durchfährt mich und ich zittere allein wegen seiner Worte.

Er rückt mich ein bisschen zurecht, bis die Spitze seines Penis meinen Eingang berührt. Ich bin geweitet und gespreizt für ihn.

„Ich gebe dir ein Versprechen", sagt er, während er langsam in mich eindringt. „Jedes Mal, wenn wir ficken, wirst du schreien und um mehr betteln."

Mich gegen ihn krümmend neige ich mein Becken, um es einfacher zu machen, ihn aufzunehmen. „Dann zeig mir das endlich", fordere ich ihn heraus.

Meine Hüften umklammernd dringt er mit nur einem langen Stoß tief in mich ein. Ich schreie auf, teils wegen der besten Art von Schmerz, aber hauptsächlich wegen der Überraschung, wie schnell er eingedrungen ist. Ich halte mich an seinen starken, runden Schultern fest, während er mich komplett ausfüllt. Ohne Unterbrechung fickt er mich im Stehen und sein Mund liegt an meinem Hals.

Ich stöhne und spanne meine Beckenmuskeln an. Die Reibung zwischen uns gleicht einem Inferno. Er läuft mit uns zum Sessel, wo er mich mit Leichtigkeit auf den Rücken legt, mit einer seiner Hände an der Lehne und der anderen an meinem Rücken. Die ganze Zeit bleibt er in mir. Er ist so stark.

Nachdem ich mich etwas zurechtgerückt habe, um es ihm in diesem neuen Winkel angenehm zu machen, beuge ich mich nach vorne und wir küssen uns.

Unsere Körper sind eins, bewegen sich im Rhythmus und unsere Atemzüge vollführen einen Tanz. Meine Brustwarzen stechen je schneller er zustößt. Er ist unnachgiebig, zeigt keine Anzeichen der Ermüdung und ich versinke in seiner Leidenschaft, unserem Sexgeruch und der Art, wie er mich beansprucht. Seine Lippen liebkosten meinen Hals, während seine Hüften mir entgegenschlagen, immer und immer wieder.

„Oh ja, fick mich härter", bettele ich.

Ich schwebe auf Wolke sieben und liebe jede verdammte Sekunde der Art und Weise, wie er Liebe mit mir macht. Ich gebe mich ihm komplett hin.

Wir vögeln und ich vergöttere die Geräusche, die er von sich gibt... Sie sind das absolute Glück. Ich bin so heiß und seine Stöße sind wundervoll.

Mein ganzer Körper zittert und ein mächtiges Schaudern der Euphorie durchfährt meinen Körper so schnell, dass es mich überrascht. Der Orgasmus kommt so plötzlich und er zerreißt mich. Ich schreie auf vor Vergnügen und buckele meinen Rücken, als er sich in mich rammt, einen Stoß nach dem anderen. Die ganze Chaiselongue wackelt.

Ein donnerndes Brummen entweicht seinem Hals. Der Griff um meine Taille festigt sich und nach einem letzten Stoß verharrt er pulsierend in mir. Er ächzt und zur Hölle, ich liebe ihn. Ich kann nicht aufhören, diesen atemberaubenden Mann anzustarren, der in seiner eigenen Lust verloren und tief in mir vergraben ist. Er gehört mir. Mir ganz alleine.

Wir atmen beide schwer und Schweiß benetzt seine Stirn.

Er bricht auf mir zusammen. „Du bist so verdammt schön und ich liebe alles an dir." Wir liegen einander in den Armen, umschlungen für wer weiß wie lange, aber ich möchte mich nicht bewegen. Dies ist der Ort, an dem ich immer sein möchte.

Sein Atem strömt über meinen Nacken, als er sich schließlich aus mir zurückzieht. Er gleitet heraus und geht, um seine Kleidung aufzusammeln und sich anzuziehen. Dann kommt er mit meiner Unterwäsche in seiner Hand, um mich sauberzumachen, und steckt sie dann in seine Tasche. Ich kann nicht anders, als es toll zu finden, wie er sich um mich kümmert.

Ich rutsche herum, damit ich mich aufrecht hinsetzen kann, und ziehe meine Knie zur Brust, um sie mit meinem Kleid zu bedecken. Er lässt sich neben mich plumpsen und unsere Körper pressen sich aneinander, als könne keiner von uns auch nur ein paar Sekunden ohne den anderen sein.

„Eigentlich wollte ich zuerst mit dir reden", sagt er halb lachend. „Aber ich habe keine Kontrolle in deiner Nähe."

Mich an seine Brust kuschelnd begrüße ich die Zufriedenheit, die mich überkommt. „Das war perfekt. Ich habe dich so sehr vermisst."

Wir unterhalten uns nicht sofort. Er hält mich fest und ich lasse mich selbst beginnen zu glauben, dass das, was ich habe, echt ist. Dann entscheide ich, dass ich ihm Dinge erzählen muss, von denen er nichts weiß. Ich räuspere mich und sage: „Ich wollte dir schon vorher von meinem Vater erzählen. Aber es sollte nicht so aussehen, als wolle ich dir den Thron streitig machen. Das wollte ich nie, Ahren. Um ehrlich zu sein war alles, was mir wichtig war, dich nicht zu verlieren."

So wie er mich anblickt, kann ich den Schmerz in seinen Augen erkennen, als hätten meine Worte ihn überrascht.

„Guendolyn, nie hätte ich weniger von dir gehalten, wenn du mir die Wahrheit erzählt hättest. Und ich hätte dir in dem Moment, als ich davon erfahren habe, von meiner arrangierten Ehe erzählen sollen. Irgendwie habe ich die ganze Zeit gehofft, dass dir jemand anderes die Neuigkeiten überbringen würde. Ich wollte dich nicht verlieren, daher habe ich das Unvermeidliche hinaus-gezögert." Er legt einen Arm um mich und zieht mich näher an sich. Neben dieser großen, mächtigen Fee, die mich genauso will wie ich sie, werde ich weich wie Butter. „Wir beide haben versucht einander zu beschützen und haben es nur schlimmer gemacht", gibt er zu.

Ich lehne meinen Kopf gegen seine Schulter und atme seinen maskulinen Duft von frischer Seife, Kiefern und unserem Akt ein. „Ja das stimmt. Aber wir haben uns schlussendlich gefunden. Das ist alles, worauf es ankommt."

„Ich möchte alles wissen", gurrt er und gibt mir einen Kuss auf die Stirn. „Erzähl mir, wie du das erste Mal deine Mutter getroffen hast und wie du herausgefunden hast, wer du bist. Ich habe das Gefühl, dass ich zu viel verpasst habe, als dass alles einen Sinn ergibt."

Seit sehr langer Zeit fühle ich mich endlich beruhigt. Es gibt keine Geheimnisse, die man verbergen muss, keine Sorge, was der morgige Tag bringen wird, und niemanden, der mich hasst. Nun, nicht das ich wüsste, jedenfalls.

Also atme ich tief ein und erkläre all die Ereignisse der vergangen Tage, angefangen bei meiner Entführung durch Jasion, hinzu meinem Besuch bei meiner Mutter, den Rubinsplittern in meiner Hand und wie Ramond uns geholfen hat.

Seine Umarmung wird fester und ich kann spüren, dass er beim Zuhören verkrampft. Ich rechne damit, dass er mich mit Fragen bombardiert, aber es kommt nichts. Als ich zu ihm hinaufschaue, sehe ich, dass sein Gesicht-sausdruck jemandem gleicht, der bestürzt ist.

„Den Rest kennst du, da du gestern im großen Saal warst", sage ich, aber er blickt mir nicht in die Augen. „Habe ich etwas Falsches gesagt?"

Er sagt noch immer nichts und die Anstrengung in seinem Gesicht wird stärker und lässt ahnen, dass hier etwas gewaltig nicht stimmt.

„Sprich mit mir", bohre ich.

„Du warst in Gefahr und verletzt, und ich habe nichts getan", murmelt er, fast als würde er mit sich selbst reden. Sein Tonfall wird dunkler.

Der stechende Schmerz in seiner Stimme zerreißt mich, denn der Sinn darin, zurückzublicken, ist doch, davon zu lernen und in die Zukunft zu gehen, oder?

„Ahren."

„Nein, es war meine Pflicht, dich zu beschützen. Ich habe nichts dagegen getan, dass man dir wehgetan hat." Er beißt die Zähne zusammen und verkrampft sich neben mir, als würde er sich verschließen.

Wir sind aber zu weit gekommen, haben so vieles überwunden, um sich das in unseren Weg stellen zu lassen.

Ich wende mich ihm zu, damit ich ihn ansehen kann.

„Es geht mir gut." Er nimmt meine Hände und küsst beide Handflächen. „Aber ich hätte für dich da sein müssen."

„Du bist jetzt hier. Das ist alles, worauf es ankommt. Wir haben beide das getan, was wir seinerzeit für richtig gehalten haben." Ich küsse ihn, nehme ihm den Schmerz und ersetze ihn durch meine Liebe.

Er löst sich nicht von mir, aber als ich unseren Kuss beende, lehnt er seinen Kopf gegen meine Brust. Ich halte ihn für eine Zeit lang fest. Wir alle verarbeiten Schmerz auf unsere eigene Art und wenn er es braucht,

einfach nur festgehalten zu werden, dann werde ich
das tun.

Ich verliere das Zeitgefühl, wie lange wir zusammen-
sitzen, und als er sich endlich aufrichtet, legt er seine
Hände um mein Gesicht und küsst mich. Zärtlich, voller
Liebe und Zuneigung. Es geht nicht um Lust oder Verlan-
gen, sondern wahre Gefühle, die er für mich empfindet.
Deshalb leidet er.

„Ich weiß, dass ich die Vergangenheit nicht ändern
kann, aber ich werde dir jeden einzelnen Tag für den Rest
unseres gemeinsamen Lebens zeigen, wie viel du mir
bedeutest.“

Freudentränen überströmen mein Gesicht, ich lache
und umarme ihn. „Das bedeutet mir alles.“

22

Drei Tage später

Ich blicke in Luthers Augen, als er neben mir steht, wie ein Wahnsinniger grinst und tadellos mit einer dunkelblauen Hose und einer Dublette gekleidet ist, sowie einem goldenen Mantel, der ihm von seinen breiten Schultern hängt wie ein Umhang. Die Farbe passt zu den Goldknöpfen, die an der Vorderseite seiner Jacke herab verlaufen und den Ton seiner bernsteinfarbenen Augen zur Geltung bringen. Jedes Mal, wenn ich ihn ansehe, zittern meine Knie... aber machen wir uns nichts vor. Alle drei Prinzen haben dieselbe Wirkung auf mich.

Deimos steht neben ihm, zwinkert mir zu und lässt Schwindelgefühle in mir aufsteigen, während Ahren sich auf meiner anderen Seite befindet. Groß und stolz, ähnlich gekleidet wie seine Brüder, außer dass er einen dunkelroten und silbernen Anzug trägt.

Sein Lächeln ist spektakulär. Seine Augenwinkel bilden kleine Fältchen und sein starker Unterkiefer zieht meine Aufmerksamkeit auf sich. Ich bin so verliebt in meine Prinzen, dass es mich noch immer überwältigt.

Ahren beugt sich vor und flüstert in mein Ohr: „Ich werde heute Nacht über dich herfallen."

Ein vergnügtes Schaudern läuft mir den Rücken hinunter und wirbelt durch meine Magengrube, erinnert mich an unsere gemeinsame Zeit im Gartenhaus, und erweckt das Biest, das sich meine Libido nennt, zum Leben. In ihrer Nähe ist sie komplett außer Kontrolle.

Deshalb lehne ich mich auch vor, erwidere die Geste und flüstere: „Ich trage heute kein Unterwäsche."

Sein Gesichtsausdruck verändert sich binnen Sekunden und Lust glitzert in seinen Augen.

Normalerweise würde ich über ihn lachen, aber dies wäre wohl nicht der geeignete Ort dafür. Ich blicke auf die Tausende von Feen, die sich auf dem Boden des Aschehofs versammelt haben, bestehend aus Seelie und Unseelie. Hier, um unsere Hochzeit zu feiern und unsere Anerkennung des Throns. Nach all dem ist ein ausgelassenes Gelage geplant. Mutter, die in der ersten Reihe neben der Mutter der Prinzen sitzt, hat dies für uns arrangiert.

Die Besucher anblickend schlägt mein Magen nervös Saltos. Ich denke nicht, dass ich mich je an diese Art der Aufmerksamkeit gewöhnen werden kann.

Die Spätnachmittagssonne sinkt und taucht den Himmel in Töne, die roten, orangenen und rosanen Edelsteinen gleichen. Hunderte kleiner Feen sitzen in den Zweigen der uns umgebenden Bäume, sehen zu und sind Teil unserer Zusammenkunft.

„Eure Hoheiten", erklärt Michae und verbeugt sich vor

uns. Er ist mit einer brandneuen Uniform bekleidet und seine Schultern zieren die goldenen Streifen des Kommandanten. Sein neuer Posten, in den er sich rasch eingefunden hat.

Ihm folgend zerren etliche Wachmänner den alten König des Aschehofs und seine Mutter mit hinter den Rücken gefesselten Händen hinter sich her und eine blaue Aura umgibt sie. Zu verdanken haben wir das Ramond, um sicherzustellen, dass ihre Magie blockiert wird.

Meine Mutter ließ sie verhaften und an dem Tag, als sie am Schattenhof eingetroffen ist, einkerkern. Sie waren sicher weggesperrt, bis wir eine Entscheidung treffen konnten.

„Auf die Knie", brüllt eine Wache, als er dem König in die Kniekehlen tritt. Er geht zu Boden und seine Mutter tut es ihm freiwillig gleich.

Meine Mutter steht von ihrem Platz auf. Sie sieht wundervoll aus, gekleidet in ein blassgrünes Kleid, das locker zu Boden gleitet. Der Saum und die Ärmel sind aus Stoff gefertigt, der so dünn wie ein Spinnennetz ist, und ihr Haar wird von einer Tiara aus Blumen aus ihrem Gesicht gehalten.

Sie sieht mich an. „Meine zukünftige Königin, mir ist bewusst, dass wir die Dinge ein wenig rückwärts angehen, aber ich möchte nicht, dass irgendetwas die Hochzeit und die Krönung stört. Die Entscheidung, was mit diesen beiden passieren soll, liegt bei dir."

Der alte König mustert mich voller Verachtung und voller Hass, während seine Mutter mich gut und gerne mit ihrem Blick töten könnte. Ich habe die letzten Tage, während wir uns auf dieses Ereignis vorbereitet haben, über diesen Moment nachgedacht und ich wusste, dass er kommen würde.

Ich schreite voran auf das große Podium. Die Diamanten auf meinem sich bauschenden Prinzessinnenkleid funkeln wegen den unzähligen Lichtern, die im Gelände aufgehängt worden sind und den brennenden Fackeln, die die Gegend übersäen.

„Ich kenne euch beide nicht besonders gut", sage ich, „aber mein ganzes Leben, bis zum heutigen Tag, war eine Lüge wegen euch. Ich musste ohne meine richtige Familie aufwachsen und war im Glauben, verrückt zu werden. Ihr habt mir alles genommen. Und so sehr ich auch glauben möchte, dass ihr eure Lektion gelernt habt und ihr mir nie wieder Leid zufügen würdet, ist dies nicht der Fall, oder?"

Ihre unbewegten Gesichtsausdrücke beantworten meine Frage. Nicht, dass ich überrascht wäre.

„Du bist ein Fluch für unser Königreich", krächzt die alte Frau. „Du wirst es in Stücke reißen und mit deinem verdorbenen Dasein Verwüstung säen."

Ich straffe meine Schultern, hebe mein Kinn und trotze der Wut, die in mir aufsteigt, weigere ich mich, ihr zu geben, wonach sie verlangt. Zu sehen, wie ich mich auf ihre Augenhöhe herablasse.

„Da irrt ihr euch. Ich werde die Feen so wie einst miteinander vereinen, so wie die Königin der kleinen Feen es gewollt hätte. Es wird keine Kriege geben, Tod und Blutvergießen wird ein Ende haben und es wird ein Königreich sein, indem sich die Feen nicht voreinander fürchten müssen. Eure kriegerische Herrschaft endet jetzt. " Ich erhebe meinen Blick in Michaes Richtung. „Bringt sie ins Verließ!"

„Nein", bettelt der alte König. „Wir haben jahrelang

über dieses Königreich geherrscht; bitte, lasst Gnade walten. Es gibt keinen Grund uns dem Tod zu weihen."

Ich habe kein Mitleid mit ihm, denn er hatte viele Jahre Zeit gehabt, um die Dinge richtigzustellen. Ich vertraue ihm kein bisschen. „Führt sie ab", wiederhole ich, lauter dieses Mal. „Ihr habt versucht, mich zu töten, und dafür werdet ihr mit euren Kräften bezahlen und zur Erde geschickt, damit ihr den Rest eures Lebens dort verbringt. Bringt sie hier weg."

„Du bist eine verdammte Schlampe, die dieses Königreich zerstören wird!" Der alte König steht auf, wehrt sich gegen den Griff der Wachleute und schreit Flüche heraus.

Seine Mutter weint wegen der Ungerechtigkeit und wendet sich an mich. „Ich hätte dich sofort als Baby töten sollen."

Ihre Worte lassen meinen Magen schmerzen. Ich drehe ihnen meinen Rücken zu und kehre zu meinen Prinzen zurück, die mich voller Bewunderung anlächeln.

„Du bist perfekt", sagt Deimos.

Warum zittere ich dann wie ein Nervenbündel? Wegen der Konfrontation vor der gesamten Menge? Ich atme langsam, um mich selbst zu beruhigen.

Es dauert nicht lange, bevor eine in die Jahre gekommene Fee mit einem langen, weißen Mantel, der vom Hals bis zu den Oberschenkeln zugeknöpft ist, auf uns zukommt. Weißes Haar reicht ihm bis zur Taille und er lächelt mich gutmütig an, als sich unsere Blicke treffen.

Ein sanftes Lied liegt in der Luft, da die kleinen Feen uns ein Ständchen singen, als sie sich von den Bäumen erheben, um zwischen den Gästen zu schweben. Der Anblick und der Klang ihrer wunderschönen Flügel, der sich mit ihrem summenden Gesang vermischt, bringt so etwas wie Liebe in mein Herz.

Die Gäste stimmen ein und ich kann nicht aufhören zu lächeln, da ich weiß, was geschehen wird.

Mein ganzes Leben habe ich gekämpft. Ich habe darum gerungen, mich normal zu fühlen. Hineinzupassen. Aufzuhören, eine Außenseiterin zu sein. Aber dies fühlt sich richtig an—ich bin genau dort, wo ich sein soll.

Die ältere Fee zieht eine Schleife aus Spitze zwischen ihren beiden Händen auseinander. „Legt eure Handgelenke auf dieses Band", weist er uns an.

Wir vier kommen zusammen und folgen seiner Anweisung. Im Anschluss bindet der Offiziant unsere Hände mit einem netten kleinen Schleifchen zusammen.

Dann beginnt er in einer Sprache zu sprechen, die ich nicht verstehe—einer altertümlichen Feensprache, vermute ich—aber ich verstehe das Wesentliche. Er verheiratet uns und vereint uns als eine Familie, während er unsere verbundenen Handgelenke in seinen Handflächen hält.

Mir wird ganz warm ums Herz und das Schwindelgefühl von vorhin durchdringt mich erneut, denn dies ist wirklich echt. Es gibt keine Tricks oder Geheimnisse mehr.

Das Mädchen, das verloren war, das nichts hatte, heiratet drei Prinzen. Tränen schießen mir in die Augen und ich blinzele sie fort, denn ich werde nicht weinen. Alle Prinzen sehen mich an, lächeln und ich wünsche mir mehr als alles andere, dass es nur uns vier gäbe und nicht so viele Zuschauer. Ich sitze fest und meine Emotionen schäumen in mir hoch bis zu dem Punkt, an dem sie beinahe explodieren, während ich versuche, so lässig wie möglich zu wirken. Es ist ein Kampf gegen Windmühlen.

Ich blicke von Deimos zu Luther, dann zu Ahren, und weiß, dass ich die richtige Entscheidung getroffen habe, für uns zu kämpfen.

Als die Fee innehält, hebt er unsere Hände hoch und segnet jede einzelne mit einem Kuss, bevor er die Schleife von unseren Händen löst. „Sie dürfen jetzt die Ringe tauschen."

Ein panisches Zucken durchfährt mich als mir klar wird, dass ich keine Ringe für meine Prinzen habe. Mit allem, was vorgefallen ist, ist mir das gar nicht in den Sinn gekommen.

Alle drei lassen sich auf ein Knie vor mir nieder und lieben mich mit ihren Augen und ihren Lächeln.

Ahren nimmt als Erster meine Hand und präsentiert mir einen Goldring, in den ein rosa Diamant in der Form eines Sterns eingearbeitet ist. Ich schnappe nach Luft. „Er ist wunderschön." Dann beginne ich zu kichern—niemals im Leben hätte ich erwartet, dass solche Träume für mich wahr werden würden. Er glitzert wie eine Diskokugel, als er ihn mir an den Mittelfinger steckt. Ich wackele mit meinem Finger und bewundere, wie perfekt er auf meinen Finger passt.

„Möge er immer deinen Pfad erleuchten, damit du nie vergisst, dass du geliebt wirst", sagt Ahren.

Innerlich schmelze ich dahin und ich beuge mich vor, um ihn zu umarmen, aber Deimos nimmt meine Hand und ich richte mich rasch wieder auf.

Er schiebt einen Ring auf meinen Zeigefinger, schlichtes Weißgold mit einem knallroten Rubin in der Form einer Träne. „Eine Erinnerung an die Schönheit, die du im Herzen trägst, und dass sie dich nie vom rechten Pfad abbringen wird."

Ich grinse ihn wie verrückt an und nage an meiner

Unterlippe. Ich möchte mich ihm einfach nur an den Hals werfen und ihn von oben bis unten abknutschen.

Im Anschluss nimmt Luther meine Hand und sein Lächeln sagt alles. Wir sind so weit gekommen, er und ich. Vom Beginn, als er mit seinem klugscheißerischen Flirten in meinen Verstand eingedrungen ist, über meine Reise in dieses Königreich, bis hin zu unseren gemeinsamen Kämpfen um unser Leben.

Er nimmt meine Hand und streicht mit seinem Daumen über den Ring seiner Großmutter, den ich an meinem Ringfinger trage. „Für meinen kleinen Wolf. Hör niemals auf, für das zu kämpfen, woran du glaubst. Es ist einer der Gründe, warum ich mich in dich verliebt habe."

Und damit verliere ich komplett die Kontrolle über meine Emotionen. Tränen rollen und befeuchten meine Wangen; ich kann vor Freude nicht aufhören zu weinen.

Meine Prinzen erheben sich und umarmen mich. Alle zusammen als Eins. „Ihr habt keine Ahnung, wie viel mir das bedeutet", bekomme ich zwischen dem Schluchzen und Wegwischen meiner Tränen heraus.

„Doch, das wissen wir", sagt Ahren. „Ich liebe dich so sehr, dass es mich zerstört hat, als ich dich beinahe verloren habe."

„Ich liebe alles an dir", sagt Deimos.

„Und ich habe dich von Anfang an geliebt", fügt Luther hinzu.

Ich drücke mich gegen sie und Tränen laufen mir über die Wangen—dann beginne ich wie eine Verrückte zu lachen. „Das sind Freudentränen, das wisst ihr."

Sie kichern gemeinsam mit mir und Ahren wischt meine Wangen mit seinen Daumen trocken. „Bist du bereit, fortzufahren, meine Schöne?"

„Ja. Lasst es uns tun."

Meine Mutter wartet einige Schritte hinter uns, ihre Augen funkeln und sie übergibt mir eine kleine Schatulle. In ihr befinden sich drei Ringe. Sie sind alle aus dunklem Gold mit unterschiedlichen, eingravierten Mustern. Ich lege sie mir auf die Handfläche und gestikuliere ihr *Dankeschön.*

Dann wende ich mich meinen Prinzen zu und stecke ihnen meine Ringe an die Finger. Einem nach dem anderen und jeder von ihnen strahlt vor Freude.

Die Menge tobt—auch die kleinen Feen—als der Offiziant unsere Ehe verkündet. Es fühlt sich unwirklich an.

Die ältere Fee hat das Podium verlassen und nun treten die ältesten Ratsmitglieder, einer von jedem Hof, vor.

Hinter ihnen folgen vier junge Mädchen, die je ein Seidenkissen mit einer Krone darauf tragen.

Mein Herz schlägt schneller und die Vorfreude in meiner Brust wächst. Ahren nimmt sich den Umhang von den Schultern und breitet ihn vor mir auf dem Boden aus. Dann nimmt er meine Hand und flüstert: „Wir müssen alle niederknien."

Alle gehen auf die Knie, dann nehme ich Ahrens Hand und folge ihrem Beispiel. Wir knien alle in einer Reihe und ich bin die erste, zu der die Ratsmänner kommen.

Ich zittere vor Aufregung und wünschte, ich hätte mein Handy dabei, damit ich Fotos von allem machen könnte, um nicht eine einzige Erinnerung zu vergessen.

Einer der Ratsangehörigen tritt mit einer kleinen Kristallschale voller Flüssigkeit vor. Er taucht zwei Finger hinein, fährt dann mit ihnen über meine Stirn und an meinen Wangen herab. Wieder spricht er Feenworte, von

denen ich annehme, dass es sich um einen Segen und die
Salbung zu meiner neuen Rolle handeln muss. Ein junges
Mädchen kommt herbei und trägt die schönste und
größte Krone, die mit Rubinen und weißen Edelsteinen
besetzt ist, die zu meinem Brautkleid passen. Der
Ratsherr vom anderen Hof setzt sie mir auf, damit beide
Höfe involviert sind. Sie ist viel schwerer, als ich erwartet
habe, passt aber perfekt.

Ich kann nicht aufhören zu strahlen und bin davon
überzeugt, dass ich wieder anfangen werde zu weinen,
während ich dabei zusehe, wie meine Prinzen ihre
Kronen bekommen. Sie sind golden und mit Edelsteinen
in den unterschiedlichsten Farben verziert. Ich zwicke mir
tatsächlich in den Arm um sicherzustellen, dass dies
wirklich passiert. Immer habe ich gehört, wie die Leute,
die geheiratet haben, gesagt haben, dass der Tag wie im
Flug vergeht. So fühlt es sich wirklich an.

„Bitte begrüßt unsere neue Königin und Könige des
Aschehofs und des Schattenhofs", verkünden die Ratsmitglieder gleichzeitig.

Just in diesem Moment bricht die Menge in Jubel aus.
Die kleinen Feen singen lauter, flattern um uns herum
und füllen den Himmel mit einem Regenbogen aus
Farben. Als wir uns wieder aufrichten ertönt das Lied der
kleinen Feen am lautesten und alle klatschen noch fester.
Die Band stimmt ein und eine Reihe Bediensteter in
weißen Anzügen strömt aus dem naheliegenden Schloss
mit Silbertabletts voller Getränke und Speisen auf den
Armen.

Ich bin absolut sprachlos, dass ich jetzt die Königin
bin. Es wird etwas dauern, sich daran zu gewöhnen.

„Was passiert jetzt?", frage ich Ahren.

„Wir haben Spaß und küssen dich ausgiebig." Er

nimmt meine Hand und führt mich die Stufen herab.
Immer wieder erinnere ich mich daran—dies ist mein
Hochzeitsempfang. Es ist Zeit, dass ich feiere und mich
amüsiere—denn ich habe gewonnen. Zum Schluss habe
ich bekommen, was ich wollte... meine drei Feen.

„Wo gehen wir hin?", frage ich Luther, als er
mich einen Flur entlangschleift, weiter in
einen anderen hinein. „Kennt ihr euch überhaupt hier
aus? Was ist mit den Gästen draußen?"

„Aber natürlich", antwortet Deimos neben mir. Ahren
ist hinter mir und wir vier laufen durch das Schloss des
Aschehofs. Das ist unser neues Zuhause... Nun, eins von
zweien, um genau zu sein, und ich weiß noch immer
nicht, wo wir schlussendlich leben werden. Ein Teil von
mir spielt mit dem Gedanken, die Höfe zu erweitern,
damit alle an einem Ort leben können, vereint. Wo auch
immer wir sein werden, wir werden riesige Bäume für die
kleinen Feen pflanzen, damit sie darin leben können,
wenn sie möchten.

Aber das kommt später. Jetzt gerade muss ich erstmal
herausfinden, was meine Könige für mich geplant haben.

Nach Stunden des Feierns haben sie mich hinaus-
geschleust und bestanden darauf, dass sie eine Überraschung haben.

Wir laufen schneller und die drei lächeln wie
Spitzbuben, während ich lache. Nichts in meinem Leben
hat sich je so sicher angefühlt. So perfekt.

Vor einer großen Flügeltür kommen wir zum Stehen.
Deimos wendet sich mir zu. „Wir haben mit deiner
Mutter gesprochen und etwas herausgefunden, was dich

interessieren dürfte. König Tibout hat den Rubin für seinen Thron erworben, denn er wusste, dass seine Tochter eine direkte Verbindung zur Königin der kleinen Feen hat und auch, dass der Edelstein dir mit deinen Kräften helfen könnte. Er hat niemandem davon erzählt, sondern hatte vor, dir den Rubin zu geben, sollte er je die Chance bekommen, dich kennenzulernen. Ich erzähle dir das nicht, um dich traurig zu machen, meine Schöne, sondern damit du weißt, dass er dich geliebt hat."

Seine Geschichte berührt mich und alles, woran ich denken kann, ist das letzte Mal, als ich meinen Vater gesehen habe. Unsere Gespräche beim Wein. Ich wünsche mir so sehr, dass ich damals gewusst hätte, dass er mein Vater ist, damit ich ihm hätte sagen können, dass ich es bin.

Luther hat seine Hand auf meinen unteren Rücken gelegt und massiert ihn mit kleinen kreisenden Bewegungen.

Deimos stößt die Tür auf und vor mir befindet sich ein wundervoller, großer Raum, der mich in eine andere Welt entführt.

Perlmuttfunkelnde Wände geziert von grünen Ranken voller weißer Blüten. Reihen um Reihen weißer Bänke, als hätten wir gerade eine gotische Kirche betreten. Es gibt ein Fresco mit kleinen Feen und Blumen an der hohen Decke. An der hinteren Wand stehen verdammt nochmal echte Bäume mit grünen Blättern und Blüten. Dort ist die Decke aus Glas, um das natürliche Licht hineinzulassen.

Vor den Bäumen stehen vier Throne. Sie sind alle schwarz mit den goldenen Mustern, die den Gravuren der Ringe meiner Ehemänner entsprechen. Einer aber ist anders. In der Kopflehne ist ein Rubin eingearbeitet.

„Ist das—"

„Ja", antwortet Ahren. „Deine kleine Freundin Fauchi hatte noch einen Rubin, den die kleinen Feen bewacht haben, und sie schenkt ihn dir."

Am liebsten möchte ich hinausrennen und sie umarmen. Meine Wangen schmerzen nun ganz offiziell vom ständigen Lächeln. Es ist noch immer schwer, sich mit allem abzufinden, aber das hindert mich nicht daran, mich auf der Stelle im Kreis zu drehen. „Ihr habt das für uns gemacht?"

„Nun, es wurde Magie angewendet", erzählt Luther mir und führt mich an der Hand voran.

Deimos schließt die Tür hinter uns und sobald ich auf meinem Thron Platz nehme, ist es Ahren, der vor mir steht. Die anderen beiden stehen rechts und links von mir —es ist, als hätten sie ihre eigene kleine Zeremonie geplant.

„Was ist los?", frage ich und bemerke, dass mein Thron recht bequem ist, als ich mich zurücklehne und den Saal betrachte. Die Sitzfläche ist breit genug für zwei, also ist es verständlich, dass ich mir vorstelle, wie ich hier mit einem meiner Männer kuschele.

Meine Krone, gemeinsam mit denen der Prinzen— nein, Könige—ist im Moment sicher verstaut, aber ich könnte mich daran gewöhnen, sie zu tragen und hier oben zu sitzen.

„Dieser Raum ist nagelneu, genau wie die Throne. Und wir haben uns gedacht, der Moment wäre perfekt, um sie einzuweihen", erklärt Ahren. Er sieht mich nicht mit seinem üblichen ernsten Gesichtsausdruck an. Heute ist er scherzhaft und kokett. Ich vergöttere es absolut, ihn zur Abwechslung glücklich zu sehen.

Er geht vor mir auf die Knie und ich setze mich gerade auf meinem Stuhl hin. Jedoch nimmt er meine Knöchel

und zieht sanft an ihnen, sodass ich wieder wie hingelüm-
melt dasitze.

„Huch." Ich kralle mich an den Armlehnen fest, damit
ich nicht hinunterrutsche.

„Ich erinnere mich daran, dass du mir ein
Versprechen gegeben hast", neckt er mich, während sich
seine Hand unter mein Gewandt schiebt und an meinen
Beinen hoch zu meinen Knien wandert.

Mein Herzschlag wird schneller, als tief in mir die
Hitze aufsteigt. „Ja, und das wäre?" Mein Atem stockt, als
seine Hände meine Schenkel so weit es der Thron zulässt
öffnen, was offensichtlich weit genug ist. Ist das der
Grund, warum sie so breit geschreinert wurden?

„Ich konnte an nichts anderes denken, als daran, dass
du keine Unterwäsche trägst." Ahrens Berührung schiebt
sich zwischen meine Oberschenkel und seine Finger
berühren meine Hitze, mein Inferno, meine
dahingeschmolzene Pfütze dessen, was sie mit mir
anstellen.

„Scheiße! Ich brauche dich", brummt er und schiebt
den Stoff nach oben, um seinen Kopf darunter zu stecken.

Bevor ich antworten kann, greift er nach meinen
Hüften und zieht meinen Hintern ans Ende der Sitzkante,
um mich in die beste Position zu rücken.

Mein Herz schlägt hysterisch, als die Erregung wütend
in mir entbrennt.

„Was, wenn jemand hereinkommt und... Aah." Ich
werfe meinen Kopf zurück und klammere mich mit den
Armen an meinem Thron fest, als sich Ahrens Mund über
meine Muschi legt.

Unnachgiebig leckt seine Zunge und er verschlingt
mich wie ein Tier.

Ich schreie auf und stöhne. Deimos und Luther

kommen näher und beide ziehen den Stoff meines Brautkleids weiter nach oben zu meiner Taille.

„Wir möchten das sehen", beharrt Deimos.

Luther öffnet bereits seine Hose und sieht zu, wie Ahren mich leckt, während meine Beine weit gespreizt sind.

Ich drücke den Stoff hinunter, damit ich sehen kann, wie meine Könige genauso abgehen, wie ich. Ahren dringt mit zwei Fingern in mich ein und zieht mit seinem Mund an meinem Kitzler. Feuer entbrennt in mir und der warme Herzschlag zwischen meinen Oberschenkeln wird immer intensiver.

Die Euphorie, die durch mich rollt, kommt so schnell und ich bin mir nicht sicher, wie lange ich es noch aushalten kann.

„Ich will dich über den Thron gebeugt ficken", gurrt Deimos.

Nun, wenn Königin zu sein bedeutet, die Muschi geleckt zu bekommen und von den drei atemberaubendsten Feen der Welt beansprucht zu werden, dann... habe ich verdammt nochmal vor, die beste Königin zu sein, die dieses Königreich je gesehen hat.

Ich denke zurück und mir gefällt das Gefühl nach der Zeremonie... Nach allem, was ich durchgemacht habe, habe ich endlich mein Zuhause gefunden.

23

GUENDOLYN

Fünf Jahre später

„Lucia, nicht so hoch", rufe ich, während ich Rosentee in meine Teetasse auf dem Gartentisch einschenke. Die Sonne ist herrlich, daher macht es Sinn, das Frühstück zur Abwechslung draußen einzunehmen. Außerdem sind die Gärten des Schattenhofs zu prachtvoll, um sie nicht zu nutzen, besonders im Frühling.

Mein kleines Bündel aus Flügeln hört natürlich nicht auf mich. Sie schlägt mit diesen atemberaubenden kleinen, silbernen Flügeln und versucht, eine Blüte im Baum zu erreichen. Sie ist genau wie ihre Väter... allen Ernstes, so stur wie sie bereits im Alter von fünf Jahren ist, kommt sie definitiv nach allen drei. Ich kann es daran erkennen, wie sie sich auf alles stürzt, ohne vorher darüber nachzudenken.

Ihre kleinen Beinchen strampeln in der Luft, da sie noch nicht so ganz herausgefunden hat, wie sie nur mit ihren Flügeln schlagen kann. Trotzdem besteht sie darauf, überall hinzufliegen.

Fauchi schwirrt um Lucia herum und zupft an ihrem blauen Kleid, aber Lucia stößt die kleine Fee einfach weg. Erst vor kurzem habe ich Lucia die Haare kurz schneiden lassen... Einen elfenartigen Haarschnitt und er passt so wundervoll zu ihren runden Wangen.

Fauchi blickt zu mir hinüber, schnaubt wütend und verschränkt ihre Arme vor der Brust, während sie neben meinem kleinen Mädchen in der Luft stehenbleibt.

Ich seufze, da es bereits das dritte Mal heute Morgen ist, dass Lucia in den Baum hinaufgeflogen ist, nachdem ich sie wieder herabgezogen habe.

Ich wurde mit Drillingen gesegnet, jede einzelne ist anstrengend und keine gleicht der anderen, aber sie sind perfekt. Ich kann Züge von allen von uns in unseren drei Mädchen erkennen. Tasi mit ihrem weißen Haar und den kristallblauen Augen. Sie hat die längsten Wimpern und ist definitiv ein Papakind, die ihre Kleider und Tiara liebt. Evie ist still und genießt die Gesellschaft Erwachsener. Ahren hat mir erzählt, dass sie eine alte Seele hat. Für mich aber ist sie eine perfekte Schauspielerin mit ihrem rabenschwarzen Haar, das zu einem Bob geschnitten wurde. Und dann ist da noch Lucia, mein kleiner Wirbelwind mit graublondem Haar, der ständig nur Unfug im Sinn hat.

„Mach dir nicht so viele Sorgen", sagt Lily, die Mutter meiner Ehemänner, und nimmt einen Schluck aus ihrer goldenen Teetasse. Ihre perfekt gezupften Augenbrauen thronen über ihren blassen Augen. „Deimos war genauso, als er aufwuchs, nur ohne die Flügel. Er war von einem Pferd, das uns gehörte, besessen und er ritt auf diesem Ding überall hin, sogar im Schloss. Nichts was wir sagten oder taten konnte seine Meinung ändern, bis wir nachgaben und einen kleinen Schlafplatz für das Pony in seiner Kammer eingerichtet haben. Dann begann ihn das Pferd zu langweilen. Und wenn Lucia auch so ist, wird sie nicht aufgeben bis sie hat, was sie will."

Ich knirsche mit den Zähnen, als ich meinen Blick auf Lucia richte, die ihre Hand ausstreckt, um nach der ersten Blüte zu greifen, dann der nächsten und so weiter. Ihre Sturheit nimmt mit jedem Tag zu, aber ich liebe sie über alles und das weiß sie.

Wenn wir nicht draußen in den Gärten des Schattenhofs wären, um unser Frühstück zu genießen, wäre ich ihr wahrscheinlich hinterhergerannt und hätte darauf bestanden, dass sie sich hinsetzt, um ihre Mahlzeit einzunehmen.

„Mama", fragt Tasi. Sie sitzt neben mir, zieht an meinem Ärmel und ihr Mund ist voller Schlagsahne von den kleinen Küchlein. „Können wir einen Fuchs als Haustier haben? Wenn Papa ein Pony in seinem Schlafzimmer hatte, kann ich einen Fuchs haben?"

Sie schmollt, aber dieser Blick zieht bei mir genauso wenig wie bei ihren Vätern. „Eine Schande, dass ich allergisch bin. Es tut mir leid meine Süße, aber wir können uns nicht im gleichen Haus befinden." Habe ich schon erwähnt, dass Tasi allem lauscht, worüber wir sprechen und sie eine Opportunistin ist?

„Du könntest draußen schlafen", antwortet sie und bringt ihre Großmutter und mich zum Lachen, während ich mit den Augen rolle, weil sie so schlau ist. Evie, mein anderes kleines Mädchen, sitzt mir gegenüber am Tisch auf dem Schoß meiner Mutter und spielt mit dem langen, blonden Haar ihrer Oma.

„Wie wäre es, wenn du erstmal deine Beeren aufisst",

sage ich und hoffe sie damit genug ablenken zu können, damit sie eine Weile den Fuchs vergisst. Aber es würde mich nicht überraschen, wenn ihre Väter ihr in Kürze einen kaufen würden.

Ich nehme meine Teetasse vom Tisch und lehne mich in meinem Stuhl zurück, während ein Schmetterling über unseren Tisch flattert und meine beiden Mädchen dazu bringt, in Gelächter und Aufregung auszubrechen.

Seit fünf Jahren lebe ich jetzt mit meinen drei Königen, unseren Müttern und Töchtern im Königreich der Irrfahrten, und noch immer kneife ich mich an manchen Tagen, um mich davon zu überzeugen, dass dies wirklich mein Leben ist.

Ich bin eine Königin, die in einem Schloss lebt, über zwei Königreiche herrscht und ständig daran arbeitet, den Frieden zwischen den beiden Feenrassen zu wahren. Einige betrachten mich noch immer als Außenseiterin, aber die Dinge werden von Tag zu Tag besser. Und für mich steht meine Familie an erster Stelle vor allem anderen.

Nie dachte ich, dass ich so mütterlich sein könnte, also kann man sich meine Überraschung vorstellen, als diese drei sich angekündigt haben.

„Papa!", ruft Tasi aus und rutscht von ihrem Stuhl herunter, um den Pfad aus Kopfsteinpflaster entlang zu Luther zu laufen. Sein Lächeln strahlt, als er sie erblickt, sie in seine Arme schließt und in Küssen ertränkt, bevor er sie sich auf die Schultern setzt und sie gut festhält.

Sie kichert und winkt, als wäre sie die Königin dieses Landes. Ich muss kichern, weil sie alles so schnell in sich aufsaugen. Genau genommen ist sie um ein paar Minuten die Älteste, wenn also jemand den Thron als Erste beanspruchen darf, dann wird sie es sein.

Luther schlendert herüber. Er sieht einfach wundervoll aus in seiner schlichten schwarzen Hose und einer farblich passenden Tunika mit V-Ausschnitt. Es ist ganz gleich, was er trägt, er ist spektakulär und er ist sich dessen voll und ganz bewusst, wenn man sich die Art, wie er mir zuzwinkert, anschaut.

„Das Frühstück ist die wichtigste Mahlzeit des Tages", erinnert ihn seine Mutter. „Hast du schon gegessen?"

„Ja, ich hatte einen Apfel", antwortet er und wendet sich mir zu. „Ich habe die Kutsche für die Fahrt zu den Wasserfällen vorbereitet", sagt er und nimmt Tasi von seinen Schultern, um sie auf ihren Stuhl zu setzen. Sie läuft fort, als Ahren und Deimos dazukommen, ein wenig über etwas lachend.

„Wir sind fast fertig", sage ich und beuge mich vor, um Luther zu küssen. Seine Hand gleitet durch mein Haar und hält mich an der Stelle. Jedes Mal, wenn ich meine Könige küsse, ist es wie beim ersten Mal, als stünde die Welt still und es gäbe nur uns. Da wir im Schlafzimmer jede Nacht wie die Karnickel sind, ist es meine größte Sorge, noch mehr Kinder zu bekommen. Wir werden noch einen ganzen Zoo voller Kinder haben, wenn wir nicht vorsichtig sind. Ahren besteht darauf, dass es perfekt wäre. Aber mein Körper wäre da anderer Meinung, insbesondere da ich wochenlang nur noch herumgewatschelt bin, bevor ich diese drei zur Welt gebracht habe.

„Papa, hör auf Mama so oft zu küssen", ruft Evie und Luther löst sich von mir. Er blickt über den Tisch.

„Und warum, meine Süße?"

„Letzte Woche hast du mir erzählt, dass es deine Aufgabe im Haus ist, Spinnen zu töten. Ich denke nicht, dass das heißt, dass du auch Mama küssen sollst. Eine der

Dienstmädchen hat mir erzählt, dass man sich nur im Geheimen küsst."

Meine Mutter lacht laut auf, genau wie die Mutter der Könige.

„Und was ist meine Aufgabe?", mischt sich Deimos ein, während Ahren Lucia unter Protest aus dem Baum holt.

„Du musst uns tragen", ruft Tasi und springt auf die Beine, als wären ihre Worte Gesetz.

„Nun, wenn das so ist, wer ist dann bereit, einen schönen Wasserfall zu besuchen, wo goldene Fische so nah am Ufer schwimmen, dass man sie fast anfassen kann?"

„Ich!", kreischen alle drei gleichzeitig.

Luther steht auf, nimmt meine Hand und ich wende mich unseren Müttern zu. „Werdet ihr beide uns begleiten?"

„Nein. Wir werden in Ruhe hier sitzenbleiben. Ihr sieben geht und habt Spaß", sagt meine Mutter, während Lily den Kopf schüttelt und ihren Tee trinkt. Unsere beiden Mütter haben sich besser angefreundet, als ich es je für möglich gehalten hätte. Sie verbringen die meisten Tage miteinander. Einmal habe ich sie belauscht, wie sie unter vier Augen darüber gesprochen haben, wie keine von ihnen nochmals heiraten wollte und dass sie zufrieden damit wären, einen Liebhaber zu finden. Ich bin mir nicht sicher, was ich davon halten soll, vor allem, weil das nichts ist, was ich mir vorstellen möchte. Wenn es sie aber glücklich macht, dann sollten sie es tun.

Meine Mädchen sind bereits aus dem Garten hineingerannt und ich kann sie von dort drinnen hören, wie sie vor Begeisterung schreien. So etwas wie einen ruhigen Tag im Schloss, an dem sie nicht die Flure unsicher machen, gibt es hier nicht. Die Bediensteten und die Wachleute sind wundervoll und passen auf sie auf, wenn sie nichts Gutes im Schilde führen.

Deimos ist an meiner Seite. Sein Arm legt sich um meine Taille und zieht mich an ihn heran. Mit Einfachheit stiehlt er sich geschmeidig einen Kuss, von dem meine Knie weich werden, wenn er mich so im Sturm erobert. Ich nehme sein Gesicht in meine Hände und möchte nicht, dass er mir je von der Seite weicht.

Unter Protest stöhne ich, als er sich von mir löst. „Wir gehen besser", verlangt er und wir machen uns alle auf den Weg ins Schloss. Ahren nimmt meine Hand.

„Wie kann es sein, dass ich heute Morgen in einem kalten Bett aufgewacht bin?", frage ich.

Ahren antwortet nicht, sondern beugt sich für einen Kuss nach vorne.

Ich werde ganz weich und genieße, wie er an meinen Lippen saugt und wie spielerisch seine Zunge mich leckt. Ich liebe ihn so sehr. Nach allem, was wir durchgemacht haben, hat Ahren sich am meisten von den drei Brüdern verändert. Er ist nicht mehr so angespannt, nicht wegen der Regeln besorgt, was viel über ihn aussagt, und in der Tat ist er vom Regieren ein wenig zurückgetreten. Er teilt die Verantwortung zwischen uns vier auf, damit sie alle Zeit für mich und die Mädchen haben.

Das macht mich so unglaublich glücklich.

„Haben wir Zeit für einen kurzen Halt im Schlafzimmer?", flüstere ich und handle mir einen überraschten Blick von meinen Feen ein.

„Ich bin dabei", brummt Ahren schon fast als Antwort.

„Wer bist du und was hast du mit unserer Ehefrau gemacht?", scherzt Luther.

Deimos sieht über seine Schulter, wo er unsere Mädchen sieht, die im Flur spielen. „Meine Schöne, du machst mich gerade fertig." Sein Blick hebt und senkt sich, und ich verbrenne innerlich. Er mag vielleicht Nein sagen, aber seine Augen ziehen mich bereits aus.

Ich lache sie an und laufe direkt an ihnen vorbei, während mich alle wie Wölfe betrachten.

„Hat sie uns gerade reingelegt?", fragt Luther.

„Ja, das hat sie." Deimos klingt fast überrascht.

Als Ahren nach mir greift, sagt sein Gesichtsausdruck mir, dass er mich über sein Knie legen und mir den Hintern versohlen wird, weil ich eine Regel missachtet habe. Ich bin dem Gedanken nicht abgeneigt, stattdessen renne ich aber los und auf meine Mädchen zu, während ich meine Männer anlache. Sie sind so einfach zu bestechen und das ist die Rache dafür, dass sie mich heute Morgen nicht geweckt haben, als sie aufgestanden sind.

Die Mädchen sehen mich und rennen rasch auf mich zu. Sie kichern und klammern sich an meinem Rock fest, als sie sehen, wie ihre Väter mir hinterherrennen.

„Wir spielen Fangen", erklärt Lucia und beginnt durch den Flur zu sprinten.

Dann ertönt jede Menge Lachen und die Jagd ist eröffnet. Jeder der Jungs schnappt sich eins unserer Mädchen. Ihr Kichern durchflutet die Korridore. Es ist leicht ansteckend und ich sehe, wie die Belegschafft uns zuschaut und mit uns lacht.

Wir machen uns auf den Weg nach draußen zum Hof, wo eine große Kutsche aus Mahagoniholz mit zwei Pferden davor auf uns wartet. Hinter uns und vor uns ist eine Truppe mit einem halben Dutzend Soldaten zu Ross, da Könige und eine Königin nur für den Fall aller Fälle niemals irgendwohin außerhalb des Hofs ohne Eskorte gehen.

Es ist ein wundervoller warmer Tag und ich lege meinen Kopf zurück, um das Sonnenlicht auf meinem Gesicht spüren zu können.

„Mama, beeil dich", ruft Tasi mir aus der Kutsche zu, während sie ihren Kopf aus der geöffneten Tür streckt. Alle sechs sind schon drinnen und unser Fahrer sitzt mit den Zügeln vorne auf.

Schnellen Schrittes eile ich näher und klettere herein, bevor ich mich neben Luther fallenlasse, auf dessen anderer Seite Tasi sitzt. Gegenüber von uns sitzen Lucia, Ahren, Deimos und Evie. Selbstverständlich haben die Mädchen die Fensterplätze eingenommen, was mich nicht stört.

Luthers Hand gleitet über meinen Oberschenkel. Der Stoff ist so dünn, dass es sich anfühlt, als wäre seine Hand auf meiner nackten Haut. Wärme steigt in meinem Körper auf und ich erschaudere wegen dieser kleinsten Berührung. Ich schaue herüber und er weiß ganz genau, welche Wirkung er auf mich hat. Sein eingebildetes Grinsen bestätigt es.

Ahren hat sich zurücklehnt und die Beine ausgestreckt. Sie liegen neben meinen und er schließt seine, um sicherzustellen, dass wir uns berühren. Deimos sitzt breitbeinig da und ein schmutziger, sexy Gesichtsausdruck huscht über sein Gesicht, als er mich betrachtet. Sein Blick fällt auf meinen rechteckigen Ausschnitt. Jeder meiner angeregten Atemzüge drückt meine Brüste in dem engen Korsett nach oben.

Es bedarf keiner Worte. Ich weiß genau, worüber diese drei nachdenken, und ich habe vor, diese Flammen im selben Augenblick, wenn wir die

Möglichkeit dazu bekommen, zu ersticken. Diese Feen sind unersättlich, wenn es die körperlichen Gelüste betrifft.

Die Kutsche bewegt sich voran und wir werden alle ein wenig in unsere Sitze gepresst. Meine Ehemänner halten alle eines der Mädchen fest, um zu verhindern, dass sie von ihren Sitzplätzen rutschen.

Den Großteil des Ausflugs plappern die Mädchen ohne Unterbrechung, aber ich liebe die beruhigende Atmosphäre, wenn wir alle als Familie zusammen sind. Ich wuchs auf, ohne meine leibliche Familie je gekannt zu haben, und lebte immer in Angst, wieder in eine andere Pflegefamilie gesteckt zu werden. Alleine zu sein und zu wissen, dass es niemanden auf der Welt gibt, auf den du dich verlassen kannst, ist verängstigend. Es macht dich hart, aber innerlich bist du leer. Eine Pflegefamilie ist für dich da, es ist aber nicht das gleiche wie eine richtige Familie. Zu lange musste ich so leben... bis ich ins Königreich der Irrfahrten gekommen bin. Luther hatte Recht, als er mir schon vor Jahren gesagt hat, dass dies der Ort ist, wo ich hingehöre. Damals wollte ich es nicht wahrhaben, aber hier ist das Fleckchen, von dem ich stamme und wo ich schlussendlich die Liebe gefunden habe.

Das ist der Grund, warum ich noch nicht wieder zur Erde zurückgekehrt bin. Dort ist es ein anderes Leben und mein Fokus liegt auf diesem hier.

„Ich sehe einen Hirsch", schreit Evie mit ihrer quietschenden Stimme und zeigt mit ihrem Finger gegen die Fensterscheibe nach draußen. Tasi und Lucia rennen zu ihr, um der prächtigen Kreatur beim Grasen zuzusehen.

„Wusstet ihr, dass ein Hirsch jedes Jahr sein Geweih

verliert und es dann wieder nachwächst?", erklärt Ahren, aber nur Tasi hört ihm zu.

„Wie der Schwanz einer Echse", antwortet sie schließlich.

Ich muss lachen, denn ich liebe die Dinge, die die Mädchen von sich geben. Es kommt immer etwas Unerwartetes.

„Nicht so ganz, aber so ähnlich", gibt er zurück.

Als wir endlich an unserem Ziel ankommen, springen die Mädchen aus der Kutsche und rennen auf eine Lichtung. Die warme Brise strömt hinein und weht mein Haar zurück.

Ahren wartet, bis die anderen beiden ausgestiegen sind, beugt sich nach vorne und nimmt meine Hände in seine. „Nur für den Fall, dass ich später keine Chance bekommt, es dir zu sagen; ich war nie glücklicher und ich verehre den Boden unter deinen Füßen."

Ich starre ihn an wie der aufgeschreckte Hirsch, an dem wir vorbeigekommen sind. Ich sollte nicht geschockt oder erstaunt sein, aber seine Worte wärmen mich von innen nach außen. Mein Herz schlägt schneller und auch ich beuge mich vor, um sein Gesicht in meine Hände zu nehmen. Unsere Lippen berühren sich. Unser Kuss ist innig und leidenschaftlich, eine Erinnerung daran, wie stark unsere Liebe ist. Ich lehne meine Stirn an seine. „Wegen dir werde ich noch immer rot. Ich liebe dich."

Dieses Mal küsst er mich und seine Hand schiebt sich an meinen Hinterkopf, um mich festzuhalten, als seine Zunge in meinen Mund eindringt, um mich zu erforschen und zu schmecken. Ich gebe mich ihm hin.

Erst als sich jemand einige Male an der Tür räuspert, schnappen wir nach Luft. Wir lösen uns voneinander und ich blicke Deimos an, der eine Augenbraue hebt.

„Ziehen wir die *Zeit alleine miteinander in der Kutsche verbringen, während die anderen die Kinder ablenken* Nummer ab?" Deimos wirft mir ein schelmisches Grinsen zu. „Ich bin dabei."

Ich lache, denn er meint es ernst. „Lass die Hose an, Casanova." Nachdem ich aufgestanden bin, gehe ich auf die Tür zu und steige aus, während ich seine Hand halte. Ich gehe voran und er gibt mir einen Klaps auf den Hintern, gefolgt von einem leichten Brummen.

Mir kommt ein Stöhnen über die Lippen, als ich zu ihm zurückblicke. Vor uns ist Luther mit den drei Mädchen zum Ufer gegangen und jede von ihnen hat eine Tüte mit Brotkrümeln, um die Fische zu füttern. Die Soldaten machen es sich für einen Tag auf dem Land bequem und passen aus sicherer Entfernung auf uns auf.

Mein Blick fällt auf einen wunderschönen Wasserfall am anderen Ende des Flusses. Das Wasser glitzert unter der Sonne, während der Rest der Wasseroberfläche türkis funkelt. Es ist atemberaubend und meine Aufmerksamkeit richtet sich auf den Felsvorsprung hinter der Steinwand, der hinter den Wasserfall führt. Wir sind nicht zum ersten Mal hier.

Wir eilen alle voran und gesellen uns zum Rest der Familie für einen Tag an der frischen Luft.

Die nächsten Stunden vergehen wie im Flug und als ich mich endlich ins Gras setzen kann, hebt Ahren mich in seine Arme hoch. „Die Mädchen schlafen und jetzt bist du dran."

Ich schaue zur Kutsche hinüber, wo ich die Kleinen auf den Sitzen unter Decken schlafengelegt habe, nachdem sie die Müdigkeit überkommen hat. Die Soldaten bewachen sie, Michae hat die Verantwortung.

Ahren läuft mit mir in seinen Armen entlang des Flussufers zum Vorsprung hinter dem Wasserfall, während Deimos und Luther ihn durchschreiten und in der Höhle hinter ihm verschwinden. Wir haben uns etwas von den Soldaten und der Kutsche entfernt. Zweifel steigen in mir auf.

„Vielleicht sollten wir sie nicht zurücklassen", sage ich voller Sorge, dass eine von ihnen aufwacht und zu weinen beginnt, wenn wir nicht da sind.

„Es wird nicht lange dauern, meine Schöne."

Wasser spritzt mir ins Gesicht, während Ahren mich noch immer trägt und entlang des Vorsprungs unters Wasser balanciert. Es ist wundervoll, ich kann nicht wegsehen, als ein Regenbogen aus Farben auf seiner Oberfläche reflektiert. Wir befinden uns ungefähr anderthalb Meter über dem Fluss, aber ich schaue nicht nach unten.

Einige Schritte später stoßen wir in eine Höhle vor. Die Kaverne erstreckt sich weit, aber mein Blick fällt auf die flackernden Kerzen und die Decke auf dem Boden.

Deimos und Luther sind beide nackt und liegen je auf einer Seite der pelzigen Decke auf ihren Ellbogen aufgestützt. Sie begrüßen mich mit einem verruchten Grinsen und noch besser, ihre Schwänze sind steif. Es ist, als wären sie voll aufgeladen und bereit loszulegen. Allein ihr Anblick lässt mich lichterloh vor Verlangen brennen.

Ahren setzt mich ab und meine Füße berühren den Boden, während seine Finger bereits an den Schleifen meiner Korsage zupfen.

„Wann habt ihr das gemacht?", frage ich, halb stöhnend, als Ahren mein Haar zur Seite schiebt und sein Mund sich an die Wölbung meines Nackens schmiegt.

„Warum denkst du, sind wir heute Morgen so früh

aufgestanden?", erzählt Luther mir, lächelnd und mich mit angewinkeltem Zeigefinger zu sich ordernd.

Ich lache. „Ihr drei seid raffiniert."

Ahren zieht plötzlich an meinem Kleid, schiebt es mit einem Ruck an meinen Schultern und meinem Körper herab. Das Gewand fällt um meine Füße herum zu Boden. Von der Kälte in der Luft bekomme ich eine Gänsehaut.

Ich erschaudere, als Ahren eine Spur aus Küssen auf meinem Rücken hinterlässt und seine Finger sich hinter den Bund meiner Unterwäsche schieben, um sie nach unten zu ziehen.

Deimos und Luther verschlingen mit ihren Blicken jeden Zentimeter meines Körpers und beobachten, wie ich aus meiner Kleidung steige. Meine Haut fröstelt vor Vorfreude.

„Du bist zu weit weg", fügt Deimos hinzu.

Ich gehe auf sie zu und die Erwartung in meinem Bauch hüpft, denn jede einzelne Berührung und jeder Kuss entzündet mein Verlangen nach ihnen. Es ist hinterhältig und so teuflisch sexy, dass sie so eine kleine Auszeit möglich gemacht haben.

Ich knie nieder. „Ich bin sehr beeindruckt... Das heißt also, ich muss mich für meine nächste Überraschung mächtig ins Zeug legen."

Ahren geht hinter mir in die Knie, seine gebeugten Beine liegen neben meinen und seine Hände gleiten um meine Hüften und hoch zu meinen Brüsten. Ich stöhne und lehne mich gegen seine feste Brust zurück, als er meine Brustwarzen zwirbelt.

„Bitte fick mich", flüstere ich. Ich weiß nicht, wie viel Zeit wir haben, aber ich brauche dringend Erleichterung.

Ahrens Hand senkt sich an meinen Bauch, über meinen kleinen Hügel und seine Finger drängen sich zwischen meine Lippen. Die anderen beiden mächtigen Feen sehen zu. Ihre Augen verschlingen mich bereits und Luther greift nach seinem harten Penis, um ihn einige Male zu wichsen.

Plötzlich lässt Ahren mich los und ich falle auf meine Hände und Knie. Ich krieche nach vorne und Luther beugt sich vor, um mich zu küssen.

Deimos Hände sind überall auf mir und er zieht mich auf meine Seite, während seine Lippen mich mit Küssen übersäen.

Ich liege auf dem Rücken, zwischen meinen Ehemännern. Jetzt sind alle nackt, da Ahren sich auch ausgezogen hat. Sein bestes Stück ist hart und aufgerichtet wie ein Mast.

„Ich kann nur vorschlagen, dass mehr von diesen Ausflügen solche Überraschungen beinhalten", sage ich.

„Das ist ein Versprechen", erklärt Ahren. Er lässt sich vor mir nieder, seine Hände greifen nach meinen gebeugten Kniekehlen und spreizen meine Beine.

„Du gehörst uns", brummt Ahren, während sein Blick unser aller Nacktheit aufsaugt.

Als wäre diese Handlung die Erlaubnis für alle, erheben sich meine Ehemänner über mich.

Deimos kümmert sich um meine Brüste und saugt an meinen steifen Brustwarzen. Luther küsst mich. Ahrens Mund ist so schnell an meiner Muschi, dass ich nur noch meinen Rücken buckeln und stöhnen kann.

Kann ein Mädchen mehr Glück haben? Von drei Feen, die Götter was Aussehen und sexuellen Appetit angeht, wenn es nach mir geht, sind, verschlugen zu werden.

Ahren spreizt meine Beine noch weiter, während er mich mit seiner Zunge fickt. Ich bäume mich auf und schmelze unter ihm dahin. Ich werde es nie leid sein, ihnen ausgeliefert zu sein. Ich liebe es, wenn sich die drei so gegen mich verschwören, um mich zum berauschendsten Orgasmus zu bringen.

Deimos macht mit meinem anderen Busen weiter und Luthers Küsse bewegen sich in Richtung meines Nackens, wo er an meinem Ohrläppchen knabbert. Ich strecke meine Hände aus, fahre an ihren Beinen hoch und dorthin, wo ihre Schwänze hart und bereit warten.

Deimos und Luther stöhnen nahezu zeitgleich, als ich sie anfasse. Sie fühlen sich wie Seide an, die über Eisen gelegt wurde.

Ahren lässt von mir ab und ich protestiere quäkend.

„Gefällt dir das?" neckt er mich und schiebt meine Beine etwas nach oben, um mich noch weiter zu spreizen, während er sich in Position bringt, um mich zu nehmen.

Mein Kitzler pulsiert, da ich so breit und ungeschützt vor ihm liege. Zwischen meinen Beinen kniend findet seine Spitze meinen Eingang und drückt sich in mich hinein.

Ich lege meinen Kopf zurück und schreie vor Freude. Zu Anfang ist er langsam, macht es sich zurecht und dehnt mich. Das Gefühl köstlichen Schmerzes ist berauschend wie Feuer, als es mich erfüllt. Ich habe absolut die Kontrolle über meinen Körper verloren. Mein Becken wippt vor und zurück. Ich brauche mehr von ihm, so viel mehr.

Luther ächzt, als ich meine Hand an seinem Schwanz bewege, während Deimos nicht aufhört, mit seinem Mund an meinen Nippeln zu zupfen. Ich erschaudere und die aufgestaute Euphorie wird intensiver.

Ahrens Finger bohren sich in meine Arschbacken, als er mich vom Boden hochhebt, um es sich einfacher zu machen und ganz tief in mich eindringt.

„Scheiße!", rufe ich aus, als Ahren wie ein Wolf knurrt. Es gibt keine Pause und er hämmert mit solch einer Geschwindigkeit in mich, dass mein ganzer Körper wackelt. Mein Körper gehört diesen Feen, es ist ihrer, und ich liebe alles, was sie mir antun. Den ganzen Tag schon sehne ich mich nach dieser Aufmerksamkeit. Mein Körper zittert und alles Aufgestaute bricht so schnell über mich herein, dass mein Orgasmus mich förmlich überrollt und so plötzlich von mir Besitz ergreift, was mich selbst überrascht.

Ahren ächzt und brummt, fickt mich ohne Unterbrechung, liebt mich, zögert das Gefühl, das mich verschlingt, hinaus. Ich stehe so dermaßen auf die Geräusche, die er beim Sex von sich gibt.

Ich zucke und das schönste aller Gefühle durchfährt mich. Dann lasse ich von den Schwänzen meiner Männer ab und klammere mich stattdessen an der Decke fest, wackele mit den Zehen und schließe meine Augen.

Das ist alles, wovon ich je geträumt habe.

Wellen dieses Rauschzustands durchströmen mich, beginnen abzuebben und als ich endlich ruhig bin, schnappe ich nach Luft. Alle drei Feen betrachten mich, grinsen und sind mit sich selbst zufrieden.

Ahren zieht sich aus mir zurück und ich hebe meinen Kopf. „Du bist nicht gekommen", sage ich.

„Es geht hier um dich, meine Schöne, und wir sind noch lange nicht fertig."

Luther bewegt sich, um Ahrens Platz einzunehmen und tippt mir auf die Seite meines Oberschenkels. „Dreh dich zur Seite, kleiner Wolf. Ich will dich auf Händen und Knien, damit ich dich von hinten nehmen kann. Streck deine feuchte und angeschwollene Muschi für mich in die Luft."

Ich muss lachen. „Ahren hat mich glaube ich kaputtgemacht. Ich kann mich kaum bewegen." Ehrlich gesagt möchte ich einfach daliegen und den Orgasmus genießen, der noch immer in meinem Körper spürbar ist.

„Wenn du dich nicht bewegst, werde ich dafür sorgen, dass es wehtut." Luther zwinkert.

„Ist das ein Versprechen?"

„Scheiße ja!", sagt Deimos, als er sich vor mir in Position bringt, während ich mich auf meinen Bauch drehe, meinen Hintern in die Luft recke und meine Beine für ihn spreize.

Luther packt meinen Hintern, spreizt meine Backen und sein Schwanz dringt schon in mich ein. Es ist ein Quickie der Superlative und scheiße, ich surre schon vor Erregung.

Ich hebe meinen Kopf, werfe Deimos einen Luftkuss zu, als ich nach seinem Schwanz greife und ihn in meinen Mund gleiten lasse. Salzig und erigiert. Er knurrt, als ich ihn fester blase.

Ahren macht es sich unter mir bequem und nimmt meine hüpfenden Brüste in den Mund. Seine Zunge ist der Wahnsinn. Er leckt meine Brustwarzen und bringt mich zum Beben.

Ich lasse alles hinter mir und gönne mir, alles zu genießen, was ich habe. Meine Babys sind draußen in Sicherheit und meine Ehemänner möchten nichts sehnlicher, als Liebe mit mir zu machen und mir einen Orgasmus nach dem anderen zu bescheren. Ekstase durchfährt mich und macht mich allein bei dem Gedanken daran noch heißer.

Mein Leben ist ein wahrgewordener Traum. Ich möchte nirgendwo anders als im Königreich der Irrfahrten mit meiner Familie sein, geliebt werden und meinen Kindern dabei zusehen, wie sie zu wundervollen Feen heranwachsen.

Was ich auf meiner Reise während der letzten Jahre entdeckt habe, ist, dass Glückseligkeit von uns selbst abhängt. Es geht nicht darum, wie viel ich habe, sondern darum, wie sehr ich das genieße, was ich habe. Mein Leben ist vollkommen mit meinen drei Mädchen und den Feen, die an mich geglaubt haben, als es sonst niemand tat. Jetzt gehöre ich hierhin und werde wahrlich geliebt.

Luther, Ahren und Deimos sind für immer Teil meines Herzens und ich muss die glücklichste Frau in allen Königreichen sein, alle drei abbekommen zu haben.

Ganz besonders, da sie darauf bestehen, mich bei jeder Gelegenheit, die sich ihnen bietet, zu nehmen.

Und das ist alles, was ich je wollte.

ÜBER MILA YOUNG

Mila Young geht alles mit dem Eifer und der Tapferkeit ihrer Märchenhelden an, deren Geschichten sie beim Heranwachsen begleiten haben. Sie erlegt Monster, real und imaginär, als gäbe es kein Morgen. Tagsüber herrscht sie über eine Tastatur als Marketing Koryphäe. Nachts kämpft sie mit ihrem mächtigen Stift-Schwert, erschafft Märchen Neuerzählungen und sexy Geschichten mit einem Happy End. In ihrer Freizeit liebt sie es, eine mächtige Kriegerin vorzugeben, spaziert mit ihren Hunden am Strand, kuschelt mit ihren Katzen und verschlingt jedes Fantasymärchen, das sie in die Finger bekommen kann.

Bereit mehr aus 'Die Gejagte' und mehr von Mila Young zu lesen? **Melde Dich noch heute an.**

Werde Teil von Milas **Wicked Readers** Gruppe für exklusive Inhalte, Neuigkeiten und Verlosungen. **Klicke hier.**

Für weitere Informationen...
milayoungarc@gmail.com

WILLKOMMEN BEI MILA YOUNGS WICKED BÜCHERN

www.milayoungbooks.com/duetsche

Ash Wölfe Serie

Verführt von den Wölfen

Beansprucht von den Wölfen

Besessen von den Wölfen

Bücher der Königreiche von Haven Serie

Die Gejagte Von Terra - Rotkäppchen

Die Verfluchten von White Peak - Die Schöne und das Biest

Die Diebestochter von Wildfire - Rapunzel

Winterdornen

Wie man eine Fee Fängt

Wie man eine Fee Verführt

Wie man eine Fee Zähmt

Wie man eine Fee Beansprucht